KB017435

TOLSTO

바다출판사 톨스토이 사상 선집

바다출판사에서는 세계적인 대문호이자 사상가인 톨스토이의 깊고 넓은 사유를 담고 있는 사상 선집을 펴냅니다. 원전에 충실한 번역, 꼼꼼한 편집과 디자인으로 현대에 도 여전히 깊은 울림을 주는 톨스토이 사상의 정수를 전달하기 위해 노력하겠습니다.

비폭력에
대하여

비폭력에
대하여

박미정 옮김

O

바다출판사

톨스토이

목차

일러두기

- 이 책은 러시아 국립문학출판사(모스크바, 1928~1958)가 출간한 《톨스토이 전집》 중 비폭력과 반전 평화에 대한 글을 선별해 번역하였습니다.

- 이 책에 나오는 성경구절은 개역개정판 《성경전서》를 기본으로 하되 옮긴이가 원문 내용을 반영하여 번역하였습니다.

- 본문 하단에 있는 주는 저자의 것입니다. 옮긴이 주는 문장 뒤에 '옮긴이'로 표시하였습니다.

- 본문 중 대괄호([ ]) 안의 내용은 독자의 이해를 돕기 위해 옮긴이가 추가한 것입니다.

- 인명, 지명을 비롯한 외래어는 국립국어원의 외래어표기법을 따랐으나 몇몇 경우 일상적으로 널리 쓰이는 용례가 있으면 이를 참고하였습니다.

- 단행본과 정기간행물 등은 겹화살괄호(《 》)로 표기하였으며, 단편·시·논문·기사·장절 등의 제목은 홑화살괄호(〈 〉)로 표기하였습니다.

다시 생각하십시오!

(1904)

"이제는 너희의 때요, 어둠의 권세로다."

—〈누가복음〉 22장 53절

1.

너희의 죄악이 너희와 너희 하나님 사이를 갈라놓았고, 너희 죄가 그의 얼굴을 가리어서 너희에게서 듣지 않게 함이니라. 이는 너희 손이 피로, 너희 손가락이 죄악으로 물들었으며, 너희 입술은 거짓을 말하며, 너희 혀는 허위를 이야기하기 때문이니라. 어떤 누구도 신의 목소리를 낼 수 없으며, 어떤 누구도 진리를 평가할 수 없다. 공허에 기대어 거짓을 말하고 재앙을 잉태하고 죄악을 낳는다. 그 행위는 죄악의 행위라, 그 손에는 포악한 행동이 있으며 그 발은 행악하기에 빠르고 무죄한 피를 흘리기에 신속하며, 생각은 악한 생각이라 황폐와 파멸이 그들의 길에 있으며, 그들은 평강의 길을 알지 못하며 그들이 행하는 곳에는 정의가 없을지니. 굽은 길을 스스로 만드나니 무릇 이 길을 밟는 자는 평강을 알지 못하느니라. 그러므로 정의는

우리에게서 멀고, 진실이 우리에게 미치지 못한즉 우리가 빛을
바라나 어둠뿐이요. 밝은 것을 바라나 캄캄한 가운데에 행하
므로 우리가 맹인같이 담을 더듬으며, 눈이 없는 자처럼 더듬
거리다가 대낮에도 비틀거려 넘어지고, 죽은 자처럼 암흑 속에
처하리라.

〈이사야서〉 59장 2~4, 6~10절

유럽의 여러 국가는 1천 3백억의 부채를 지고 있는데, 이 가
운데 약 천 백억은 또 한 세기 동안 생겼으며 이 어마어마한 부
채 전부가 특별히 전쟁에 지출되었다는 것, 유럽의 여러 국가
는 평화 시에도 4백만 명이 넘는 사람들을 군대에 배치시키고,
전시에는 1억 천만 명을 동원할 수 있고, 국가 예산의 3분의 2
가 부채에 대한 이자와 육군과 해군의 유지비로 투입된다는 것
을 상기시키는 데서 그치고 있다.

구스타프 드 몰리나리

그러나 전쟁은 그 어느 때보다 더 중시되고 있다. 전쟁에 숙
련된 달인인, 천재적인 살인자 몰트케 장군은 평화 단체의 대
표자에게 다음과 같은 이상한 말로 대답한 바 있다.

"전쟁은 신성한 것이며, 주님의 제도, 세상의 신성한 법칙
가운데 하나이다. 전쟁은 사람들 속에 있는 위대하고 고귀한
모든 감정, 즉 명예, 청렴, 미덕, 용기를 지탱한다. 한마디로 혐
오스러운 물질주의에서 인간을 구원하는 것이다."

사십만 명이 징집되어 쉬지 않고 밤낮으로 행군하면서, 아무 생각도 하지 않고, 아무것도 연구하지 않으며, 아무것도 배우지 않고, 아무것도 읽지 않고, 누구에게도 이익이 되지 않고, 불결함 속에서 몸이 망가지고, 진흙탕에서 자고, 짐승처럼 계속해서 넋이 나간 상태로 살다가 도시를 약탈하고, 마을에 불을 지르고, 사람들을 도륙한다. 그러나 인육을 뒤집어쓴 다른 유사한 무리를 만나면, 그들에게 돌진하여 피의 호수를 이루고, 찢겨진 살조각으로 들판을 뒤덮고, 시체 더미로 땅을 가득 채우고, 누구에게도 쓸모없는 불구자나 만신창이가 되어 결국 낯선 들판 어딘가에서 숨을 거둔다. 그즈음 당신의 부모와 처자는 집에서 굶주려 죽어간다. 이것이 혐오스러운 물질주의에서 사람을 구하는 것이라 불리고 있다.

기 드 모파상

또다시 전쟁이다. 또다시 어떤 사람에게도 필요하지 않으며, 무엇으로도 유발할 수 없는 고통이 시작된다. 또다시 거짓이 시작되고, 또다시 사람들 모두가 넋이 나가 짐승이 된다.

서로 수만 베르스타[1]나 되는 거리를 떨어져 살지만, 한편은 사람뿐만 아니라 짐승의 살생도 금하는 규범을 가진 불자이고, 다른 한편은 형제애와 사랑의 규범을 따르는 기독교인들이다. 이들은 마치 사나운 짐승처럼 육지와 바다에서 가장 잔인한 방

---

1 верста, 과거 러시아에서 쓰던 길이(거리) 단위. ─옮긴이

법으로 죽이고, 고통과 상처를 주기 위해 서로를 찾아다니고 있다.

도대체 이것이 무엇이란 말인가? 이것은 꿈인가, 생시인가? 있어서도 안 되며, 있을 수 없는 어떤 일이 일어나고 있다. 이 것을 꿈이라고 믿고 그냥 깨어나고 싶다.

하지만 아니다. 이것은 꿈이 아니라 무서운 현실이다. 자신의 땅에서 쫓겨나 가난하고 배우지 못해 기만당한 어떤 일본인이 불교란 살아 있는 모든 것을 동정하는 것이 아니라, 우상에 대한 제례 의식이라고 주입받은 것은 이해할 수 있다. 툴라와 니즈니노브고로드의 반 문맹에 가까운 가난한 사람이 기독교는 그리스도와 마리아, 성인들과 그들의 성상에 대한 숭배라고 주입받은 것도 이해할 수 있다. 그리고 오랜 세월 동안의 폭력과 거짓으로 인해 세상에서 가장 큰 범죄인 동족 살인을 용감한 일로 여기게 된 이런 불행한 사람들이 자신은 거기에 죄가 없다고 생각하며 이 무서운 일을 저지른다는 것도 이해할 수 있다.

그러나 이른바 교양 있는 사람들이 어떻게 전쟁을 선전하고 전쟁에 협조하며 참여할 수 있을까? 그리고 가장 무서운 일은 교양 있는 그들은 전쟁의 위험에 노출되지 않으면서 전쟁을 부추기고, 불행하고 기만당한 자기 형제들을 전쟁터에 내보낸다는 것이다. 소위 교양 있는 사람들이 기독교 율법에 대해서는 말하지 않더라도 스스로를 참회자라고 여긴다면, 전쟁의 잔인함, 불필요함, 무의미에 대해 많은 글이 집필되고 있으며, 언급되고 있음을 모를 리가 없다. 사실 그들은 이 모든 것을 알기 때문에 교양 있는 사람으로 여겨진다. 이들 상당수가 직접 이에 대해 썼거나 언급하였다. 칭찬 일색이었던 헤이그 회의, 국제 재판소를 통한 국제적인 논쟁의 해결 가능성에 대해 설명했던 모든 책자들, 팸플릿, 신문 기사, 연설은 말할 것도 없이, 서로를 견제하기 위한 국가의 전면적인 무장은 불가피하게 끝없는 전쟁이나 전면 파산으로, 또는 두 가지 모두를 이끈다는 사실을 교양 있는 모든 사람들이 모를 리가 없다. 그들은 전쟁 준비에 수십만 루블[2]이나 되는 사람들의 노동이 무분별하고 무의미하게 소비되는 사실 외에도, 인생에 있어 생산적인 노동의 최적기에 있는 가장 왕성하고 힘센 수백만의 사람이 전쟁터에서 죽게 된다는 것을 모를 리 없다. (지난 한 세기 동안 전쟁으로 인한 사망자가 1,400만 명에 달한다.) 교양 있는 사람들은 전쟁의 동기가 언제나 한 인간의 생명을 바칠 만한, 또 전쟁에 소비된 것의 100분의 1도 지불할 만한 가치가 없음을 모를 리 없다. (흑인 해방을 위한 전쟁에 남부 전체 흑인의 몸값에 쓰일 만한 금액보다 몇 배가 더 소비되었다.) 전쟁은 가장 저급하고 본능적인 욕망을 인간에게서 불러일으켜 사람들을 타락시키고 야수화시킨다는 중요한 사실을 모두들 알고 있으며 모를 수가 없다. 드 메스트르, 몰트케 같은 일련의 사람들이 들었던 것과 같은 전쟁의 이익에 대한 논거가 설득력 없다는 사실도 모두가 알고

---

2 рубль, 러시아의 화폐 단위.—옮긴이

있다. 왜냐하면 그 모든 논거는 인류의 어떠한 재앙 속에서도 유용한 면을 찾을 수 있거나 전쟁은 항상 일어났기 때문에 항상 일어날 것이라는 너무나 자의적인 확신에 기댄 것이기 때문이다. 마치 사람들의 어리석은 행동은 그 행동이 가져오는 결과나 이익으로 인해 혹은 어리석은 행동이 오랜 시간 동안 저질러졌다는 사실로 인해 정당화되는 듯하다. 소위 교양 있는 사람들은 이 모든 것을 알고 있다. 그런데 전쟁이 갑자기 시작되면, 이 모든 것은 순식간에 잊혀진다. 어제까지만 해도 전쟁의 잔인함과 불필요함, 광기를 증언했던 사람들이 오늘은 어떻게 하면 가능한 많은 사람들을 죽이고, 인간이 만들어 낸 산물을 가능한 많이 파괴하고 황폐화시킬 수 있는지에 대해서만 생각하고 말하고 글로 쓴다. 또 그들은 평화롭고 온순하고 근면한 사람들에게서 인간 증오의 욕망을 어떻게 하면 강하게 격화시킬 수 있는지에 대해 몰두한다. 이 평화롭고 온순하며 근면한 사람들은 자신의 힘으로 먹고 입으며, 양심과 공익과 신앙에 반하는 무서운 일을 저지르게 만드는 거짓 교양인들을 먹여 살리는데도 말이다.

2.

그리고 미크로메가스가 말했다.

"오, 당신, 이성의 원자들이여! 영원한 존재가 당신들 안에서 능력과 위력을 드러내고 있습니다. 당신들은 당신들이 있는 지상의 순수한 기쁨을 온전히 향유하고 있습니다. 왜냐하면 물질적이지 않게 정신적으로 발전해 왔기 때문에 당신들은 틀림없이 사랑과 사색으로 당신들의 삶을 꾸려 갈 것입니다. 바로 여기에 정신적 존재로서의 진정한 삶이 있기 때문입니다."

이 말에 철학자들이 모두 고개를 흔들었다. 그들 가운데 가장 솔직한 한 철학자가 이렇게 말했다. 거의 존경받지 못하는 소수를 제외하면, 나머지 주민들은 다 무분별하고 익하고 불행한 사람들이라고.

"만일 악이 물질적인 면에서 발생한다면 우리에게는 필요

이상으로 물질적인 면이 많고, 만일 악이 정신적인 면에서 발생한다면 정신적인 면이 너무나 많습니다. 예를 들어 이 순간에도 모자를 쓴 수천 명의 무분별한 사람들이 터번을 두른 수천의 다른 짐승 같은 이들을 죽이거나 혹은 그들에 의해 살해되고 있습니다. 태곳적부터 세상 어디에서나 이런 일들이 일어났습니다."

"왜 이 작은 짐승들은 싸우는 것일까요?"

"당신의 발뒤꿈치만 한 어떤 조그마한 진흙 더미 때문이지요."라고 철학자가 대답했다. "서로를 해치려는 사람들 중 누구도 이 작은 진흙 더미를 필요로 하지 않습니다. 그들에게 문제가 되는 것은 이 흙더미가 술탄이라 불리는 사람의 것인지 혹은 카이사르라고 불리는 사람의 것인지 입니다. 술탄도 카이사르도 이 흙더미를 보지 못했지만 말입니다. 서로를 해치려는 짐승들 가운데 어떤 한 사람도 그들이 해치려는 짐승을 보지 못했습니다."

"불쌍한 사람들." 시리아인이 소리쳤다. "이렇게 미친 광란을 상상이나 할 수 있을까요! 정말 나는 세 걸음 움직여 이 무서운 살인자의 개미집을 짓밟아 버리고 싶군요."

"이런 일에 힘쓰지 마십시오." 사람들이 그에게 말했다. "그들 스스로 이 점을 염려하고 있어요. 게다가 벌을 받아야 할 사람은 그들이 아니라, 궁전에 앉아 사람들을 죽이라고 명령하고, 살육에 대해 신에게 장엄하게 감사하도록 지시하는 야만인들입니다."

전쟁의 광기는 왕조의 이익, 민족성, 유럽의 세력 균형, 명예로 정당화되고 있다. 이 가운데 마지막 동기가 가장 야만적이다. 왜냐하면 각종 범죄와 창피한 행위로 더럽지 않은 민족도 없으며, 온갖 종류의 비하를 경험하지 않은 민족도 없기 때문이다. 만일 여러 민중들에게 명예가 존재한다면, 정직한 사람이 자신을 모독하는 방화, 강탈, 살인 등과 같은 모든 범죄의 온상인 전쟁을 벌이면서 명예를 지탱한다는 것은 너무나 이상하지 않은가.

아나톨 프랑스

전시 살육의 야만적인 본능은 수천 년에 걸쳐 너무나 주도면밀하게 보급되고 장려되어서 인간의 뇌에 깊이 뿌리 박혀 있다. 이제는 당신보다 더 나은 인류가 이 무서운 범죄로부터 해방될 수 있기를 기대해야만 한다. 그러나 그때 이 더 나은 인류는 우리가 자랑스러워하는 이른바 세련된 문명화에 대해서 어떻게 생각할까? 이것은 우리가 고대 멕시코 민족과 그들의 살인 풍습[3]을 생각하는 것과 동시에 호전적이고 독실한 짐승에 대해 생각하는 것과 거의 유사할 것이다.

샤를 브루르노

---

3 cannibalism. —옮긴이

때로 어떤 통치자는 자신을 공격할지도 모른다는 공포 때문에 다른 사람을 공격한다. 때로 우리는 적이 너무나 강하기 때문에 전쟁을 시작한다. 때로 적이 너무 약하기 때문에 전쟁을 시작하기도 한다. 때로 우리 이웃은 우리가 점유하고 있는 것을 원하거나 우리에게 부족한 것을 점유하기도 한다. 그러면 그들이 필요한 것을 차지할 때까지, 혹은 우리에게 필요한 것을 넘겨줄 때까지, 전쟁이 벌어진다.

조너선 스위프트

스스로의 잔인성, 거짓말, 어리석음으로 인해 이해할 수 없고 있을 수도 없는 일이 벌어지곤 한다. 러시아 차르[4]는 전 세계 국민에게 평화를 호소했던 바로 그 사람이다. 하지만 러시아 차르는 그가 소중히 여긴 평화의 수호에 대한 온갖 염려에도 불구하고(타국 영토의 침략 및 침략한 영토의 방어를 위한 군대 강화로 표현된 염려), 일본군의 침략이라는 이유로 일본인이 러시아인에 했던 것처럼 일본인을 대하라고, 그들을 죽여 없애라고 명령한 사실을 공공연히 한다. 이러한 살인 요청을 공포하면서, 그는 세상에서 가장 무서운 범죄에 대한 신의 축복을 호소하며, 신을 운운한다. 일본 황제 역시 러시아인과 관련하여 이와 똑같이 선포했다. 박식한 법률가, 무라비예프 씨과 마르텐스 씨는 국민들에게 세계 평화를 호소하는 것과 타국의 영토

---

4 제정 러시아 때 황제(皇帝)의 칭호.—옮긴이

침략 전쟁을 선동하는 것 사이에는 어떤 모순도 없음을 열심히 증명하고 있다. 외교관들은 세련된 불어로 회람문을 작성하여 배포하고 있다. 아무도 그들을 믿지 않는다는 것을 알지만, 이 회람문에서는 평화적 관계 정착을 위한 모든 시도 끝에 (사실 다른 국가를 기만하기 위한 모든 시도) 러시아 정부는 부득이하게 합리적인 문제 해결의 유일한 수단, 즉 인간의 살육에 의거하게 되었음을 나름대로 상세하게 보여 준다. 일본의 외교관들도 똑같은 문서를 작성하고 있다. 학자, 역사가, 철학자들은 자신들의 입장에서 과거와 현재를 비교하고, 이 비교를 통해 심도 있는 결론을 내리면서, 민중 운동의 법칙, 황인과 백인의 관계, 불교와 기독교의 관계에 대해 장황하게 논의한다. 또한 그들은 이와 같은 결론과 판단에 근거하여 기독교인의 황인종 살해를 정당화한다. 마찬가지로 일본의 학자, 철학자들도 백인에 대한 살해를 정당화하고 있다. 기자들은 기쁨을 감추지 못한 채, 가장 뻔뻔하고 명백한 거짓 앞에서도 물러서지 않고, 서로 앞다투어 갖가지 방법으로 오로지 러시아인만이 정당하고 강인하고 모든 면에서 훌륭한 데 반해 모든 일본인들은 정당하지 못하고 허약하며 모든 면에서 어리석다는 증거를 댄다. 또한 러시아인에게 적대적이거나 혹은 적대적일 수 있는 모든 사람들, 즉 미국인, 영국인들도 역시 어리석다는 것을 주장한다. 일본인이나 그 지지자들두 러시아인과 관련해서 똑같이 어리석다고 주장한다.

그리고 직업상 살인을 준비하고 있는 군인은 말할 것도 없이, 어떻게도 충동질에 동요되지 않을 법한 교수들, 지방 활동가, 학생, 귀족, 상인들 같은 이른바 교양 있는 사람들도 어제까지만 해도 호의적이거나 무관심했던 일본인, 영국인, 미국인에게 적의와 경멸감을 표출한다. 그들은 무한한 사랑으로 황제를 위해 자신의 생을 바칠 태세가 되어 있다고 장담함으로써, 적어도 아주 무관심했던 황제에 대한 가장 저열한 노예근성을 아무런 소용도 없이 드러내는 것이다.

1억 3천만 민중의 지도자로 인정받은, 불행하고 어려운 처지의 젊은이는 계속해서 기만당한 끝에 어쩔 수 없이 자가당착에 빠진다. 이 젊은이는 비록 소소한 권리나마 자기 땅이라고 부를 수 있는 이 토지를 지키기 위해, 아군이라고 부르는 군대를 믿고 감사하며 살인에 대해서도 축복한다. 또 교양 있는 사람들 사이에서는 그 누구도 믿지 않을 뿐만 아니라, 글 모르는 농부들도 내팽개친 볼품없는 성상을 이 병사들은 서로서로 높이 들어 올린다. 그들 모두는 성상 앞에서 땅을 향해 절을 하고 입을 맞추고 아무도 믿지 않는 현란하고 거짓된 말들을 내뱉는다.

부자들은 살인을 저지르는 일이나 살인을 저지르는 데 도움이 되는 조직에 부도덕하게 축적한 자신의 재산 중 극히 일부를 기부하고, 가난한 사람들은 매년 정부에 20억씩 징수당하면서도 자신들의 푼돈마저 정부에 바치며 살인을 저지르는 일이 필요하다고 여긴다. 정부는 황제의 초상화를 들고 거리를 오가며 노래를 부르고 "만세"를 외치고 애국심을 빙자하여 온갖 만행을 저지르는 쓸모없는 건달의 무리를 선동하고 부추긴다. 또한 궁전에서부터 마지막 한 마을까지 전 러시아에 걸쳐, 자칭 기독교라고 부르는 교회의 사제들이 적을 사랑하라고 가르친, 바로 그 사랑의 신에게 인간 살해라는 악마의 일을 도와 달라고 기도한다.

각종 기도, 설교, 행진, 그림, 신문의 영향으로 얼이 빠진, 천편일률적인 옷을 입은 수십 만의 총알받이들은 온갖 살상 무기를 들고 부모와 처자식을 남겨둔 채, 가슴에 우수를 안고, 용감한 표정을 지으면서 죽음의 위협을 무릅쓰고 그곳으로 끔찍한 일을 수행하러 간다. 그곳에서 그들은 그때까지 알지도 못하고, 그들에게 아무런 해도 끼치지 않는 사람을 죽이는 일을 한다. 그들 뒤를 의사와 간호사들도 따른다. 무슨 이유인지 그들은 고향에서 순박하고 온화하지만 병으로 고생하는 사람들을 위해서 봉사할 수 없고, 서로를 죽이는 일에 몰두하는 사람을 위해서만 봉사할 수 있다고 생각한다. 집에 남은 사람들은 사람을 죽였다는 소식에 기뻐한다. 그리고 그들은 일본군 전사자가 많다는 사실을 알게 된 날이면 신이라고 일컬어지는 누군가에게 감사를 드린다.

이 모든 것은 고상한 감정의 발현으로 받아들여진다. 그뿐만 아니라, 이러한 감정의 발현을 삼가는 사람들이 만일 다른 사람들의 잘못을 지적하면, 변절자, 배신자 취급을 받아, 짐승 같은 군중들에게 욕설을 듣고 매질당할 위험에 놓이게 된다. 이런 군중들은 광기와 잔인성을 지키기 위해 난폭한 폭력 말고는 어떤 다른 무기도 가지고 있지 않다.

3.

전쟁은 시민이기를 그치고, 군인이 되는 사람들을 만들어 낸다. 군인들은 자신들의 관습으로 인해 사회에서 분리된다. 그리고 군인들의 주요 정서는 상관에 대한 충성심이다. 그들은 캠프에서 전횡과 폭력으로 자신의 목적을 달성하고 이웃의 권리와 행복을 가지고 노는 법을 배운다. 그들은 주로 거친 모험과 위험에 만족을 느낀다. 평화로운 노동은 이런 것들에 대립된다.

전쟁은 저절로 전쟁을 파생시키고 끝없이 지속시킨다. 승리한 민중은 성공에 취해 새로운 승리를 향해 질주한다. 반면 고통을 겪은 민중은 패배에 화가 나서 서둘러 자신의 명예와 손실을 회복하고자 한다. 상호 간의 모욕으로 원한을 품은 두 민족은 서로에게 굴욕과 파멸을 바란다. 그들은 질병, 기아, 가난, 패배가 적국을 덮칠 때 기뻐한다.

수천 명의 사람을 죽였다는 사실이 그들에게 연민 대신 환희에 찬 기쁨을 불러일으킨다. 도시는 조명으로 빛나고 나라 전체가 이를 축하한다.

이렇게 인간의 마음은 거칠어지고, 인간의 악한 욕망은 자라난다. 인간이 공감 능력과 휴머니즘을 부인하는 것이다.

윌리엄 채닝

군 복무할 나이가 되었다. 어떤 젊은이라도 아무런 설명도 없는 무뢰한이나 문외한의 명령에 복종해야만 한다. 이 젊은이는 자신의 의지를 거부당하고 다른 사람의 의지의 무기가 되어 죽이거나 죽임을 당하고, 배고픔, 가난, 비와 추위로 고통받는 것에 고결함과 위대함이 있다고 믿어야 한다. 또한 젊은이들은 마치 전투가 있는 날 보드카 한잔 같은, 신문기자가 따뜻한 방에 앉아서 자신의 펜대를 휘둘러 부여하거나 거부하는 명예와 사후의 영생, 즉 감지할 수 없는 허황한 약속 같은 어떤 다른 보상도 없이, 영문도 모른 채 불구가 되는 것에 고결함과 위대함이 있다고 믿어야 한다.

사격. 젊은이가 부상당해 쓰러진다. 그는 동료들 발에 짓밟혀 죽음을 맞이한다. 반죽음으로 매장되고, 그때에야 비로소 그는 영생을 누릴 수 있다. 동료들과 친척들은 그를 잊는다. 그에게서 자기 행복, 자기 고통, 자기 생을 넘겨받은 사람은 그를 전혀 알지 못한다. 그리고 몇 년 후에 누군가가 그의 백골을 발

견하고 그 뼈로 검은색 물감과 그의 장군의 군화를 손질하기
위한 영국식 구두약을 만든다.

알퐁스 카

 그들은 힘이 넘치고 한창 젊은 시절을 보내는 사람을 징집하
여 젊은이의 손에 소총을 쥐어 주고 등에 배낭을 메게 하고 머
리에 계급 표시를 한 다음, 그에게 말한다. "나의 전우여, 어떤
군주가 나에게 무례하게 대했다. 그러니 그대는 그의 신민들
전부를 공격해야만 하네. 나는 그놈들에게 공포했다. 놈들을
죽이기 위해 그대가 특정일에 국경에 나타날 것이라고."
 "어쩌면 그대는 미숙해서 우리의 적이 사람이라고 생각할
것이다. 하지만 적은 사람이 아니라 프로이센군, 프랑스군(혹
은 일본군)이야. 자네는 제복의 색에 따라 인간 족속과 그놈들
을 구분하게 될 걸세. 가능한 그대 의무를 잘 수행하도록 노력
해 주게나. 왜냐하면 나는 집에 머무르며, 그대를 지켜볼 것이
라네. 만일 그대가 승리한다면, 그대가 돌아왔을 때, 내가 제복
을 입은 그대 앞에서 말할 것이다. 병사들이여! 그대들은 나를
만족시켜 주었다. 자못 있음직한 일인데, 만일 그대가 전장에
남겨질 경우, 가족들이 그대의 죽음을 슬퍼하고 그대의 뒤를
이어갈 수 있도록, 내가 그대의 전사 소식을 가족에게 보내겠
네. 만일 그대가 손과 발을 잃어버리면 손과 발의 대가를 그대
에게 지불할 걸세. 만일 그대가 살아남았어도 배낭을 멜 수 없
다면, 나는 그대를 퇴역시켜 주겠네. 그러면 원하는 곳에서 죽

을 수 있을 걸세. 이것은 나와 상관없는 일이니까."

클로드 틸리에

그리하여 나는 하사가 병졸과 이야기할 때는 하사가 옳고, 중사가 하사와 이야기할 때는 중사가 옳고, 준위와 중사와 이야기할 때는 준위가 옳고, 그리고 이렇게 해서 원수에게까지 이른다는 군율을 이해했다. 비록 그들이 '2 곱하기 2는 5!'라고 할지라도 말이다. 처음에는 이것을 이해하기 힘들다. 그러나 각 병영에 액자가 걸려 있고, 생각을 정리하기 위해 액자를 읽으면 이걸 이해하는 데 도움이 된다. 이 액자에는 병사가 바랄 수 있는 모든 것들이 적혀 있다. 예를 들어, 자신의 고향으로 돌아가는 것, 복무 수행을 거부하는 것, 자신의 상관에게 복종하지 않는 것 등이 그것인데, 이런 행위에 대한 처벌이 사형이나 5년 징역 등으로 표시되어 있다.

에르크만-샤트리앙

나는 니그로[5]를 사들였고, 이제 그는 내 것이다. 그는 말처럼 일을 한다. 나는 그를 잘 먹이거나 잘 입히지 않고, 말을 듣지 않을 때는 그를 때린다. 여기에서 무엇이 놀랍다는 건가? 과연 우리는 우리의 군인들에게 더 나은 대접을 해주고 있는가? 군

---

5 '검은색'을 뜻하는 스페인·포르투갈어에서 유래한 용어로, 미국에서 흑인을 낮춰 부르는 말이다. 현재는 인종차별적 단어로 사용을 안하고 있다. ―옮긴이

인들은 이 니그로처럼 자유를 박탈당한 것은 아닐까? 차이는 오직 군인이 훨씬 더 싸다는 데 있다. 괜찮은 니그로는 지금 적어도 500에큐[6]인데, 괜찮은 군인은 거의 50에큐밖에 하지 않는다. 군인이든 니그로든 고용된 곳을 떠날 수 없고, 둘 다 조그만 실수를 저질러도 매질을 당한다. 월급은 거의 같다. 그러나 니그로가 군인보다 우위에 있는 이유는 그의 삶이 위험에 처하지 않아서가 아니라 처자식과 인생을 함께한다는 데 있다.

〈애호가들이 하는 백과사전에 관한 질문〉, 예술, 노예 제도[7]

전쟁의 무의미함과 불필요함을 노골적으로 폭로하고, 전쟁의 잔인함, 비도덕성, 야만성을 묘사한 볼테르, 몽테뉴, 파스칼, 조너선 스위프트, 칸트, 스피노자 등 수백 명의 작가들이 마치 존재하지 않았던 것만 같다. 무엇보다 인간의 형제애, 신과 사람들에 대한 사랑을 가르쳤던 그리스도의 설교도 없었던 것만 같다.

만일 이 모든 것을 기억해 낸 다음 지금 주변에서 벌어지는 일을 본다면, 전쟁에 대한 공포가 아니라, 인간 이성의 무기력에 대한 인식에서 오는 가장 무서운 공포를 체험할 것이다. 유일하게 인간을 짐승과 구별시키며 인간의 존엄을 형성하는 이성은 불필요하고 무익하며, 심지어는 그저 무익한 것이 아니라

---

6 유럽 공동체 안에서 공통으로 쓰는 통화 계산 단위.—옮긴이
7 볼테르의 저서 《애호가들이 하는 백과사전에 관한 질문Questions sur l'Encyclopédie, par des amateurs, Art. Esclavage》의 한 부분.—옮긴이

해로운 부가물이 된다. 마치 말의 머리에서 벗겨져 발걸음을 엉키게 해 말을 자극하기만 할 뿐인 굴레처럼 말이다.

이교도, 그리스인, 로마 시민, 성경도 모르면서 멍청하게 교회의 모든 명령을 믿은 중세 기독교인이 전쟁을 하면서도 전쟁이라는 소명을 자랑스러워할 수 있었기에 전쟁을 벌일 수 있었다는 것은 이해할 법하다. 기독교를 믿는 사람 혹은 믿지 않더라도 오늘날 철학자, 도덕주의자, 예술가의 작품을 통해 고취된 인간의 형제애와 사랑이라는 기독교의 이상을 자신도 모르게 받아들인 사람이 어떻게 그럴 수 있을까? 어떻게 그런 사람들이 가능한 많은 사람을 죽이기를 바라며 총을 쥐고 대포 옆에 서서 이웃들을 향해 조준할 수 있을까? 아시리아인들, 로마 시민들, 그리스인들은 전쟁을 하면서도 자신의 양심에 따라 행동할 뿐만 아니라 선한 일을 하고 있다고 확신할 수 있었다. 그러나 사실 우리는 원하든 원하지 않든 기독교인이다. 비록 왜곡되어 있을 지라도 기독교와 기독교의 보편 정신은 우리를 이성의 높은 단계로 끌어올리지 않을 수 없었다. 이와 같은 높은 곳에서 우리는 이미 온 몸으로 전쟁의 광기, 잔인함을 느낄 뿐만 아니라, 우리가 당연하고 훌륭하다고 여기는 것이 전쟁에 정면으로 대립된다는 것도 느낄 수 있다. 그래서 우리는 의연하고 확고하게 그리고 침착하게 이런 일을 할 수 없을 뿐만 아니라, 죄의식 없이 살인자의 광적인 감정 없이 이런 일을 할 수 없다. 살인자는 자신의 희생자를 죽이려 나서서는 영혼 깊은 곳에서 이미 시작된 일에 대한 죄의식을 느끼면서도 이 무서운 일을 끝낼 수 있도록 자신을 기만하고 충동질하고자 애쓴다. 오늘날 러시아 사회의 한가한 상류층을 사로잡고 있는 부자연스럽고 흥분되어 있으며 열광적인 광기의 모든 선동은 자행되고 있는 일에 대한 죄의식의 징후일 뿐이다. 통치자에 충성하고 통치자를 숭배하며 생명(자신의 생명이 아니라, 타인의 생명이라고 해야만 할 것이다)을 바칠 준비가 되었다는 뻔뻔하고 거짓된 이 모든 말들, 가슴으로 타국의 영토를 수호하겠다는 모든 약속, 갖가지 깃발과 볼품없는 성상을 들고 서로에게 나누는 무의미한 축복과 기도, 모포와 붕대, 간호 부대는 자행되고 있는 끔찍한 일에 대한 죄의식의 징후일 뿐이다. 필요한 만큼의 돈을 민중에게서 거둘 여지를 이용해 전쟁을 선언한 다음, 필요한 함대와 부상자들의 붕대를 위한 재화를 마련해야 하는 정부, 그리고 그 정부에 전달될 함대와 적십자를 위한 모든 기부금, 여러 도시의 신문에 중요한 뉴스인 것처럼 보도되는 과장되고 무의미하며 신성 모독의 슬라브어 기도문, 온갖 행진, 애국가 제창, '만세'의 외침, 일반화되었기에 폭로를 두려워하지 않는 무섭고 무분별한 언론의 모든 거짓, 러시아 사회가 직면해 있어 군중에 의해 조금씩 전해지는 이 모든 멍청함과 야만성, 이 모든 것도 마찬가지의 징후이다.

사람들은 본능적으로 지금 자신들이 저지르는 일이 있어서는 안 될 일이라는 사실을 알고 있다. 하지만 희생자를 죽이기 시작한 다음에는 멈출 수 없는 살인자처럼, 지금 러시아인들에게는 사건의 시작이 전쟁을 벌이기 위한 반박할 수 없는 논거처럼 여겨진다. 전쟁이 시작되었으므로 전쟁은 계속되어야 한다. 너무나 단순하여 갈피를 잡지 못하며 배우지 못한 채, 사소한 욕망과 자신이 처한 얼빠진 상태에 사로잡혀 행동하는 사람이라면 그렇게 생각할 수 있다. 우리 시대의 가장 박식한 사람들도 인간이 의지의 자유를 갖고 있지 않기에, 시작한 일이 나쁘다는 사실을 이해했을지라도 멈출 수 없다고 생각하며 똑같이 판단한다.

그래서 분별을 잃고 짐승처럼 변한 사람들이 끔찍한 짓을 이어나가는 것이다.

4.

아주 사소한 의견 충돌이 외교술과 여론 때문에 신성한 전쟁
으로 바뀔 수 있는 것이 너무도 놀랍다. 1856년 영국과 프랑스
가 러시아와의 전쟁을 선언했다. 이 전쟁은 그 원인을 이해하
기 위해서 한참 동안 외교 고문서를 뒤적여야 할 정도로 하찮
은 상황 때문에 발생했다. 이 이상한 오해의 결과, 50만 명의
선량한 사람들이 죽고 50~60억이 탕진되었다.

사실상 원인은 있었지만, 인정할 만한 성질의 것이 아니었
다. 나폴레옹 3세는 영국과 연합하여 행복한 전쟁으로 죄의 근
원인 자신의 권력을 확인하고 싶어 했다. 러시아인들은 콘스탄
티노플을 점령하고 싶어 했다. 영국인들은 제 나라 무역의 위
력을 확립하고 동양에 대한 러시아의 영향에 제동을 걸고 싶어
했다. 이런저런 구실이 있지만 이것은 언제나 똑같이 정복과

폭력의 정신 때문이다.

샤를 리셰

어떤 사람이 강의 저쪽에 살기 때문에, 비록 내가 그 사람과 싸우지 않았을 지라도 그의 군주와 나의 군주가 싸움을 벌이기 때문에, 그가 나를 죽일 권리를 가진다는 것보다 더 부조리한 일이 과연 있을까?

블레즈 파스칼

지구라는 행성에 살고 있는 사람들은 여전히 어리석고 이성적이지 못하며 멍청한 상태에 있다. 그래서 문명국의 언론에서는 매일같이 가상 적국에 대항해 동맹을 맺으려는 정부 수뇌부의 외교적 입장에 관한 고찰과 전쟁 준비에 관해 읽을 수 있다. 그리고 전쟁이 임박하면 국민들은 마치 모든 인간 생명이 개인의 소유라는 점을 의심하지 않는 듯, 도살장에 끌려가는 가축처럼 지도자들이 자신들을 다룰 수 있게 눈감아 준다.

이 이상한 행성에 살고 있는 모든 사람들은 민족, 국경, 군기라는 것이 있다는 신념을 교육받았다. 그리고 모든 사람들은 인간성이라는 매우 미약한 의식을 가지고 있어서, 이 감정은 조국이라는 표상 앞에서 완전히 사라져버린다. ⋯ 사실 생각 있는 사람이 마음을 합치면, 이 상태는 바뀔 수도 있을 것이다. 왜냐하면 어떤 사람도 개인적으로는 전쟁을 원하지 않는다. 하지만 정치적 도당이 생겨났고, 그 결과 수만 명의 기생자가 존재할 수 있게 되었다.

플라마리옹

　인간의 여러 가지 활동을 피상적으로가 아니라 근본적으로 연구하려 든다면, 악이 이 땅을 계속 지배하도록 얼마나 많은 생명을 희생시키고 있는가, 무엇보다 상비군 제도가 이 악을 얼마나 조장하고 있는가라는 슬픈 생각을 멈춰서는 안 된다.

　인간의 이 모든 활동이 불필요하다고 생각한다면, 그리고 대부분의 사람들이 저항 없이 받아들인 이 악이 사람들이 멍청하기 때문에, 또 비교적 교활하고 타락한 소수가 다수를 착취하는 대로 내버려 두기 때문에 발생한 것이라고 생각한다면, 놀라움과 슬픔의 감정은 커질 수밖에 없다.

파트리스 라로크

　늙은 부모님과 처자식을 버린 일반 사병, 상병, 하사관에게 왜 그가 알지도 못하는 사람들을 죽일 준비를 하는지 물어보라. 처음에 그는 이 질문에 놀랄 것이다. 그는 병사로서 맹세했고, 상사의 명령을 수행해야만 한다. 만일 당신이 그에게 전쟁 즉 사람을 죽이는 것이 "죽이지 마라."라는 계율과 상반된다고 말한다면, 그는 다음과 같이 답할 것이다. "만일 우리를 공격한다면, 어떻게 할 겁니까? 황제를 위하여, 정교 신앙을 위하여." (나의 질문에 한 사람은 다음과 같이 말했다. "그가 성물을 공격하면 어떡합니까?" "무엇을 공격한다고요?" "군기요.") 만일 당신이 그

병사에게 신의 계율은 군기뿐만 아니라 세상의 그 무엇보다 더 중요하다고 설명하려든다면, 그는 침묵하거나 화를 내며 상관에게 보고할 것이다.

장교와 장군에게 그가 왜 전쟁에 나가는지를 물어보라. 그는 당신에게 자신은 군인이고 조국의 수호에 군인이 필요하다고 답할 것이다. 살인이 기독교 규율과 상반된다는 것은 그를 당황시키지 않는다. 왜냐하면 그는 이와 같은 법칙을 믿지 않거나, 혹은 이 법칙이 아니라 이 법칙에 내린 해석을 믿기 때문이다. 중요한 것은 그가 군인이기 때문에 그가 무엇을 해야 하느냐라는 개인적인 문제에 앞서, 언제나 국가와 조국에 대한 공통의 문제를 제기한다는 사실이다. "조국이 위험에 처한 지금은 생각할 것이 아니라, 행동을 해야만 한다"고 그는 말할 것이다.

자신의 거짓으로 인해 전쟁을 준비시킨 외교관에게 왜 그들이 전쟁을 벌이느냐고 물어보라. 그들은 당신에게 그들 활동의 목적은 국민들 간의 평화 확립에 있고, 이 목적은 이상적이어서 실현되지 않을 이론이 아닌, 외교적 활동과 전쟁 준비를 통해 달성할 수 있다고 말할 것이다. 그리고 자신의 삶에 관한 질문 대신에 공통의 문제를 제기했던 군인들과 마찬가지로 외교관들도 자신의 삶과 활동이 아니라 러시아의 이익, 다른 국가들의 비양심, 유럽의 균형에 대해 말할 것이다

기자들에게 왜 그들의 기사로 사람들에게 전쟁을 선동하는지 물어보라. 기자들은 전쟁은 대체로 필요하고 유용하다고,

지금의 전쟁은 특히 그러하다고 말할 것이다. 그리고 그들은 두루뭉술한 애국심을 돋우는 문장으로 자신의 견해를 뒷받침할 것이다. 군인과 외교관처럼 기자로서, 어떤 개인으로서, 살아 있는 인간으로서 왜 그가 이렇게 행동하는지에 대한 질문에는 민중의 공통된 이익, 국가, 문명화, 백인에 대해 이야기할 것이다.

전쟁을 준비하는 모든 사람들은 전쟁의 문제에 자신이 관여하게 된 것을 이렇듯 똑같이 해명한다. 그들은 전쟁이 없어지기를 희망하지만, 지금은 불가능하다는 것에 동의한다. 그리고 지도자, 젬스트보[8] 회원, 의사, 적십자 활동가라는 유명한 지위를 차지하고 있는 사람으로서 그리고 러시아인으로서 그들은 지금 생각할 때가 아니라, 행동할 때라고 요구받는다. 그들은 위대한 공동 사업에 임했을 때는, 자신에 대해 생각하고 판단할 시간이 없다고 말할 것이다.

모든 일의 근원으로 보이는 차르도 똑같이 말할 것이다. 병사처럼 그는 '지금 전쟁이 필요한가'라는 질문에 놀랄 것이다. 그는 지금 전쟁을 그만둘 수 있다는 생각조차 허용하지 않는다. 차르는 전 민중이 그에게 요구하고 있는 일을 수행하지 않을 수 없다고 말할 것이다. 또 그는 전쟁을 큰 해악이라고 인정하여 전쟁을 근절하기 위해 모든 조치를 취하였고 또한 취할 준비가 되어 있지만, 이 경우에는 전쟁을 선언하지 않을 수 없

---

8 земство, 1864년에 창설한 러시아의 지방자치기관.—옮긴이

었고, 전쟁을 지속하지 않을 수 없다고 말할 것이다. 이것은 러시아의 이익과 위엄에 필요한 것이다.

이반, 표트르, 니콜라이와 같은 사람은, 이웃들의 살인을 금지했을 뿐만 아니라 이웃들에 대한 사랑과 봉사를 요구하는 기독교의 율법을 의무로 인정하면서도, 왜 전쟁, 즉 폭력, 강도, 살인 행위에 참여하는지를 묻는 질문에 언제나 똑같이 대답할 것이다. 그들은 조국이나 신앙, 맹세, 명예, 문명화 혹은 보통 어떤 추상적이고 규정되지 않는 인류 전체의 미래의 이익을 위해서 그렇게 행동한다고 대답한다. 게다가 이 모든 사람들은 열심히 전쟁을 준비하고 지시하고 논의하기에 언제나 바쁘다. 그래서 그들은 여가 시간에만 자신의 일에서 벗어나 잠시 쉴 수 있을 뿐, 그들이 공허하다고 생각하는 삶에 대해 판단할 여유가 없다.

5.

생각은 불가피하게 우리를 기다리고 있는 세기말의 대참사 앞에서 무참하게 멈춰 버린다. 우리는 대참사를 대비해야만 한다. 20년 동안(지금은 이미 40년이 넘었다) 모든 지식 활동은 파괴의 무기를 발명하는 데 소진되고 있었으므로, 곧 전체 군대 하나를 섬멸시키는 일에는 대포를 몇 번 발포하는 것으로 충분해질 것이다. 예전 같지 않게 돈에 넘어간 수천 명의 가난한 사람은 현재 이미 무장되어 있고, 국민 전체는 서로를 죽일 태세가 되어 있다. 국민들이 살인을 준비할 수 있도록, 그들이 미움의 대상이라는 사실을 각인시키면서 증오심을 부추기고, 선량한 사람은 이를 믿는다. 그리고 아무도 알 수 없는 어떤 우스꽝스러운 국경의 재분배 혹은 어떠한 상업적, 식민지적 이해관계 때문에 바로 여기 평화로운 시민들은 서로를 죽이라는 황당한 명령을 받은 후, 거친 짐승처럼 잔인하게 서로를 향해 달려들고 있다.

도살장에 끌려가는 양처럼 어디로 가는지 알면서도, 자기 아내가 방치되고 아이들이 굶주리게 되리라는 것을 알면서도 그들은 나아갈 것이다. 낭랑하게 울리는 거짓된 말로 얼이 빠질 때까지, 전쟁은 그들의 의무라고 생각하면서 신에게 그들의 피로 얼룩진 일을 축복해 주길 바랄 만큼 변할 때까지 그들은 나아갈 것이다. 그리고 환희에 찬 노래, 기쁨의 탄성, 축제의 음악에 젖어 자신들이 심었던 수확물을 짓밟고, 자신들이 건설했던 도시를 불태우며, 그들은 나아갈 것이다. 그리고 자신들에게 힘이 있음에도 불구하고, 만일 그들이 동의할 수 있다면 그들이 야만적인 외교의 교활함 대신에 건전한 생각과 형제애를 확립할 수 있음에도 불구하고, 어떤 저항도 없이 순종적이고 온순하게 그들은 나아갈 것이다.

에두아르 로드

한 목격자가 바랑기아인의 배에 타서, 오늘날의 러일 전쟁을 목격했습니다. 그는 그 이야기를 해주었습니다. 광경은 끔찍했습니다. 유혈이 낭자하고, 인간의 살점들, 머리 없는 시체, 잘려진 팔이 곳곳에 있고, 구역질 나는 익숙한 피 냄새가 진동합니다. 망루의 피해가 가장 큽니다. 망루의 꼭대기 위에서 유탄이 터졌고, 대포를 조준하던 젊은 장교가 죽임을 당했습니다. 이 불행한 사람에게 남은 것은 대포를 꽉 쥔 손뿐입니다. 사령관과 함께 있던 4명 중 2명은 사지가 찢겨 나갔고, 다른 2명은 심한 부상을 입었습니다. (내가 일전에 이야기했던, 두 다리가 잘려 나가서 나중에 한 번 더 잘라내야 했던 그 부상자 말입니다.) 사령관은 관자놀이에 파편을 맞아 쓰러졌습니다.

이것이 다가 아닙니다. 중립을 지키는 사람들은 자신들의 배에 부상자를 태울 수 없습니다. 왜냐하면 괴저와 열병이 전염되기 때문입니다. 괴저와 종기의 병원 내 전염은 기아, 화재, 파산, 질병, 티푸스, 천연두와 함께 전쟁의 악명의 일부를 이루고 있습니다. 전쟁은 이와 같습니다.

그 와중에 조제프 드 메스트르[9]는 전쟁의 은혜를 노래했습니다. "나약해진 결과, 인간의 마음은 자신의 유연성을 잃고 무신론자가 되어 문명의 과잉으로 인해 부패된 악덕을 터득한다. 따라서 인간은 피로서만 부활할 수 있다."

아카데미 회원 보규에 씨와 브륀티에르 씨도 거의 똑같은 말을 하고 있습니다. 그러나 총알받이가 될 가난한 사람은 이에 동의하지 않을 권리가 있습니다. 불행하게도, 그들에게는 자신의 신념을 지킬 용기가 없습니다. 모든 악은 여기에서 나옵니다. 옛날부터 그들은 이해할 수 없는 문제로 자신을 죽일 수도 있도록 허락하는 것에 익숙해져, 모든 것이 잘되고 있다고 생각하면서 계속해서 이 일을 합니다.

---

9   19세기 초 프랑스의 소설가이자 철학자, 정치가. 프랑스 전통주의를 대표하는 사상가로 프랑스 혁명에 반대하며 절대 왕정과 교황의 지상권을 주장했다.—옮긴이

이 때문에 지금 여기에 시체가 놓여 있습니다. 이 시체를 바닷게가 물속에서 먹어 치우게 되겠지요. 포탄으로 인해 그들 주변의 모든 것이 사멸되는 순간, 그들은 과연 문명의 과잉으로 그 유연성을 잃어버린 동시대인의 영혼을 부흥시키기 위해서 이 모든 일이 벌어졌다고 생각하며 기뻐할 수 있을까요.

아마도 불행한 사람들은 조제프 드 메스트르를 읽지 않았을 것입니다. 나는 부상자에게 붕대를 감은 사람들 사이에서 조제프 드 메스트르의 책을 읽으라고 충고합니다. 그들은 사형 집행인처럼 전쟁은 필요한 것이라 알고 있습니다. 왜냐하면 사형 집행인처럼 전쟁도 신의 공평함의 발현이기 때문이니까요.

그리고 이 위대한 생각은 외과 의사의 칼이 그들의 뼈를 쪼개는 순간, 그들을 위로할 것입니다.

나는 《러시아 통보》지에서 러시아의 강점은 러시아가 가진 무한한 인적 자원에 있다는 평가를 읽었습니다. 아버지를 여읜 아이들, 남편을 여읜 아내, 아들을 여읜 어머니들을 위한 이 자원은 곧 소진될 것입니다.

앙리 아흐뒤엥

1904년 3월 러시아, 어머니에게 보내는 개인적인 편지에서

당신은 문명화된 국민들 사이에서 **여전히** 전쟁이 필요한지를 묻는다. 나는 '전쟁은 이미 필요치 않을 뿐만 아니라 필요했던 적도 없었다'라고 답하고자 한다. 전쟁은 언제나 인류 역사의 올바른 흐름을 끊었고, 법을 파괴했으며 진보를 지연시켰다.

만일 전쟁의 결과가 가끔씩 보편적인 문명화에 이익이 되었다고 해도 해로운 결과는 훨씬 더 크다. 당장은 해로운 결과의 일부만이 명확하게 드러나기 때문에, 우리는 기만당하고 있다. 우리는 해로운 결과의 가장 중요한 많은 부분을 깨닫지 못한다. 그 때문에 우리는 '여전히'라는 말을 허용할 수 없다. 이 말을 허용하는 것은 전쟁의 옹호자들에게 우리 사이의 논쟁이 단지 잠정적인 합의의 문제이고 개인적인 평가의 문제라고 확신할 수 있는 권리를 준다는 것이다. 우리 사이의 불일치는 우리가 전쟁을 무익하다고 여기는 반면, 그들은 **여전히** 전쟁을 유익하다고 여길 수 있다는 것으로 귀결된다. 그들은 이와 같은 문제 제기에 관해서 우리에게 동의하면서도, 전쟁이 실제로 무익하고 심지어 해롭지만, 내일만 그러하고, 지금은 아니라고 말할 것이다. 지금 그들은 극히 소수의 개인적 야심을 만족시키기 위해서 자행된 전쟁이라 부르는 무서운 유혈 사태에 민중을 동원할 필요가 있다고 여긴다.

왜냐하면 전쟁의 유일한 이유는 군중에게 피해를 주는 소수의 권력과 명예, 부에 있었으며, 지금도 그러하기 때문이다. 군중의 자연스러운 맹신과 소수가 부추기고 지속시키는 편견이 이를 가능하게 했다.

가스통 모흐

오늘날 우리의 기독교 세계의 사람들은 올바른 길을 벗어났기 때문에, 멀리 갈수록 그 길이 틀렸음을 더 확실하게 깨닫는 사람과 같다. 사람이 길에 대한 진실을 의심할수록, 어딘가로 든 가고 있다는 생각으로 위로받으며, 더 빨리 더 필사적으로 그 길을 쫓아간다. 그러나 가는 길이 눈앞에 펼쳐지기 시작한 낭떠러지 외에는 어떤 곳으로도 가지 못한다는 것이 명확해질 때가 올 것이다.

지금 기독교인은 이와 같은 상태에 처해 있다. 만일 우리가 개인과 국가의 삶을 자신과 조국의 이익을 위한 하나의 요구에 맞춰서 지금과 같이 계속해서 살아간다면, 그리고 지금처럼 폭력적으로 이 이익을 보장하려 든다면, 첫째 우리는 서로가 서로에게, 국가가 국가에게 맞서는 폭력의 수단을 불가피하게 확대시키면서 생산의 많은 부분을 군비에 쏟아부어 점차 파산하게 될 것이 명백해진다. 둘째 우리는 전쟁에서 신체적으로 더 건장한 사람들을 서로 죽이게 되면서, 점점 더 퇴화하고 도덕적으로 타락하고 방탕하게 될 것이다.

만일 우리가 삶을 변화시키지 않는다면, 무슨 일이 일어날 것인가라는 문제는 두 개의 평행하지 않는 선이 반드시 만난다는 수학 공식처럼 자명한 것이다. 게다가 이는 이론적으로도 틀림없다. 오늘날 무슨 일이 일어날 것인가라는 문제는 이미 어떤 이성이 아니라 감정에 있어서도 확실한 문제가 되었다. 우리가 접근하고 있는 낭떠러지는 이미 우리에게 보이기 시작한다. 그러면 가장 단순하며 천하저으로 사색할 줄 모르는 무지한 사람들도 서로에 맞서 점차 군비를 늘리고 전쟁에서 서로를 죽이는 우리에게는, 병 속의 거미처럼 오로지 서로를 파멸시키는 것 외에는, 어떤 다른 방도가 없다는 사실을 깨닫지 않을 수 없다.

진실하고 진지하며 현명한 사람이라면, 예전에 그랬던 것처럼, 로마와 카를로스 대제나 나폴레옹의 범세계적인 군주국, 중세시대 사제의 정신적인 힘, 숭고한 연합, 정치적 균형을 위한 유럽의 협정과 평화적인 국제 재판소가 사태를 바로잡을 수 있다는 생각으로 스스로를 위로해서는 안 된다. 또는 몇몇 사람의 생각처럼, 군사력의 증강과 새로이 발명된 강력한 살상 무기로 사태를 바로잡을 수 있다는 생각도 어불성설이다.

범세계적인 군주국 혹은 유럽연합 공화국을 건설하는 것은 불가능하다. 서로 다른 국민들은 하나의 국가로 통합되는 것을 결코 원하지 않을 것이기 때문이다. 국제적 분쟁을 해결하기 위한 국제법을 만드는 것은 어떨까? 하지만 무장한 수백만의 군대를 보유한 소송 당사자들을 법의 판결에 종속시킬 수 있겠는가? 무장 해제시킬 수 있겠는가? 어떤 누구도 이 일을 벌이고 싶어 하지 않고, 또 할 수도 없다. 더 끔찍한 살상 무기, 즉 질식 가스로 충전된 폭탄 실린더와 사람들이 공중에서 서로에게 쏟아부을 포탄 실린더를 만들어 내는 것은 어떠할까? 무엇을 만들어 내더라도, 모든 국가는 그 살상 무기를 자기 관리하에 두게 된다. 그러므로 총알받이들은 칼 다음에 탄환 속으로, 탄환 다음에 고분고분하게 유탄, 폭탄, 장거리 사격포, 속사포, 박격포 속으로 걸어 들어갔고, 실린더에서 쏟아져 나온 질식 가스로 가득 찬 폭탄 속으로 걸어가게 될 것이다.

일본 전쟁이 헤이그 평화 회의에 모순되지 않는다는 무라비예프 선생과 마르텐스 교수의 말은, 생각을 전달하는 무기인 언어가 우리 세계에서 어디까지 왜곡될 수 있는지를 가장 잘 보여 준다. 그래서 명확한 이성적 사고 능력은 완전히 상실된다. 생각과 언어는 인간의 활동을 지도하기 위해서가 아니라, 어떤 죄를 짓더라도, 모든 활동을 정당화하기 위해 사용된다. 최근의 보어 전쟁과 언제든지 세계 전쟁으로 넘어갈 수 있는 현재의 일본 전쟁은 한 올의 의심 없이 이를 증명하였다. 반전주의적인 어떤 판단도 전쟁을 멈추게 하는 데 거의 영향을 미칠 수 없다. 마치 짖어대는 개를 향해, 개들이 서로 물어뜯는 데 정신이 팔린 사이, 싸움에 관여하지 않은 지나가는 개가 고기 조각을 가져감으로써 잃어버리는 것보다는, 그들을 짖어대게 만든 고기 조각을 같이 나누어 갖는 방법이 훨씬 이득이라고 말하는 가장 화려하고 설득력 있는 논거처럼 말이다.

우리는 낭떠러지를 향해 질주해 왔고 그래서 멈출 수가 없다. 우리는 낭떠러지로 날아가듯 다가가게 될 것이다. 현재 인류가 놓여 있는 상태에 관해, 인류가 불가피하게 다가가고 있는 상태에 관해 생각하고 있는 모든 이성적인 인간은 이와 같은 상태에서는 어떤 실질적 결론도 나올 수 없다는 것, 그리고 우리가 미친 듯이 향해 달려가는 이 파국에서 우리를 구해 줄 수 있는 어떤 조직과 제도도 만들어 낼 수 없다는 것을 명확하게 보지 않을 수 없다.

경제적으로 해결될 수 없으며 점차 복잡해지기만 하는 위험성은 말할 것도 없이, 서로에 맞서 군비를 확장하고 있는 국가들의 상호 관계는 매분 폭발할 준비 태세를 갖추다가 전쟁으로 폭발한다. 이와 같이 국가들의 상호 관계는 이른바 문명화된 모든 인류가 이끌리는 불가피한 파멸을 명확하게 보여 주고 있다.

그렇다면 무엇을 해야 할까?

6.

자신의 사명을 다한 그리스도는 새로운 사회의 기반을 구축
했다. 그리스도 이전의 민중들은 가축들이 자신의 주인에게 속
해 있듯이, 한 사람 혹은 여러 사람의 영주에게 소속되어 있었
다. … 힘 있는 공후들은 자신의 자존심과 탐욕의 무게로 민중
을 압박했다. 예수는 이와 같은 혼란에 종지부를 찍고, 숙인 고
개를 들게 하고 노예들을 해방시킨다. 그는 노예들에게 인간은
신 앞에서 평등하기 때문에 서로 자유롭다고 가르치기 시작하
고, 어떤 사람도 스스로 형제들에 대한 권력을 소유할 수 없으
며, 인간에 대한 신의 법칙인 평등과 자유는 파괴되어서는 안
된다고 가르치기 시작한다. 또한 권력은 권리가 될 수 없고, 사
회 조직에서 권력은 의무이고 봉사이며, 공동의 이익을 위해
스스로 자유롭게 받아들인 일종의 노예 제도라고 가르치기 시

작한다. 이것이 그리스도가 만들고자 한 사회이다.

세상에서 우리는 이를 볼 수 있는가? 이런 교의가 세상을 지배할 수 있겠는가? 세상에 백성들의 종이나 백성들의 공후가 있기나 할까? 1800년 동안 세대를 거듭하여 그리스도의 교의가 전달되고, 사람들은 그리스도를 믿는다고 말한다. 그렇다면 세상에서 변한 것은 무엇인가? 억압받고 괴로워하는 백성들 모두는 약속된 해방을 기다린다. 이 기다림은 그리스도의 말이 믿을 수 없거나 실효성이 없기 때문이 아니다. 이 기다림은 백성들 자신들의 노력으로 교의의 실현을 성취해야 한다는 사실을 이해하지 못했기 때문에, 혹은 자기 비하 속에서 잠든 채 승리를 가져다줄 어떤 일도 하지 않았기 때문에, 즉 진리를 위해 죽을 준비를 하지 않았기 때문에 생겨났다. 그런데 그들은 깨어나고 있다. 그들 사이에서 이미 무엇인가가 일어나고 있다. 그들은 구원이 가까웠다고 말하는 목소리를 이미 들었다.

라므네

19세기는 새로운 길로 나아가기 위해 질주하고 있다는 것을 인정하지 않을 수 없다. 19세기 사람들은 국민들을 위해 법과 재판소가 존재해야만 한다는 것을 이해하기 시작했다. 또한 큰 규모로 일어나고 있는 민족에 맞선 민족의 범죄가 인간에 맞선 인간의 범죄에 못지않을 정도로 혐오스럽다는 것도 이해하기 시작했다.

케틀레

같은 혈통을 가진 모든 사람들은 하나의 법칙하에 놓여 있으며, 하나의 목적으로 운명 지워져 있다. 그 때문에 우리에게는 행동에 따른 하나의 신념, 하나의 목적이 있어야만 하며, 모두가 하나의 깃발 아래에서 싸워야만 하다. 행동, 눈물과 고통은 모두가 이해할 수 있는 전 인류의 공통된 언어이다.

주세페 마치니

… 아니다. 나는 모든 사람들의 양심의 분노를 증인으로 세우고자 한다. 이 모든 사람들이 같은 국민이 어떻게 피를 흘리는지를 보았거나, 이 사태의 원인이 된 자들이다. 이 정도 살인의 무게를 지기 위해서는 한 사람으로는 충분하지 않다. 싸우는 자만큼 그 무게를 지는 자도 있어야 할 것이다. 무게를 지는 자가 만들고 있는 피의 법칙을 책임지기 위해서, 적어도 그들은 법칙을 이해할 필요가 있을 것이다. 그러나 여기서 말하고 있는 가장 좋은 제도는 어쨌든 일시적인 것일 뿐이다. 왜냐하면, 한 번 더 반복하건대, 군대와 전쟁은 없어져야만 하기 때문이다. 내가 다른 대목에서 반박한 바 있는 소피스트의 말인데, 외국인에게 맞선 전쟁이 신성하다는 말은 거짓이다. 또 이 땅이 피에 굶주렸다는 말도 거짓이다. 신도, 심지어 전쟁에 참여하여 비밀스러운 공포를 체험한 사람들도 전쟁을 저주한다. 대지는 하늘의 강물과 구름의 깨끗한 이슬을 바란다.

알프레드 드 비니

사람은 강요하거나 복종하도록 그렇게 부족하게 만들어졌다. 이 두 가지 습관 때문에 사람들은 서로를 망치고 있다. 여기에선 멍청하고, 저기에선 뻔뻔하다. 그래서 어디에도 진정한 인간의 존엄은 없다.

빅토르 콩시데랑

만일 나의 병사들이 생각하기 시작했다면 단 한 명도 부대에 남아 있지 않았을 것이다.

프리드리히 2세

2천 년 전에 세례자 요한과 그를 이은 그리스도는 사람들에게 말했다. "때가 찼고 하나님의 나라가 가까이 왔으니, 회계하고(μετανοειτε) 복음을 믿으라."(〈마가복음〉 1장 15절) 또 "너희가 회개하지 아니하면, 너희도 다 이와 같이 망하리라."(〈누가복음〉 13장 5절)

그러나 사람들은 그의 말을 듣지 않았다. 그가 예언했던 파멸은 이미 가까웠다. 그리고 우리, 오늘날의 인간은 파멸을 보지 않을 수 없다. 우리는 이미 파멸하고 있는 까닭에 시간으로 따지면 오래되었지만 우리에겐 새로운 구원의 방법을 흘려들을 수가 없다. 우리는 거칠고 어리석은 삶에서 새어 나온 모든 다른 재앙 외에도, 일련의 전쟁 준비와 그 준비의 결과인 필연적인 전쟁이 불가피하게 우리를 파멸시킬 것이라는 사실을 볼 수밖에 없다. 또 우리는 인간이 만들어 낸 이 악으로부터 벗어날 수 있는 실질적인 수단이 힘이 없고, 또 힘이 없을 수밖에 없다는 사실을 볼 수밖에 없다. 서로에 맞서 무장하는 국민들의 가난한 상태가 점점 더 악화되는 것을 볼 수밖에 없다. 그 때문에 그리스도의 말씀은 그 어느 때, 그 누구보다 우리와 그리고 우리 시대와 더욱더 연관되어 있다.

그리스도는 다음과 같이 말했다. "회개하라. 즉 모든 사람들은 시작된 자신의 일을 멈추고 자문해 보아라. 너는 누구인가? 너는 어디에서 왔는가? 그리고 너의 사명은 어디에 있는가? 이 질문에 답한 다음, 이 답변에 맞춰 네가 하고 있는 일이 너의 사명에 맞는 것인지 아닌지를 판단하라." 우리 세계, 우리 시대의 사람들 모두는, 다시 말해서 기독교 교의의 본질을 알고 있는 사람들은 잠시 동안 자신의 일을 멈추고 사람들이 자신을 무엇이라 여기든지, 즉 황제인지 병사인지 장관인지 기자인지를 잊고서, 자신에게 진지하게 물어볼 필요가 있다. 자신의 활동이 유익한지 합법적인지 이성적인지 의심해 보기 위해, 그가 누구이며, 그의 사명은 어디에 있는지를 말이다. 우리 시대와 기독교 세계의 모든 사람들은 자신에게 대답해야 한다. '나는 황제, 군인, 장관, 기자이기 전에, 무엇보다 먼저 사람, 즉 유한한 존재이다'라고. 나는 세상에 잠시 동안 머무른 후 죽기 위해, 즉 세상에서 사라지기 위해 높은 분의 뜻에 따라 시공간적으로 무한한 이 세계로 보내진 존재이다. 세상의 삶은 무한히고 나의 삶은 짧기 때문에, 내가 나에게 그리고 사람들이 나에게 부과했던 개인적이고 사회적이고 인류 공통적인 모든 목적은 보잘것없는 것이 된다. 또 내가 세상에 보내진 목적을 달성하기 위해 나의 목적은 더 높은 목적에 종속되어야만 한다. 나의 유한함으로 인해 이 최후의 목적이 나에게 이르지는 못한다. 하지만 이 목적은 (모든 존재의 목적이 있어야만 하는 것처럼) 존재하고 있다. 그리고 나의 일은 이 목적의 도구가 되는 것에 있다. 즉 나의 사명은 주님의 일꾼이 되고, 주님의 일을 수행하는 데 있다. 자신의 사명을 이렇게 이해한다면, 황제에서부터 병사에 이르기까지 현재 우리 시대의 모든 사람들은 스스로 부과했거나 혹은 다른 사람들이 부과한 의무를 다르게 보지 않을 수 없다.

황제는 이렇게 말해야만 한다. 사람들이 나에게 왕관을 씌우고 황제라고 인정하기 전에, 내가 국가 수장으로서의 의무를 수행하기 전에, 나는 살아 있는 한 나를 세상으로 보낸 높은 분의 뜻이 나에게 요구하는 바를 수행할 것을 약속한다. 이 요구를 나는 알고 있을 뿐만 아니라, 온 마음으로 느끼고 있다. 이 요구는 기독교 법칙으로 이루어진다. 나는 주님의 의지에 복종하고 그 의지가 나에게 원하는 것을 수행하고, 이웃을 사랑하고 주님께 봉사하고, 내가 대접받고자 하는 대로 이웃을 대접해야 한다는 율법을 따라야 한다. 사람들을 통치하고 폭력과 사형 그리고 가장 무서운 일인 전쟁을 지시하면서, 나는 과연 이를 다 할 수 있겠는가?

사람들은 내게 말한다. 내가 이를 해야만 한다고. 신은 말한다. 내가 완전히 다른 일을 해야 한다고. 그 때문에 수장으로서 내가 폭력, 조세 징수, 사형, 무엇보다 전쟁 즉 이웃을 살해하는 것을 지도해야만 한다고 나에게 수없이 말할지라도, 나는 이것을 하고 싶지 않고 또 할 수도 없다.

　사람을 죽여야만 한다고 주입받은 군인도, 전쟁 준비를 자신의 의무로 여기는 장관도, 전쟁을 선동하는 기자도, 그리고 자신이 누구이며 삶의 사명이 어디에 있는지라는 질문을 받은 사람이면 누구라도 자신에게 똑같은 말을 해야만 한다. 국가의 수장이 전쟁 지도를, 병사가 전투를, 장관이 전쟁 수단 마련을, 기자가 전쟁 선동을 그만둔다면, 새로운 제도, 시설, 정치의 균형, 재판 없이도 이 출구 없는 상태는 사라질 것이다. 즉 사람들이 전쟁뿐만 아니라, 그들이 스스로 초래한 이 모든 재앙에 대하여 취했던 상태는 저절로 소멸된다. 이상하게 여겨지겠지만, 인간이 초래한 불행으로부터, 그리고 불행 가운데 가장 무서운 전쟁으로부터 인간을 가장 확실하고 의심의 여지없이 구제하는 것은 어떤 외적이고 보편적인 방법이 아니라 모든 개별 인간의 자각에 호소하기만 하면 된다. 이 자각은 바로 1900년 전 그리스도가 제안한 것으로, 모든 사람들이 참회하고 스스로에게 그가 누구이며, 그가 왜 사는지, 그가 해야 할 일은 무엇이고 하지 말아야 할 일은 무엇인지를 묻는 것이다.

7.

　　인간 본성의 불변의 요소를 이루는 것은 종교가 아니라는 견해가 확산되고 있다. 흔히들 우리에게 종교는 생각과 감정의 발달의 한 단계일 뿐이며, 이 단계는 인간의 본능에 충실한 삶의 초기와 인간의 삶에서 비교적 덜 문명화된 시기에 해당한다고 말한다. 또 종교는 인간이 점차 성장하게 되는 시발점이며, 자기 뒤에 남겨야만 하는 어떤 것이다.

　　우리는 이 문제를 침착하게 살펴봐도 좋을 것 같다. 왜냐하면 종교가 단지 미신이라면, 반드시 우리는 이 종교로부터 벗어나야만 한다. 만일 종교가 인간의 최상의 삶에 맞는 것이라면, 이 문제에 대한 기독교적 탐구는 우리에게 그 사실을 보여주어야만 한다. 만일 당신이 각각의 동전에서 흔적을 발견하고, 그 흔적이 동일한 것이라면, 모든 동전에 흔적이 있다는 사실은 실제로 존재하는 일임을 의심 없이 확신하게 된다. 마찬가지로 당신이 인간이나 다른 어떤 존재의 본질에서 보편적이고 변함없이 두드러지는 특징을 어디서나 발견한다면, 아마도 이와 같은 특징의 요구에 부합하는 어떤 것이 이 세상에 있다고 확신할 것이다. 당신은 인간을 언제 어디서나 종교적인 존재라고 생각한다. 당신은 인간을 불가사의한 세상에 둘러싸여 있다고 믿는 존재라고 생각한다. 우리가 어떤 이론에 근거해서 세계를 본다 해도 세계는 우리를 있는 그대로 보여줄 것이다. 만일 세계가 거짓이 아니라면 이러한 세계에 부합하는 것도 역시 사실이다. 왜냐하면 실제 세계는 우리 안에서 이 특징들을 불러일으켰기 때문이다.

마이넛 저드슨 새비지

종교는 인간을 가르치는 높고 고결한 활동가이자 문명의 거대한 힘인 반면, 신앙의 외적인 발현인 정치적이고 이기적 활동은 인류의 진보에 큰 장애가 된다. 수도승과 정부의 활동은 종교에 대립한다. 우리의 연구에 따르면, 종교의 본질은 영원하고 신성한 것이다. 마찬가지로 종교의 본질은 인간의 심장이 느끼고 두근거리는 곳 어디서든 인간의 심장을 채운다. 우리 연구의 논리적 결론이 우리에게 가리키고 있는 것은 모든 위대한 종교의 유일한 기본이자 인류의 삶이 시작된 때부터 오늘날까지 이야기하고 있는 유일한 교의이다. …

모든 신앙의 심연에는 유일하고 영원한 신의 계시, 그리고 인간을 향한 주님의 말씀이라는 **유일한 종교**가 흐른다.

조로아스터교도는 타오 문양을, 유태인은 성구함을, 기독교인들은 십자가를, 무슬림은 초승달 문장을 지녀도 좋다. 그러나 이것은 단지 형식이고 상징일 뿐이다. 종교의 기본적 본질인 이웃에 향한 사랑을 마누, 조로아스터, 붓다, 모세, 소크라테스, 힐렐, 예수, 사도 바울, 마호메트가 똑같이 요구하고 있다는 점을 기억해야 할 것이다.

모리스 플류겔

어떤 사회도 공통된 신앙과 목적 없이 존재할 수는 없다. 정치적인 활동은 부가적인 것일 뿐, 종교가 그 원칙을 수립한다. 공통 신앙이 없는 곳에서는 다수의 의지가 지배하게 되는데, 이 다수의 의지는 부단히 변하고 나머지 사람들을 박해함으로써 존립한다. 신 없이도 사람들을 강제할 수는 있다. 하지만 설득할 수는 없다. 신 없는 다수는 폭군이 될 것이다. 그러나 사람들의 양육자는 될 수 없다. … 우리와 민중에게 필요하며, 민중이 빠져 있는 이기주의, 의심, 부정의 탈출구를 찾기 위해 이 시대가 요구하는 것은 바로 신앙이다. 이 신앙 안에서 우리의 영혼은 개인적인 목적을 찾기 위해 배회하는 것을 멈출 수 있고, 하나의 혈통, 하나의 법칙, 하나의 목적을 인정하며 모두 함께 갈 수 있을 것이다. 오래되고 낡은 신념의 폐허 위에서 생겨났던 모든 강한 신앙은 기존 사회 질서를 바꾸게 된다. 왜냐하면 모든 강한 신앙은 반드시 인간의 모든 활동을 성장시키기 때문이다. … 인류는 언어의 다양한 형식과 수준에서 "하늘에서와 같이 땅에서도 너의 통치가 도래할 것이다."라는 주의 기도를 반복하고 있다.

주세페 마치니

인간은 현재를 살아가는 짐승들 가운데 하나라고 자신을 생각할 수도 있고, 가족의 일원으로 수세기 동안 살고 있는 사회와 민족의 일원으로 자신을 생각할 수도 있다. 또 인간은 영원한 시간을 살고 있는 무한한 세상의 일부로 자신을 생각할 수 있는데, (왜냐하면 그의 이성은 멈출 수 없이 여기로 이끌린다) 반드시 그래야만 한다. 그렇기 때문에 이성적인 사람들은 언제나 가장 가까운 삶의 현상에 대한 태도뿐만 아니라, 시공간적으로 무한한 모든 현상에 대한 태도를 정립한다. 그리고 이해하기 어려운 전체에 대한 인간의 태도 정립을 종교라고 불렀고 또 부르고 있다. 이때 인간은 자신을 전체의 일부라고 느끼고, 전체에서 자신의 행동의 지침을 끌어오게 된다. 그런 까닭에 종교는 언제나 이성적인 사람과 이성적인 인류의 삶에 변함없는 필수 조건이 된다.

진정한 종교는 인간을 둘러싼 무한한 삶에 대해 인간이 정립한 관계이다. 그리고 이 관계는 인간의 삶을 무한함과 결부시켜 인간의 행동을 지도한다.

레프 톨스토이

(객관적으로 검토한) 종교는 신의 율법을 우리의 모든 의무라고 인정하는 것이다. 비록 다양한 신앙이 있을 수 있지만, 진정한 종교는 오직 하나뿐이다.

칸트

오늘날 사람들을 고통스럽게 만든 해악은 대부분의 사람들이 인간의 활동에 대한 이성적 지침을 구할 수 없기 때문에, 즉 종교가 없기 때문에 발생한다. 이때 종교는 교의에 대한 믿음으로 혹은 유쾌한 오락, 위안, 선동 의식으로 형성되는 것이 아니다. 이 종교는 인류와 신에 대한 인간의 입장을 정립하고, 인간의 모든 활동에 공통되고 고양된 방향을 제시한다. 만일 종교가 없다면 인간은 짐승 수준, 심지어 짐승보다 더 저급한 수준이 되어버린다. 사람들을 필연적인 파멸로 이끌었던 이 해악은 독특한 힘을 가지고 우리 시대에 나타났다. 왜냐하면 삶에서 이성적인 지침을 상실하고, 모든 노력을 주로 응용 지식 영역의 발견과 개선에 쏟아부은 결과, 오늘날 인간은 자연의 힘을 지배하는 거대한 권력을 형성하였다. 사람들은 이 권력을 이성적으로 활용할 지침을 가지고 있지 않은 바람에, 자연스럽게 이 권력을 가장 저급하고 야만적인 의도를 충족시키는 데 사용하게 되었다.

자연의 힘에 대한 거대한 권력을 얻었지만 종교를 잃어버린 사람들은 화약이나 폭명 가스를 가지고 노는 아이들과 같다. 우리 시대 사람들이 이용했던 힘과 그 힘을 어떻게 이용하는지에 관해 고찰해 본다면, 다음과 같이 느낄 수 있다. 즉 도덕적 발전의 단계를 비유하자면, 인간은 철길, 기선, 전신 전화, 사진술, 무선 전신뿐만 아니라 단순한 철의 가공 기술에 대한 권리도 가지고 있지 않다. 왜냐하면 인간은 이 모든 발전과 기술을 오로지 자신의 음욕을 만족시키고, 위안과 음락, 서로를 살해하는 데에만 사용하고 있기 때문이다.

그렇다면 어떻게 해야 할까? 인류가 획득한 삶의 발전과 모든 능력을 외면할 수 있을까? 인류가 알고 있는 것을 과연 잊어버릴 수 있을까? 이는 불가능하다. 아무리 지적 습득물을 해롭게 사용한다 할지라도, 이것들은 어쨌든 획득된 것이고, 사람들은 이것을 망각하지 않는다. 수 세기에 걸쳐 형성되었던 민족 연합을 변형시켜 새로운 연합체를 형성할 수 있을까? 소수가 다수를 기만하고 착취하는 것을 견제할 수 있는 새로운 제도를 만들어 낼 수 있을까? 지식을 확산시킬 수 있을까? 이 모든 것은 시도되었고, 지금도 매우 열심히 시도되고 있다. 허위에 찬 이 모든 개선 방안은 자기 위안과 필연적인 파멸 의식에 대한 회피 수단이 될 뿐이다. 국경이 바뀌고, 제도가 바뀌며 지식이 보급되었다. 하지만 서로 다른 지역, 다른 제도권에 살면서 지식을 확충한 사람들은 매 순간 서로를 괴롭힐 준비를 하는 짐승으로 남게 된다. 아니면 이 사람들은, 종교적 인식이 아닌 욕망, 지략, 일방적인 훈계를 따르는 동인에 언제나 그래 왔듯이, 노예로 남게 될 것이다.

그러므로 인간에게 선택이란 없다. 인간은 다른 존재보다도 더 비양심적이고 뻔뻔한 노예의 노예가 되어야 한다. 그것이 아니면 주님의 노예가 되는 것이다. 왜냐하면 인간에게는 자유로워질 수 있는 단 하나의 수단이 존재하는데, 그것은 바로 자신의 의지와 신의 의지를 결합하는 것이다. 종교를 잃어버린 어떤 사람들은 그 종교를 부정하고, 다른 사람들은 종교를 대체한 외적이고 기형적인 형식을 종교로 받아들인다. 그리고 개인적 음욕, 공포, 인간의 법, 무엇보다 상호 최면에 빠트리는 이 형식은 짐승이나 노예가 되는 것을 멈추게 할 수 없다. 어떤 외적인 노력도 사람들을 이 상태로부터 구할 수는 없는 것이다. 이유인즉슨 종교만이 사람을 자유롭게 만들기 때문이다.

그러나 우리 시대 대다수의 사람들은 종교를 상실하였다.

8.

너의 양심을 평가하는 일 따위는 하지 말고, 진실에 반대되는 것도 말하지 말라. 가장 중요한 것을 준수하라. 그러면 너는 너의 삶의 모든 과제를 수행하는 것이다. …

어떤 사람도 너의 의지를 강요할 수 없다. 의지에는 도둑도 강도도 없다. 대부분의 사람들처럼 어리석은 것을 바라지 말고, 개인적인 것이 아닌 공동의 이익을 추구하여라. 삶의 과제는 다수의 입장에 있는 것이 아니라, 일련의 광기에 빠지지 않는 것에 있다.

주님이 있다는 것을 기억하라. 주님은 자신과 비슷하게 창조한 인간들로부터 인간적인 찬사나 명예를 바라지 않는다. 주님이 원하는 것은 인간들이 주님이 준 이성의 지도를 받으면서, 자신들의 행동을 주님에 견주는 것이다. 실상 무화과나무는 자기 일에 충실하고 개도 꿀벌도 마찬가지이다. 그렇다면 인간은 과연 자신의 소명을 수행하고 있는가? 아아! 이 위대하고 신성한 진실은 너의 기억에서 퇴색되고 있다. 일상의 공허함, 전쟁, 어리석은 두려움, 영혼의 유약함과 노예근성이 진실을 억누르고 있다.

큰 가지에서 잘려 나온 잔가지는 나무 전체에서 잘려 나온 것과 같다. 다른 사람과 불화가 있을 때 사람은 인류 전체로부터 멀어진다. 잔가지는 다른 사람의 손에 의해 잘렸지만, 인간은 자신의 미움과 증오 때문에 이웃으로부터 <u>스스로</u> 자신을 소외시킨다. 사실 인간은 이렇게 해서 인류 전체로부터 멀어진다는 점을 감지하지도 못한다. 그러나 인간에게 형제와 같은 공동의 삶을 요구했던 주님은 불화가 있은 후에도 서로 화해할 수 있는 자유를 주셨다.

마르쿠스 아우렐리우스

계몽은 인간이 자기 스스로 지탱하고 있던 유아기에서 깨어나는 것이다. **유아기**는 다른 사람의 가르침 없이는 자신의 이성을 이용할 수 없는 인간의 무능함으로 형성된다. **그들은 스스로 유아기를 지탱하고 있는데**, 그 원인은 이성이 충분하지 못한 데 있는 것이 아니라 다른 사람의 가르침 없이 이성을 사용할 용기와 결단력이 부족한 데 있다. Sapere aude.[10]

---

10 "현명한 사람이 될 용기를 가져라."—옮긴이

자신의 이성을 이용할 용기를 가져라. 이것이 계몽의 모토이다.

칸트

그리스도가 따랐던 종교를 그리스도가 그 대상이 된 종교에서 해방시켜야만 한다. 그리고 우리가 영원한 복음서의 의식 상태, 구성의 기본 단위와 단초를 알게 되었을 때, 우리는 복음서를 따라야만 할 것이다.

시골 전등 장식의 초라한 등화접시 혹은 행렬의 작은 촛불은 태양 빛의 위대한 기적 앞에 흐려진다. 마찬가지로 지방의 미심쩍고 쓸데없는 우연한 기적은 정신적 삶의 법칙 앞에, 신이 지도하는 인류 역사의 위대한 광경 앞에서 초라해진다.

헨리 아미엘

나는 다음과 같은 상태에 대해 어떤 논증도 필요하지 않다고 본다. 즉 사람들이 선량한 삶을 살지 않고서 신을 만족시킬 생각을 하는 것은 단지 종교적 오류이고 미신일 뿐이다.

칸트

본질적으로 주님을 존중하는 유일한 방법은 자신의 의무를 실천하고 이성의 법칙에 따라 행동하는 것이다.

게오르크 리히텐베르크

여러 가지 세속 활동에 열중한 사람들은 이렇게 말할 것이다. 우리를 괴롭혔던 해악을 근절하기 위해서는 몇 사람이 아니라, 모든 사람이 참회를 해야만 하고, 동시에 주님의 의지를 실천하고 이웃들에게 봉사하는 자신의 사명을 이해해야만 한다고.

이것이 가능하기나 할까?

나는 가능할 뿐만 아니라 이렇게 하지 않는 것이 불가능하다고 답할 것이다. 사람들이 회개하지 않는 것은 불가능하다. 즉 모든 사람들이 그가 도대체 누구이며 왜 사는지에 대한 의문을 가지지 않는 것은 불가능하다. 이성적 존재인 인간은 그가 왜 사는지도 모른 채 살 수는 없기 때문이다. 그리고 인간은 언제나 이와 같은 의문을 품고, 자기계발 정도에 따라 종교적 교의 안에서 이 질문에 항상 답해 왔다. 사람들이 느끼는 내적 모순은 우리 시대에 특별히 집요하게 이 문제를 제기하고 그 답변을 요구한다. 오늘날 사람들이 인간에 대한 사랑과 봉사를 삶의 법칙으로 인정하지 않는다면 이 질문에 대답하는 것은 불가능하다. 왜냐하면 이는 인생의 의미에 대한 우리 시대의 유일한 이성적 답변이기 때문이다. 그리고 이 답변은 1900년 전에 기독교에서 표명되었던 것이고, 전 인류의 대다수 사람들에게 정확히 알려진 것이다.

이 답변은 오늘날 기독교 사회의 모든 사람들 의식 속에 은닉된 상태로 살아 있긴 하지만, 명확히 표현되지 못해 삶의 지침이 되지 못한다. 왜냐하면 한편으로 최고의 권위를 누리는 이른바 학자들이 종교는 인류가 체험한 발전의 일시적인 단계이며 인간은 종교 없이도 살 수 있다는 허망한 착각을 하고 있기 때문이다. 그리하여 그들은 민중 가운데 막 교육받기 시작한 사람들에게 이와 같은 착각을 주입시킨다. 다른 한편으로 권력을 가진 사람들은 의식적으로 때로는 무의식적으로 (교회의 신앙이 기독교라고 착각하면서) 민중에게 기독교라고 사칭되는 허황된 미신을 부추기고 지탱하려고 애쓰기 때문이다.

이 두 개의 기만이 없어지기만 한다면, 은닉된 상태지만 이미 오늘날 사람들 안에 살아 있는 진정한 종교는 명확하고 당연한 것이 된다. 이것을 실현시키기 위해, 한편으로 학자들은 모든 인간의 형제애에 관한 입장과 자기가 원하는 것을 다른 사람에게 나눠 준다는 율법이 인간의 수많은 의론 가운데 우연한 하나가 아니라는 점을 깨달아야 한다. 이는 인간의 어떤 다른 의론에 종속될 수 있는 것이 아니다. 이것은 의심의 여지가 없이 다른 의론보다 높은 곳에 있으며, 신과 무한한 것에 대한 인간의 변함없는 태도에서 흘러나온 입장이다. 이것이 종교이고, 종교의 전부이다. 그래서 이것은 항상 의무와 같은 것이다.

다른 한편으로, 의식적으로든 무의식적으로든 기독교의 모습을 한 허황된 미신을 전도하는 사람들은 그들이 전도하고 지키는 교리, 성례, 의식이 생각만큼 중요하지 않다는 것을 깨달아야만 한다. 그뿐만 아니라 이것은 신의 의지, 사람들의 형제애, 사람들을 위한 봉사를 실천함으로써 표출되는 유일한 종교적 진리를 가리기 때문에 극도로 유해하다. 또한 사람들은 남에게 대접받고자 하는 대로 너희도 대접하라는 규칙이 기독교 명령 가운데 하나가 아니라, 복음서에 나타났듯이 실제 종교의 전부라는 것을 이해해야 한다.

우리 시대 사람들이 삶의 의미에 대한 문제를 함께 제기하고 함께 대답하기 위해, 자신을 교양인이라고 여기는 사람들은 종교가 격세유전이자 과거 야만적인 시대의 잔재라는 생각을 멈추고, 또 그와 같은 생각을 다음 세대에게 전하는 짓을 그만두어야 한다. 또한 교양인은 훌륭한 삶을 살기 위해 인간을 평등과 도덕적 삶으로 인도할 여러 가지 지식을 보급하는 교육이 이미 충분하다는 생각도 멈추어야 한다. 이들은 사람들의 선량한 삶을 위해 종교가 반드시 필요하며, 이 종교는 이미 존재하고 오늘날 사람들의 의식 속에 살아 숨 쉰다는 것을 깨달아야만 한다. 의도적이든 우연하게든 교회의 미신으로 민중을 혼란스럽게 했던 사람들은 그 일을 그만두고, 기독교에서 중요하고 필요한 것은 십자가, 성찬식, 교의의 심문이 아니라 오로지 신과 이웃을 사랑하고 남에게 대접받고자 하는 대로 너희도 대접하라는 율법을 실천하는 것임을 인정해야만 한다. 바로 여기에 모든 율법과 예언이 있다.

만일 사이비 기독교인과 지식인이 이 점을 이해해서 자신의 복잡하고 혼란스럽고 불필요한 이론을 가르치듯, 이 단순하고 명백하며 긴요한 진리를 아이들과 교육받지 못한 사람들에게 가르친다면, 모든 사람들은 삶의 의미를 함께 이해하고 이 의미에서 흘러나온 똑같은 의무를 인식하게 될 것이다.

9. 군 복무를 거부한 농민의 편지

1895년 10월 15일, 저는 국방의 의무를 다하라는 소집통지서를 받았습니다. 제가 제비뽑기를 할 차례가 되었을 때, 저는 제비뽑기를 하지 않겠다고 말했습니다. 관리들은 저를 쳐다보고, 이야기를 주고받으며, 왜 제비뽑기를 하지 않느냐고 물었습니다.

저는 선서도 하지 않을 것이고 총도 쥐지 않을 것이기 때문이라고 대답했습니다.

그들이 말했습니다. 그 일은 나중의 일이고, 제비뽑기는 해야 한다고. 저는 다시 거부했습니다. 그러자 촌장이 제비뽑기를 대신하라는 명령이 떨어졌습니다. 촌장이 제비를 뽑았습니다. 674번. 번호가 기입되었습니다. 사령관이 들어와서 저를 사무실로 불러 물어봤습니다.

"누가 너에게 이 모든 것을 가르쳤나? 왜 선서를 하고 싶지 않지?"

저는 대답했습니다. "성경을 읽으면서 스스로 체득했습니다."

그가 말했습니다. "나는 네 놈이 스스로 성경을 이렇게나 이해했다고 생각하지 않아. 사실 성경에 있는 전부를 이해할 순 없지. 그것을 이해하기 위해서는 공부를 많이 해야 해."

이에 저는 말했습니다. "그리스도는 복잡한 것을 가르치지 않았습니다. 가장 단순하고 지식이 없는 사람도 그의 교의를 이해하지 않습니까?"

그러자 그는 저를 부대로 보내려고 병사를 불렀습니다. 병사와 함께 우리는 취사장에 가서 점심을 먹었습니다. 식사 후에 병사들은 왜 선서를 하지 않았는지 저에게 질문하더군요.

저는 대답했습니다. "왜냐하면 복음서에 '결코 맹세하지 마라'라고 쓰여 있기 때문입니다."

그들은 놀라워했습니다. 이어서 물었습니다. "정말 성경에 그게 있다고? 자, 찾아봐."

저는 찾아서 읽었고, 그들은 들었습니다. "설령 그게 있다 치더라도 선서를 하지 않으면 안 돼. 난처해지거든."

저는 이에 말했습니다. "이 세상의 생명을 버리는 자는 영원한 생명을 얻을 것입니다."

20일에 그들은 저를 다른 젊은 병사들의 대열에 집어넣었고, 우리는 병사들의 규칙을 들었습니다. 그들에게 저는 아무것도 하지 않을 것이라고 말했습니다. 그들은 "왜?"라고 물었습니다.

저는 "왜냐하면 기독교인으로서 무기를 잡지 않을 것이고, 적으로부터 방어하지도 않을 것이기 때문입니다. 그리스도는 적을 사랑하라고 말씀하셨습니다."라고 답변했습니다. 그들은 "너만 혼자 기독교인이냐? 사실 우리도 모두 기독교인이잖아."라고 말했습니다. 저는 대답했습니다. "나는 다른 사람에 관해서는 아무것도 모릅니다. 단지 내가 하고 있는 것은 그리스도가 하라고 말한 것이라는 점만 알고 있습니다."

사령관은 "만일 네가 군 복무에 임하지 않는다면, 나는 너를 감옥에 보내버릴 거야."라고 했습니다.

대답으로 저는 "원하시는 대로 처분하십시오. 하지만 군 복무는 하지 않을 것입니다."라고 말했습니다.

오늘 위원회가 열렸습니다. 장군이 장교에게 말하더군요. "이 풋내기가 어떤 신념을 가졌기에 복무를 거부하고 있나? 수많은 사람들이 복무하는데, 저 혼자 거부하고 있잖아. 그를 채찍으로 실컷 때려주게나. 그러면 풋내기가 자기 신념을 버릴 거야."

그들은 올호빅을 아무르로 보냈습니다. 배를 탄 모두가 금식일을 지켰지만, 그는 거절했습니다. 병사들은 그에게 이유를 물었습니다. 그는 설명했습니다. 병사 키릴 세레다가 대화에 끼어들었습니다. 그는 복음서를 펼쳐서 〈마태복음〉 5장을 읽기 시작했습니다. 다 읽은 그는 "그리스도는 선서, 재판, 전쟁을 금지하고 있습니다. 그러나 우리는 이런 짓을 하고서도 합법적인 일이라 여기고 있습니다."라고 말하기 시작했습니다. 거기에는 병사들이 무리 지어 서 있었고, 세레다의 목에 십자가가 없다는 사실을 알게 되었습니다. 그에게 "십자가는 어디에 있나?"라고 물었습니다.

그는 트렁크에 있다고 말했습니다.

그들이 재차 물었습니다. "왜 너는 그걸 목에 걸고 다니지 않는 거야?"

그는 말했습니다. "나는 그리스도를 사랑하기 때문입니다. 그러므로 그리스도가 못 박힌 그 기구를 지닐 수가 없습니다."

그다음에 두 명의 상병이 들어와서, 세레다와 이야기하게 되었습니다. 그들은 세레다에게 "너는 최근에 금식도 했으면서, 지금은 왜 십자가를 벗어던졌나?"라고 물었습니다.

그는 이렇게 대답했습니다. "왜냐하면 그때 저는 어두운 곳에 있어서 불을 보지 못했습니다. 그런데 지금은 복음서를 읽기 시작했고, 기독교식에 따르면 이 모든 것을 할 필요가 없다는 것을 알게 되었습니다."

그들은 다시 "너도 올호빅처럼 복무 안 할 거란 말이지?"라고 물었습니다.

그는 복무를 하지 않을 것이라고 말했습니다.

그들은 물었습니다. "어째서?"

그는 "왜냐하면 저는 기독교인이고, 기독교인은 사람들에게 대항해 무장을 하면 안 됩니다."라고 말했습니다.

세레다는 체포되었고, 올호빅과 함께 지금 그들이 머물고 있는 야쿠트주로 이송되었습니다.

《올호빅의 편지》에서

1894년 1월 27일 보로네쥐 감옥의 한 병원에서 쿠르스키현의 시골 선생이던 드로쥔이 폐렴으로 죽었다. 그의 시신은 옥사한 죄수들의 시신을 버리던 감옥의 공동묘지에 던져졌다. 하지만 사실 이 사람은 생전 가장 신성하고 수순하며 올바른 사람 가운데 한 명이었다.

1891년 8월 이 선생은 국방의 의무를 다하라고 소집되었다. 그러나 그는 모든 사람들을 형제라 여기며 살인과 폭력을 양심과 주님의 의지에 반하는 가장 큰 범죄라고 보고 군인이 되어 무기를 드는 것을 거부했다. 더 정확히 그는 어리석은 행동을 요구할 수 있는 다른 사람의 권력에 자신의 의지를 바치는 것을 범죄라고 여기며, 선서하기를 거부했다. 폭력과 살인으로 쌓아 올린 삶을 산 사람들은 이 선생을 처음 1년 동안은 우크라이나 하리코프 독방에 감금했다. 그다음 그는 보로네쥐 징병 부대로 이송되었고, 그곳에서 15개월 동안 추위와 기아, 독방 감금으로 고통을 받았다. 참을 수 없는 고통과 궁핍으로 인해 그가 폐결핵에 걸리게 되자, 마침내 군 복무 부적합 판성을 받게 되었다. 시민 감옥으로 그의 이송이 결정되었고, 그곳에서 그는 9년 더 감금당해 있어야만 했다. 그러나 그를 징병 부대에서 감옥으로 이송할 때, 경찰관은 아주 추운 어느 날 아무런 배려도 없이 따뜻한 옷도 입히지 않고 그를 데려가서, 오랫동안 경찰서 근처 거리에 세워 두었다. 그렇게 그는 폐렴을 동반한 감기에 걸렸고, 22일 후에 폐렴으로 죽게 되었다.

죽기 하루 전, 드로쥔은 의사에게 말했다. "제가 오래 살지는 못하겠지만, 제 신념과 양심에 따라 행동한다는 의식을 가지고 죽으려 합니다. 물론, 다른 사람들이 이에 대해 더 잘 판단할 수 있지요. 어쩌면… 아니, 저는 제가 옳다고 생각합니다." 그는 확고하게 말했다.

《드로쥔의 삶과 죽음》에서

너희가 악마의 간계에 맞설 수 있으려면, 주님의 갑옷으로 무장해야만 한다. 우리의 전쟁은 피와 육신에 맞서는 것이 아니라, 관료, 권력, 현세기 어둠의 통치자, 지상의 사악한 영혼에 맞서는 것이기 때문이니라.

그대가 모든 것을 극복한 다음, 악행의 나날을 거스르고 견뎌낼 수 있도록 주님의 갑옷을 받아들여라.

그리고 진리에 따라 길을 떠나려는 자는 경건함의 갑옷을 입은 다음 그렇게 일어나라.

에페소인에게 보낸 베드로의 서한

사람들이 나에게 이렇게 물어 올 것이다. 적이 우리를 공격해서 죽이고 위협한다면, 우리 러시아에서는 바로 그 순간 어

떻게 행동해야 할까? 러시아 군인, 장교, 장군, 차르, 국민 개인
은 어떻게 행동해야 할까? 정말 적들이 우리의 영토를 파괴하
고 우리 노동의 산물을 착취하고, 포로들을 연행하고, 우리를
죽이도록 내버려 두어야 하는가? 전쟁이 시작된 지금 무엇을
해야 할까?

  정신을 차린 사람이라면 모두 "누가 전쟁을 일으켰을지라
도, 전쟁의 문제가 시작되기 전에 먼저 내 삶에 문제가 시작되
었다"고 대답해야만 한다. 내 삶의 문제는 아르투르항[11]에 대한
중국, 일본 혹은 러시아의 권리를 인정하는 것과는 아무런 관
계도 없다. 내 삶의 문제는 나를 이와 같은 삶으로 보냈던 자의
의지를 실천하는 데 있다. 그리고 이 의지는 내게 알려져 있다.
이 의지는 내가 이웃을 사랑하고 이웃에 봉사하는 데 있다. 무
엇을 위해서 내가 일시적이고 우발적이며 어리석고 잔인한 요
구를 쫓느라, 내게 알려진 영원하고 변함없는 삶의 법칙을 외
면해야만 하는가? 만일 신이 있다면 내가 죽을 때(매 순간 일어
날 수 있는 일이다), 신은 나에게 산림 지대인 용암포나 아르투
르항, 러시아 정부가 언급한 연합을 방어해 냈는지를 물어보
지는 않을 것이다. 이는 신이 나에게 위임한 일이 아니다. 신은
나에게 다음과 같은 것을 물어볼 것이다. 그가 나의 재량에 맡
겼던 생에서 내가 무엇을 했는가? 예정된 대로 나에게 맡겨진
조건 아래에서 내가 생을 잘 활용했는가? 그리고 내가 그의 율

---

11 중국의 뤼순항을 일컫는다.—옮긴이

법을 실천했는가?

그렇기 때문에 전쟁이 시작되었을 때 무엇을 할 것인가라는 질문은 내가 어떤 지위를 차지하고 있을지라도, 나의 사명을 이해하고 있는 내게는 다른 어떤 답이 있을 수 없다. 이 해답은 전쟁이 시작되었건 그렇지 않건, 수천 명의 일본인과 러시아인이 죽건 그렇지 않건, 아르투르항뿐만 아니라 페테르부르크와 모스크바가 함락되건 아니건 간에, 어떠한 상황에도 나는 신이 나에게 요구했던 대로 행동할 수밖에 없다. 그러므로 한 인간으로서 나는 직접적으로든 간접적으로든 전쟁을 지휘하거나 원조하거나 선동할 수 없다. 나는 전쟁에 **참여할 수도 없고, 참여하길 원하지도 않으며, 참여하지도 않을 것이다.** 지금 또는 내가 신의 의지에 거스르는 일을 하지 않은 후에, 어떤 일이 벌어질지 모르고 또 알 수도 없다. 그러나 나는 믿는다. 신의 의지를 실천하는 것이 나와 모두를 위해 분명 좋은 일이라고.

당신은 우리 러시아인이 당장 전쟁을 그만두고 일본인들이 우리에게 원하는 모든 것을 양보한다면, 무슨 일이 일어날 것인가에 대해 공포에 떨며 이야기하고 있다. 그러나 만일 타락과 자멸로부터 인류를 구원하는 유일한 방법이 오로지 이웃을 사랑하고 이웃에 봉사하기를(여기에 동의하지 않으면 안 된다) 요구하는 진정한 종교를 사람들에게 심어주는 것에만 있다면, 온갖 전쟁과 그 전쟁의 모든 나날들 그리고 나의 참전은 유일하게 구원받을 가능성을 훨씬 힘들고 요원하게 만든다. 그러므로 예상되는 결과에 따라 행동을 취하는 당신의 흔들리는 관점에서 보자면, 파멸과 살육을 중단한다는 틀림없는 실익만 빼고 일본이 원하는 모든 것을 우리 러시아가 양보할 때, 인류를 파멸로부터 구하는 유일한 방법에 가까이 가게 되는 것이다. 하지만 전쟁이 어떻게 끝나든, 전쟁을 지속할 때, 구원의 유일한 방법에서 멀어지게 된다.

그런데 만일 문제가 이와 같다면, 모든 사람 혹은 많은 사람들이 참전을 거부했을 때만 전쟁을 멈출 수 있다고 생각하게 된다. 황제이건 혹은 병사이건 한 사람만의 거부는 그 누구일지라도 그의 삶만 망가질 뿐, 아무런 이익도 없이 공허할 뿐이다. 러시아 차르가 전쟁을 거부한다면, 사람들은 그를 왕위에서 축출할 것이고, 어쩌면 왕위에서 쫓아내기 위해 죽여버릴지도 모른다. 평범한 사람이 군 복무를 거부한다면, 그는 징병 부대로 이송될 것이고, 어쩌면 총살당할 수도 있다. 삶의 의미를 생각하지 않기에 그 의미를 이해할 수 없는 사람들은 이렇게 말한다. "아무런 이유도 없이 무엇을 위해서 사회에 이익이 될 수 있는 자신의 삶을 쓸데없이 망쳐버리는 걸까?"

그러나 자신의 삶과 그 의미를 이해하는 사람, 즉 신앙심 깊은 사람이 느끼고 말하는 바는 그와 다르다. 이 사람들은 자신의 활동에서 예상할 수 있는 행동의 결과가 아니라 삶 속에서 자기 사명의 인식을 그 지침으로 삼는다. 직공은 그가 하는 일의 결과가 어떠한지 판단하지 않고, 공장에 가서 그에게 주어진 일을 한다. 군인도 상관의 의지를 수행하면서 마찬가지로 행동한다. 신앙심 깊은 사람도 마찬가지이다. 그는 신이 그에게 지시한 일을 하면서, 그 일의 결과를 평가하지 않는다. 때문에 신앙심 깊은 사람은 그와 같은 일을 하는 사람이 많은지 적은지에 대한 의문을 품지 않고, 그가 해야 되는 일을 한다면 그에게 무슨 일이 일어날지 의심하지도 않는다. 그가 알고 있는 것은 삶과 죽음 외에 아무것도 없으며, 삶과 죽음도 그가 복종하는 신의 손에 달려 있다는 사실이다.

신앙심 깊은 사람은 그가 그렇게 행동하고 싶어서 혹은 다른 사람에게 이익이 되기 때문이 아니라, 그의 삶이 신의 의지에 있다는 것을 믿기에 달리 행동할 수 없어서 바로 그렇게 행동한다.

여기에 신앙심 깊은 사람의 행동의 특징이 있다.

그러므로 사람들이 스스로 빌미를 제공했던 재앙으로부터 구원받는 일은 삶의 이익이나 논의에 따르지 않고, 종교적 인식을 따를 때 일어난다.

10.

주님의 백성은 세상을 지키는 비밀스러운 소금입니다. 그래
서 세상 만물은 주님의 소금이 힘을 잃어버리지 않는 한 지켜
집니다. "왜냐하면 만일 소금이 그 힘을 잃어버리면 무엇으로
그것을 짜게 할까요? 소금은 대지에도 거름에도 쓰일 수 없게
되고, 저기에 버려질 겁니다. 들을 수 있는 귀를 가진 자에게는
들릴 것입니다." 우리에 관해 말하자면, 만일 주님이 악마에게
우리를 괴롭힐 힘을 주신다면 우리는 괴롭힘을 당할 것입니다.
하지만 주님이 우리가 고통에 처하기를 원치 않으신다면, 우리
는 우리를 증오하는 세상에서조차 기적 같은 평안을 누릴 것
입니다. 그리고 우리는 "믿음을 가져라, 나는 세상을 이기있노
라."라고 말한 분의 비호를 받을 것입니다.

켈수스는 재차 언급했습니다. "아시아, 유럽, 그리고 리비아

의 모든 백성도 그리스인과 그리스의 이방인도 똑같은 하나의 율법을 따르는 데 동의하는 것은 불가능합니다. 그렇게 생각한 다는 것은 아무것도 이해하지 못했다는 것을 의미합니다." 하지만 우리는 이런 일이 가능할 뿐만 아니라, 이성적인 모든 존재가 하나의 율법 아래 통합되는 날이 올 것이라고 말하고자 합니다. 왜냐하면 말씀이나 이성은 이성적인 모든 존재를 길들이고 본래의 완벽한 상태로 바꾸어 놓습니다.

어떤 치료로도 고칠 수 없는 육체적인 병과 상처가 있습니다. 그러나 이것은 영혼의 질병에 관한 것이 아닙니다. 바로 주님이신 최고의 이성이 치료하지 못할 악은 없습니다.

켈수스에 반박하는 오리게네스

나는 머지않아 세상을 개혁하게 될 힘을 인식하고 있다. 이힘이 자극하거나 압박하지는 않지만, 나는 이 힘이 조금씩 주체할 수 없이 나를 끌어당기고 있음을 느낀다.

그리고 나는 내가 무의식적으로 다른 사람들을 유혹하는 것처럼, 어떤 것이 나를 유혹하고 있음을 안다.

나는 그것들을 끌어당기고, 그것들은 나를 끌어당긴다. 우리는 새로운 조합을 지향하게 된다. 자석의 중심에 가까이 서라. 그러면 너는 너 자신이 자석이 될 것이다. 우리가 우리의 사명과 힘을 더 많이 의식하면 할수록, 새로운 세계는 더 뚜렷하게 형상화될 것이다. 우리가 주님으로부터 직접 율법을 받아 주님의 율법의 입법자가 되면, 인간의 법은 시들고 우리 앞에서 화

석화된다.

그리고 나는 내 안에 있는 힘에게 물었다. "너는 누구냐?"

그러자 힘이 대답했다. "나는 사랑이자, 하늘의 통치자이다. 나는 사랑이기를 원하고 지상의 통치자가 되길 원한다. 나는 하늘의 모든 힘 가운데서 가장 위력 있는 힘이다. 그리고 나는 미래의 국가를 만들기 위해 왔다."

크로스비

어딘가에서 교회 신앙을 보편 이성의 종교로 점차 전환하는 원칙이 가시적으로 정착되었을 때, 주님의 통치가 이미 우리에게 도래했다고 분명 말할 수 있다. 비록 이 원칙에는, 성장한 다음 증식하는 배아처럼, 세상을 교화시켜야만 하고 장악해야만 한다는 의미를 가지고 있기에, 이 통치를 완전히 실현하는 것이 우리에게 한없이 요원해 보일지라도 말이다.

세상의 삶에서 수천 년은 마치 하루와 같다. 우리는 인내를 가지고 그 통치를 실현하기 위한 일을 하면서 기다려야만 한다.

칸트

내가 너에게 신에 대해 말할 때, 너는 내가 금이나 은으로 만들어진 어떤 물질에 대해 말한다고 생각하지 마라. 내가 너에게 말하고 있는 신은 네가 너의 영혼으로 느껴야 하는 것이다. 너는 신을 네 스스로 품고 있지만, 너의 순수하지 못한 생각과 혐오스러운 행동으로 네 마음속 신의 형상을 더럽히고 있다.

너는 네가 신이라고 숭배하는 황금의 우상 앞에서 어떤 무례한 짓을 할까 봐 조심하고 있다. 하지만 너는 실제 네 안의 모든 것을 보고 듣고 계신 신 앞에서는 추악한 생각과 행동에 열중할 때에도 얼굴조차 붉히지 않는다.

만일 주님이 우리가 행하고 생각하는 모든 것의 목격자라는 것을 알게 된다면, 우리는 죄짓는 것을 멈출 것이다. 그러면 주님은 언제나 우리와 함께하실 것이다. 주님을 기억하고 가능한 자주 주님에 대해 생각하고 이야기하라.

에픽테토스

우리를 침략한 적에게 어떻게 해야 하는가?

〈12 사도의 가르침〉에는 "너희의 적을 사랑하라. 그러면 너희에게서 적이 사라질 것이다."라고 말한다. 그리고 이 대답은 한마디 말만은 아니다. 사람들은 적을 사랑하라는 명령이 무언가 비유적인 것이고, 말한 그대로가 아니라 다른 어떤 것을 의미한다는 생각에 익숙해졌을 지도 모르겠다. 그러나 이 대답은 명백한 어떤 활동의 지시이며 그 결과이다.

적을 사랑한다는 것, 길 잃은 사람들이 지금 우리 국민에서 증오심을 부추기려 애쓰는 대상이 된 일본인과 중국인을 사랑한다는 것, 그들을 사랑한다는 것은 영국인이 그랬듯이 아편으로 그들을 중독시킬 권리를 갖기 위해서 그들을 죽이지 않는다는 것을 의미한다. 또한 프랑스인과 러시아인, 독일인이 그랬듯이 그들에게서 땅을 뺏기 위해 그들을 죽이지 않는다는 것,

러시아인이 그랬듯이 길을 파손했다는 죄로 그들을 생매장하지 않고, 결박하지 않으며 아무르강에 빠뜨리지 않는다는 것을 의미한다.

"제자는 스승보다 높은 곳에 있지 않다. … 제자는 그 스승처럼 되는 것으로 충분하다."

우리가 적이라 부르는 그들을 사랑하는 것은, 그들에게 기독교의 이름으로 원죄, 속죄, 부활 등의 허황된 미신을 가르친다는 의미가 아니다. 또한 그들에게 사람을 기만하고 죽이는 기술을 가르친다는 의미도 아니다. 이것은 그들에게 말이 아닌 우리의 선한 삶을, 예를 들어 평등, 청렴, 동정, 사랑을 가르친다는 것을 의미한다.

우리는 그들에게 무엇을 했으며, 무엇을 하고 있는가?

만일 우리가 진정 사랑한다면, 비록 지금이라도 일본이라는 적을 사랑한다면, 우리에게 적은 없어질 것이다. 군사 계획, 전쟁 준비, 외교적 판단, 행정적·재정적·경제적 조치, 혁명적·사회주의적 선전과 인류를 재앙으로부터 구할 수 있을 것 같은 여러 가지 불필요한 지식에 열중한 사람들에게 다음과 같은 이야기는 이상하게 보일 수도 있다. 즉 전쟁의 참사뿐만 아니라, 인간이 스스로 원인을 제공했던 모든 재앙으로부터 구원되는 길은 평화 연합을 창립하고자 하는 황제와 왕에 의해 이루어지지 않는다.

또 황제와 왕을 쓰러뜨리고 헌법을 제정하거나 군주제를 공화제로 바꾸는 사람들에 의해서도 아니며, 사회주의의 실천가에 의해서도 아니며, 지상과 해상의 승리자와 패배자에 의해서도 아니다. 도서관, 대학에 의해서도 아니고, 현재 학문이라 불리는 공허한 지적 운동에 의해서도 아니다. 이는 러시아의 두호보르, 드로쥔, 올호빅, 오스트리아의 나사렛 교도, 프랑스의 구토디에, 네덜란드의 터베이와 같은 순박한 사람들이 늘어남으로써 가능해진다. 이들은 삶의 외적 변화가 아니라 그들을 삶으로 보냈던 분의 의지를 가장 정확하게 수행하는 것을 자신의 목적으로 정립한 다음, 자신의 모든 역량을 이 신의 의지를 실행하는 데 집중시킨다. 오로지 이들만이 이런 목적을 향해 성급하게 돌진하지 않으면서도, 영혼 속에 주님의 통치를 실현시키는 동시에, 인류의 모든 영혼이 염원하는 주님의 외적인 통치를 이룰 수 있게 한다.

구원은 어떤 다른 방법이 아니라 오로지 하나의 방법으로 실현된다. 그렇기 때문에 지금 사람들을 지배하고, 차별과 증오, 인간 살육을 선동하며, 사람들에게 종교적, 애국적 미신을 주입 시킨 자들이 하는 일, 예속과 압박으로부터 사람들을 구제하기 위해 사람들에게 폭력과 외적인 대변혁을 호소한 자들이 하는 일, 우연적이며 대부분 필요 없는 많은 지식을 얻는다면 선량한 생활을 할 것이라 생각하는 자들이 하는 일 등, 이 모든 일은 사람들에게서 필요한 것을 빼앗으며, 구원의 가능성에서 멀어지게 만든다.

기독교 세계의 인간을 고통스럽게 하는 해악은 인간이 일시적으로 종교를 잃어버렸기 때문에 발생한다. 우리 시대에 현존

하는 종교가 인류의 지적, 학문적 발전 단계와 일치하지 않는다고 주장하는 일군의 사람들은 어떤 종교도 전혀 필요치 않다고 결론지었다. 그들은 어떤 종교도 이롭지 않다고 주장하면서 종교 없이 살아간다. 또 다른 사람들은 지금 포교된 기독교의 왜곡된 형식을 고수하면서, 사람들의 삶의 지침이 될 수 없는 공허하고 외적인 형식을 따르는 바람에 마찬가지로 종교 없이 살아가는 것과 같다.

어쨌든 우리 시대의 요구에 답하는 종교는 모든 사람들에게 알려져 있고, 은닉된 상태로 기독교 세계 사람들의 마음에 이미 살아 있다. 이 종교가 모든 사람들에게 명확하고 필수적인 것이 되려면 학자들과 민중 지도자들이 종교는 사람들에게 반드시 필요하고, 종교 없이 선량한 삶을 살수가 없으며, 이른바 학문이라는 것이 종교를 대신할 수 없음을 깨달아야 한다. 권력을 쥐고 있고 오래되고 공허한 종교의 형식을 고수하는 사람들 역시 종교라는 허울 아래에 그들이 지지하고 포교하는 것은 결코 종교가 아니라는 것을 깨달아야 한다. 사람들이 이미 알고 있듯이, 이것은 재앙으로부터 인간을 구원해 줄 수 있는 하나의 진정한 종교를 가지는 데 가장 큰 장애가 될 뿐이다.

따라서 사람들을 구원하는 믿을 수 있는 유일한 방법은 사람들의 의식 속에 살아 있는 진정한 종교로의 귀의를 방해하지 않는 것이다.

11.

이 땅에 경악스럽고 놀라운 일이 있도다. 예언가들은 거짓을 예언하고 성직자들은 예언가들을 이용하여 다스리며, 나의 민중은 이를 좋아하고 있나니. 앞으로는 너희는 어찌하려느냐?

〈예레미야서〉 5장 30~31절

이 사람들이 눈을 멀게 하고 마음을 완고하게 하였으니, 그대들은 눈으로 보지 않고 마음으로 깨닫지 않고 내가 그들을 치료할 수 있게끔 돌아서지 않는구나.

〈요한복음〉 12장 40절

가장 훌륭한 무기는 축복받지 못한 무기이다. 그러므로 현자는 무기에 의지하지 않는다. 현자는 무엇보다 안정을 소중히 여긴다. 그는 승리해도 기뻐하지 않는다. 승리에 기뻐하는 것은 살인에 기뻐하는 것을 의미한다. 살인에 기뻐하는 자는 목적을 달성할 수 없다.

노자

여행객이 어떤 외딴섬에서 한 무리의 사람을 보게 된다. 그런데 그 사람들의 집이 장전된 무기에 에워싸여 있고, 보초들이 밤낮으로 집 주변을 왔다 갔다 한다면, 여행객은 '섬에 강도가 사는구나.'라는 생각을 하지 않을 수 없다. 사실 유럽의 국가들도 이와 같지 않은가?

종교는 사람들에게 영향력이 너무 작거나, 아니면 우리가 진정한 종교로부터 너무 멀리 떨어져 있는 것이리라!

리히텐베르크

아르투르항 맞은편에서 600명의 죄 없는 사람들이 죽었다는 소식을 들었을 때, 나는 이 원고를 끝냈다. 이유 없이 무서운 죽음으로 내몰린 이 불행하고 기만당한 사람들의 무익한 고통과 죽음을 계기로 이 파멸의 원인 제공자들은 깨우쳐야만 했다. 나는 마카로프와 다른 장교에 대해서 이야기하는 것이 아니다. 그들 모두는 이와 같은 일을 왜 하는지 알고 있다. 그들은 분명 거짓이지만 일반적이기 때문에 드러나지 않는 애국수외라는 거짓으로 자신을 숨기면서, 자신의 이익과 야심을 위해 자발적으로 이 일들을 해왔다. 나는 러시아 전역에서 소집된 불행한 사람들에 대해 말하고 있는 것이다. 그들은 거짓 종교와 형벌이 두려워 맑고 이성적이며, 유익하고 근면한 가정생활에서 떨어져 나와 세상의 반대쪽으로 내몰려, 잔인하고 황당한 살상 기계에 탑승하게 되었다. 상실, 노력, 고통, 그들을 덮친 죽음조차도 아무 소용없이, 그들은 갈가리 찢겨져 먼바다에서 바보 같은 기계와 함께 가라앉았다.

1830년 폴란드와의 전쟁에서 흐워퍼츠키의 명으로 페테르부르크에 온 부관 브이레쿤스키는 디비치와 불어로 대화를 진행하였다. 브이레쿤스키는 디비치가 생각했던 러시아 군대의 폴란드 진격 상황을 다음과 같이 말했다.

— Monsieur le Maréchal, je crois que de cette manière il est de toute impossibilité que la nation polonaise accepte ce manifeste….

— Croyez-moi, l'Empereur ne fera pas de concessions.

— Je prevois donc qu'il y aura guerre malheureusement, qu'il y aura bien du sang répandu, bien de malheureuses victimes.

— Ne croyez pas cela, tout au plus dix mille hommes qui périront des deux côtés et voilà tout. 《Tis mille hommes et foilà dout》[12]

디비치는 독일식 억양으로 이렇게 말했다. 디비치는 자신만큼이나 잔인하고, 러시아와 폴란드 생활에 낯설었던 니콜라이 파블로비치[13]와 함께 수만, 수십만 명의 러시아인과 폴란드인의 생사를 결정할 권리를 가지고 있음을 확신하는 듯했다.

이런 확신이 가능했다는 사실이 믿기지 않는다. 그래서 황당하고 끔찍하다. 하지만 어쨌든 그들의 의지에 따라 여러 가정의 6만 명이나 되는 가장이 죽어 나가는 일이 발생했다. 그리고 지금도 똑같은 일이 벌어지고 있다.

만주로 일본인이 들어오는 것을 막고, 조선 반도에서 일본인을 내쫓기 위해서는 만 명이 아니라 5만 명 이상이 확실히 필요하다. 디비치가 그랬듯, 니콜라이 2세와 쿠로파트킨이 이를 위해서는 **러시아 측에서만 5만 명 이상의 목숨이** 필요하다고 말했는지 나는 알 수 없다. 그러나 그들은 이런 걸 생각하고 있고 생각하지 않을 수 없다. 왜냐하면 그들이 하고 있는 일이 이것을 말해 준다. 지금 수천 명씩 극동까지 끌려온 불행하고 기

---

12 〔"장군 각하! 제가 생각하기에, 폴란드 국민이 성명서를 수용하려면 이 조건으로는 불가능합니다…."

"믿으십시오. 황제가 양보하지 않을 것입니다."

"그렇다면 제가 보기엔, 불행히도 전쟁이 일어날 것입니다. 많은 피를 흘리게 될 것이고, 불행한 많은 희생이 따를 것입니다."

"당신이 그렇게까지 생각할 건 없습니다. 최대 전사자는 양측 모두 만 명 정도일 것입니다."〕

브이레콘스키는 자신의 말을 다음과 같이 덧붙이고 있다. "**원수**께서는 그때 적의 공격보다는 오히려 몇 년 내로 이 전쟁에서 원수를 포함하여 러시아인만 6만 명 이상이 죽을 것이라고 생각하지 않으셨습니다."

13 니콜라이 1세. ―옮긴이

만당한 러시아 농민들의 끊이지 않는 흐름이 있다. 이들은 니콜라이 로마노프와 알렉세이 쿠로파트킨이 죽이기로 결심했고, 또 죽이게 될 **기껏해야 5만 명의** 살아 있는 러시아인이다. 이 러시아인들은 부도덕하고 허영심 많은 자들이 중국과 조선 반도에서 자행한 기행, 약탈, 추행을 옹호하다 죽게 된다. 부도덕하고 허영심 많은 자들은 지금 자신의 궁전에 편안히 앉아, 아무런 죄가 없는 5만 명의 러시아 노동자들의 죽음을 통해 새로운 명예와 이익과 이윤을 기대한다. 하지만 불행하고 기만당한 5만 명의 러시아 노동자는 고통과 죽음에서 어떤 것도 얻을 게 없다. 러시아인에게는 아무런 권리도 없고 합법적인 소유자에게서 강압적으로 빼앗았으며 러시아인에게 실제로 필요하지 않은 타인의 땅을 위해, 심지어 조선 반도의 낯선 산림으로 돈을 벌고자 한 투기꾼의 어떤 괴이한 사업을 위해, 러시아 민중 전체 노동의 산물인 수백만의 큰 자금이 허비되고 있다. 또 이로 인해 다음 세대는 부채를 갚기 위해 노예가 되고, 가장 훌륭한 노동자들은 노동을 착취당하고, 수만 명의 자손들은 무자비하게 죽을 운명에 처해진다. 이 불행한 자들의 파멸은 이미 시작되었다. 게다가 전쟁을 계획한 자들은 전쟁을 멍청하고 무심하게 전개시킨다. 모든 것은 예측되지 않고 준비되지도 않는다. 한 신문에서 말했던 것처럼, 러시아가 성공할 중요한 가능성은 러시아가 무한한 인적 자원을 가지고 있다는 것이다. 수만 명의 러시아인을 사지로 보내고 있는 자들도 이점을 염두에 두고 있다.

우리 함대의 비통한 실패를 육지에서 보상해야만 한다고 노골적으로 말하는 자들이 있다. 러시아식으로 보자면 이 말은 해상에서 당국이 잘못된 지시를 내리는 바람에 수백만 민중의 자금뿐만 아니라 수천의 목숨까지 무고하게 파괴되었다면, 이것을 벌충하기 위해 육상에서 다시 수만 명의 목숨을 희생시키겠다는 의미이다.

날개 없는 메뚜기가 강을 건널 때면 위쪽의 메뚜기들이 건너갈 다리를 물속에 가라앉은 메뚜기들이 만들어 낸다. 그동안 아래쪽 메뚜기들은 가라앉게 된다. 러시아 민중도 지금 이렇게 이용당하고 있다. 여기 최하층은 모두 똑같이 죽게 될 다른 수천 명에게 그 과정을 보여 주면서, 이미 가라앉기 시작한다.

이 끔찍한 사건의 주동자, 관리자, 선동가들은 자신의 죄와 잘못을 이해하기 시작이나 한 것일까? 전혀 그렇지 않다. 그들은 자신의 임무를 이행했고 이행하고 있다고 확신하면서 자신의 활동을 자랑스러워한다.

사람들은 모두가 인정하는 능숙한 살인자인 용감한 마카로프의 죽음을 이야기하고, 수백만 루블에 달하는 좋은 살상 무기의 침몰을 안타까워한다. 또 사람들은 죄 많은 가여운 마카로프만큼 능숙한 다른 살인자를 찾는 일에 고심하고, 새롭고 훨씬 더 효율적인 살상 무기를 만든다. 황제에서부터 마지막 기자 한 사람까지 이 끔찍한 사건의 주범들은 모두 한목소리로 새로운 광기와 잔인함을 부추기고, 야만성과 인간 혐오를 강화할 것을 호소한다.

"러시아에 마카로프는 한 명이 아니다. 마카로프와 같은 모든 해군 대장은 마카로프의 자취를 따라갈 것이며, 죽은 마카로프의 계획과 사상을 전장에서 성실하게 이어갈 것이다."라고 《신세계》지에 언급되어 있다.

"우리 조국이 우리에게 앞으로 있을 전투에 필요한 용감한 새 아들들을 주시고, 이 아들들이 전투를 충분히 마무리할 수 있는 고갈되지 않는 힘의 저장고를 발견할 수 있음을 한순간도 의심하지 맙시다. 그리고 우리 모두 신성한 조국에 자신의 영혼을 바친 사람들을 위해 주님께 따뜻하게 기도합시다."라고 《페테르부르크 통보》지에 언급되어 있다.

"성숙한 국가는 비록 전례 없는 패배일지라도 그 패배에서 다른 어떤 결론을 내리지는 않을 것이다. 그 결론은 투쟁을 계속하여야 하고 진전시켜야만 하며 끝을 맺어야만 한다는 것이다. 우리 안에서 새로운 힘을 찾자. 새로운 영혼의 용사가 나타날 것이다."라고 《루스》지에 언급되었다. 나머지 신문들도 마찬가지다.

그러므로 더 크게 격노하여 살인과 온갖 종류의 범죄를 계속 저지르고 있다. 사람들은 의용군의 호전적인 정신에 열광한다. 이들은 갑자기 50명이나 되는 이웃을 가두어 죽이거나, 마을을 점령하고 그 모든 주민들을 참수하기도 하고, 간첩 행위로 비난받는 사람들을 교살하거나 총살한다. 하지만 사실 우리도 간첩 행위가 필요하다고 여기고, 멈추지 않고 행하고 있다. 이들의 악행은 그럴듯한 전보로 그들의 총지휘관인 차르에게 전해진다. 차르는 자신의 용감한 군대가 이 일을 계속하도록 축전을 보낸다.

이와 같은 상태에서 구원이 있다면 오로지 하나, 그리스도를 따르는 것이지 않겠는가? (너희 안에 있는) 주님의 통치와 주님의 진실을 구하라. **그러면 나머지의 것**, 즉 인간이 지향할 수 있는 모든 실제 이익은 저절로 실현된다.

삶의 법칙은 이와 같다. 현실적인 이익은 인간이 현실적인 이익을 추구할 때 얻을 수 있는 것이 아니다. (오히려 이 같은 추구는 대부분 인간이 추구하는 성과에서 멀어지게 한다.) 인간이 현실적인 이익의 달성에 대해 생각하지 않고, 단지 주님 앞에, 삶의 근원과 법칙 앞에 그래야만 한다고 여기는 것을 가장 완벽하게 수행하려 노력할 때 성취된다. 이와 같이 했을 때에만 현실적인 이익이 따라오는 법이다.

그러므로 인간의 진정한 구원은 오직 하나이다. 신의 권력의 일부에 속한 각 개인이 신의 의지를 수행하는 것이다. 각 개인의 중요하고 유일한 사명은 바로 여기에 있다. 동시에 각 개인이 다른 사람에게 영향을 미칠 수 있는 유일한 방법도 여기에 있다. 따라서 모든 인간의 노력은 이 사명에, 오로지 이 사명에만 정향되어야 한다.

12.

전쟁에 관한 원고의 마지막 페이지를 보내자마자, 끔찍한 소식을 듣게 되었다. 이 소식은 사람들을 다스리는 권리를 쥐면서, 그 권력에 취해 버린 경박한 자들이 러시아 민중에게 자행한 새로운 악행에 관한 것이다. 눈에 띄기 위해, 혹은 서로에게 해를 끼치기 위해, 혹은 멍청해 보이거나 방종해 보이지 않으려고 자신의 바보 같은 화려한 옷에 별, 드리개, 리본을 덧붙일 권리를 얻기 위해, 여러 가지 화려한 의복으로 장식한, 비굴하고 거친 노예 중의 노예인 여러 계급의 장군들이 있다. 바로 이 보잘것없는 가련한 사람들이 그들을 먹여 살리는, 존경해야 마땅한 착하고 근면한 수천 명의 노동자들을 끔찍한 고통 속에서 죽여 버렸다. 그리고 이 일의 주범들은 반성하거나 참회하지 않고 다시 악행을 저지른다. 그들이 얼마나 빨리 더 많은 사람들을 불구로 만들고 죽이며, 더 많은 러시아와 일본의 가정을 해체시키는지에 대해서만 들을 수 있고 읽을 수 있다.

게다가 똑같은 새로운 악행을 저지를 사람들을 양성하기 위해, 이 범죄의 주동자들은 애국주의 전쟁의 관점에서조차 이것이[14] 러시아인에게 부끄러운 패배였다는 분명한 사실을 인정하지 않는다. 그뿐만 아니라 그들은 순박한 사람들에게 이렇게 주입시키고자 애쓰고 있다. 즉 어떤 장군이 다른 장군이 한 말을 이해하지 못했기 때문에, 도살장에 끌려가는 가축처럼 덫에 걸려, 수천 명의 불행한 러시아 노동자들이 부상을 입고 죽임을 당했지만, 그들이 영웅적 업적을 이룩하였다고. 하지만 이 업적은 도망칠 수 없었던 사람은 전사했고, 도망친 사람은 살아남았다는 것이다. 장군과 제독이라고 불리는 끔찍하고 부도덕하며 잔인한 사람들 가운데 한 사람이 온순한 수많은 일본인을 침몰시켰다는 사실은 러시아인을 기쁘게 해야 한다는 의무를 이행한 위대하고 용감한 업적이 되었다. 그 결과로 모든 신문에는 학살에 대한 끔찍한 격문이 재차 인쇄되고 있다.

"우리의 순양함들은 파손된 '레트비잔'호와 그 자매함, 그리고 파괴된 수뢰정과 함께 압록강에서 죽은 2천 명의 러시아 병사를 교훈 삼아도 좋을 것이다. 순양함은 엄청난 파괴력으로 저열한 일본의 해변을 공격해야만 하다. 일본은 러시아인의 피

---

14 러일 전쟁을 의미한다.—옮긴이

를 보기 위해 그 군을 파견했다. 하지만 일본에게 자비란 없다. 지금은 감상적이어서는 안 된다. 지금 감상적인 것은 죄악이다. 고통스러운 일격을 가해야만 한다. 이 일격의 기억이 일본인의 교활한 가슴을 서늘하게 만들어야 한다. 지금은 순양함이 바다에 나가, 일본의 도시를 잿더미로 만들고 일본의 아름다운 해변을 따라서 끔찍한 불행이 퍼져 나가도록 해야 할 때이다. 감상은 이제 그만."

시작된 끔찍한 사건이 계속해서 이어진다. 강도, 폭력, 살인, 위선, 절도가 계속되고 있다. 그리고 무엇보다 기독교, 불교와 같은 종교 교의의 왜곡이라는 끔찍한 거짓이 계속 이어진다.

통수권자인 차르는 군인들에게 계속 열병식을 거행하라 명하여 군인들을 치하하고, 상을 수여하여 독려하고, 또 예비병의 소집을 명령한다. 충성스러운 신민은 숭배하는 군주에게 자신의 재산과 생명을 거듭 바치고 있다. 하지만 이는 말뿐이다. 이 신민들은 일에서는 다른 이들보다 뛰어나길 바라며 말로 그치지 않고, 의지할 곳 없는 가정의 가장과 아버지들을 빼내어 전쟁터에 보낼 준비를 한다. 러시아의 사정이 더 나빠질수록, 신문기자들은 더 양심 없는 거짓말쟁이가 된다. 그들은 어떤 사람도 그들을 논박하지 않는다는 사실을 알고 있기에, 부끄러운 패배를 승리로 바꾼다. 그래서 그들은 정기 구독과 판매고를 통해 안정적으로 돈을 끌어모은다. 돈과 민중의 노동이 전쟁에 더 많이 투입될수록, 관리와 투기꾼들은 더 많이 착취해 간다. 관리와 투기꾼들은 아무도 그들을 비난하지 않을 것임을 알고 있다. 왜냐하면 모두가 착취해 가기 때문이다. 사관학교에서 십여 년간 잔인함, 야비함, 태만을 일삼으며, 살인을 위해 양육된 군인들은 월급이 오르는 것 외에, 불행한 전사자가 승진을 위한 자리를 만들어 준다는 점에 기뻐하고 있다. 기독교 목사들은 주님께 전쟁을 도와 달라고 기도하면서 계속해서 사람들을 가장 큰 범죄로 꾀어내며 종교를 모독한다. 그리고 그들은, 손에 십자가를 쥐고 가장 무서운 범죄 현장에서 살해하도록 독려하는 일부 목사들을 비난하지 않을 뿐만 아니라, 변명해 주고 찬양한다.

일본에서도 마찬가지의 일이 벌어진다. 유럽에 있는 모든 추악한 자를 모방하는 어리석은 일본인들은 전쟁에 승리했기 때문에, 훨씬 더 열정적으로 살인을 저지르기 위해 모여든다. 마찬가지로 일본 천왕은 열병식을 하고 훈장을 수여한다. 마찬가지로 여러 장군들은 살인을 배운 후 계몽되었다고 상상하면서 허세를 부리고 있다. 마찬가지로 유익한 노동과 가족에게서 떨어져 나온 불행한 노동자는 신음한다. 마찬가지로 신문기자들은 거짓말을 하며 정기 구독에 기뻐한다. (살인이 용기로 격상되는 곳이기 때문에 모든 악덕이 번성하는 것은 당연하다.) 아마 마찬가지로 모든 관리와 투기꾼들은 돈을 쓸어 담을 것이다. 또 일본 신학자와 종교 지도자들은 무기 기술력을 갖춘 그들의 군인처럼 종교적 기만과 모독의 기술에서도 유럽인들에 뒤처지지 않는다. 그들은 부처가 금한 살인을 허용할 뿐만 아니라 정당화하면서, 위대한 석가모니의 교의를 왜곡한다.

800개의 사찰을 지휘하는 불교 학자인 쇼엔 샤쿠는 부처가 살인을 금했을지라도, 그도 모든 존재가 끝없이 사랑하는 마음으로 통합되는 그때까지 평안하지 못할 것이라고 말했다. 그리하여 쇼엔 샤쿠는 어지럽게 놓여 있는 사물들을 정돈하기 위해서는 전쟁을 할 수도 있고, 사람을 죽일 수도 있다고 설명했다.[15]

인간 영혼의 통합, 사람들의 형제애, 사랑, 연민, 인간 생명의

---

15 쇼엔 샤쿠의 논문에는 다음과 같이 적혀있다.

"세 개의 세계가 나에게 속한다. 이 세계에 있는 모든 사물들은 내 자식들이다. … 이들 모두는 오로지 나의 자아를 재현한 것이다. 모든 것은 하나의 원천에서 나왔다. … 모두 나의 신체의 일부분들이다. 그래서 존재하고 있는 사물의 가장 작은 부분도 자신의 사명을 다하는 그때까지 나는 평안할 수 없다. 평화에 대한 부처의 입장은 이러하다. 그리고 부처의 온화한 계승자인 우리는 그의 길을 따라가야만 한다. 왜 우리는 싸우는 것일까? 왜냐하면 세계는 있어야만 하는 대로 있지 않기 때문이고, 왜곡된 존재, 거짓된 생각, 나쁘게 먹은 마음, 무례한 독선의 결과가 존재하기 때문이다. 그래서 불자들은 결코 몽매함과의 싸움을 그만두지 않을 것이다. 불자들의 전쟁은 쓰라린 결론(to the bitter end)에 이를 때까지 계속될 것이다. 불자들은 자비를 베풀지 않을 것이다(They will show no quarter). 이들은 삶의 불행이 시작되는 뿌리를 없애버릴 것이다. 이를 달성하기 위해서 이들은 자신의 생명을 아끼지 않을 것이다."

우리와 마찬가지로 자기희생과 선, 마음의 변화에 대한 혼란스러운 판단, 그리고 다른 많은 것들, 즉 살인을 해서는 안 된다는 부처의 단순 명료한 계율을 은폐하기 위한 것들이 쭉 이어진다.

더 나아가 다음과 같은 언급도 있다. "공격하기 위해 든 손, 조준하기 위한 눈은 개인에 속한 것이 아니다. 이것은 찰나의 삶 위에 서 있는 근원자가 사용할 무기의 본질이다." —논문 출처: 〈The Open Court〉(1904), Buddhist View of War, 쇼엔 샤쿠 저.

불가침에 대한 기독교와 불교의 교리는 결코 존재하지 않았던 것만 같다. 진리의 빛으로 이미 계몽된 일본인과 러시아인도 야수처럼 혹은 야수보다 더 거칠게, 가능한 더 많은 생명을 없애야 한다는 바람 하나로 서로에게 달려들고 있다. 수천 명의 불행한 사람들은 왜 이와 같은 무서운 일이 그들에게 일어났는지를 의혹에 가득 차 자문하면서, 잔인한 고통으로 신음하고 경련을 일으키며, 일본과 러시아의 진료소에서 고통스럽게 죽어 간다. 또 다른 수천 명은 땅속과 땅 위에서 썩어가거나, 통통 부어 부패하면서 바다 위를 유영한다. 그리고 수만 명의 아내, 아버지, 어머니, 아이들은 무고하게 죽은 가장 때문에 울고 있다. 하지만 이것으로는 여전히 부족하여, 새로운 희생자가 또 준비된다. 살인 전담자의 주된 근심은 총알받이의 흐름, 즉 죽을 운명에 처한 하루 삼천 명의 흐름이 러시아로부터 단 1분도 중단되어서는 안 된다는 것이다. 그리고 일본인도 같은 근심을 한다. 뒷줄의 날개 없는 메뚜기들이 가라앉고 있는 앞줄을 밟고 지나갈 수 있도록, 날개 없는 메뚜기들을 강으로 몰아세우는 것을 중단하지 않는 것처럼….

과연 이것은 언제나 끝이 날까? 과연 언제 기만당한 사람이 정신을 차려서 이렇게 말할 것인가! "여기 무자비하고 신을 모르는 차르들, 일본 천왕들, 장관들, 대주교들, 수도원장들, 장군들, 편집장들, 투기꾼들이라 불리는 당신들이나 가십시오. 당신들이 포탄과 탄환 속으로 가십시오. 그리고 우리는 더 이상 가고 싶지도 않고, 가지도 않을 것입니다. 전답을 갈고 씨를 뿌리고 집을 세워, 무위도식하는 당신들을 부양할 수 있도록 우리를 평안하게 두십시오." 사실 우리 러시아에서 예비병이라 불리는 가장이 차출되어 수만 명의 어머니, 아내, 아이들이 애도하고 울부짖는 지금, 이런 이야기를 하는 것은 아주 당연하다. 사실 많은 예비병들은 글을 안다. 그들은 극동이 어떤 곳인지 알고 있다. 그들은 전쟁이 러시아인에게 필요해서 일어난 사건이 아님을 안다. 그들의 표현대로, 전쟁은 혐오스러운 투기꾼이 도로를 건설하고 사업을 하는 데 유리한, 어떤 타국의 **조차지** 때문에 일어난다. 그리고 예비병은 마치 도살장의 양처럼 그들이 죽는다는 걸 알고 있고 또 알 수도 있다. 왜냐하면 일본인에게는 개선된 최신 살상 무기가 있다. 그러나 우리에게는 없다. 왜냐하면 그들을 사지로 보낸 러시아 관청은 일본인이 가진 것과 같은 무기를 제때 준비시킬 생각조차 하지 않았기 때문이다. 이 모든 사실을 안다면 이렇게 말하는 것이 당연하다.

"이 일을 생각해 낸 당신들이나 가시오. 전쟁이 필요하고 그것을 정당화하는 당신들 전부 말입니다. 당신들이 일본의 탄환과 지뢰 속으로 가시오. 하지만 우리는 가지 않을 것입니다. 왜냐하면 우리에겐 이 일이 필요하지 않을 뿐만 아니라, 이 일이 누군가에게 왜 필요한지도 이해되지 않기 때문입니다."

하지만 아니다. 예비병들은 이런 말을 하지 않고, 가고 또 갈 것이다. 그들은 육신과 영혼이 망가지는 것은 두렵지 않고, 육신이 망가지는 것만 겁내는 동안에는 전장으로 가지 않을 수 없다.

"우리는 우리가 내몰렸던 용암포 어딘가에서 죽거나 불구가 될 것입니다."라고 그들은 생각하고 있다. "지금으로선 알 수 없는 일이지만, 어쩌면 우리가 온전하게 빠져나갈 수도 있을 것입니다. 심지어 일본의 포탄과 탄환이 자신이 있는 곳이 아니라 다른 곳에 떨어졌기 때문에, 지금 러시아 전역에서 축하받고 있는 그 선원들처럼 포상과 축전 행사까지 받으면서 말이죠. 하지만 전장에 가기를 거부하면 아마도 감옥에 갇히고 굶주림으로 괴로워할 것이고, 채찍질을 당하며, 야쿠트주로 보내질 것입니다. 그리고 지금처럼 죽임을 당할 것입니다."

그들은 이렇게 가슴에 절망감을 안고, 착하고 이성적인 생활과 처자식들을 남겨둔 채 떠난다. 어제 나는 어머니와 아내의 배웅을 받고 있는 한 예비병을 만났다. 그들 셋은 짐마차를 타고 가고 있었다. 예비병은 조금 취해 있었고, 그의 아내는 눈물로 퉁퉁 부어 있었다. 예비병이 내게 고개를 돌렸다.

"안녕히 계십시오. 레프 니콜라예비치. 저는 극동으로 갑니다."

"왜, 싸우게 됐나요?"

"누군가는 싸워야 하지 않겠습니까?"

"아무도 싸울 필요가 없습니다."

그는 생각에 잠겼다.

"어떻게 해야 하죠? 어쩔 도리가 있나요?"

나는 알 수 있었다. 그는 내 말도, 어리석은 일을 위해 그가 보내진다는 것도 이해했다는 것을.

"어쩔 도리가 있나요?" 바로 이것이 그의 마음의 상태를 정확하게 표현한 것이다. 이 표현은 공식적인 언론에서 "신앙, 황제, 조국을 위해"라는 말로 바뀐다. 배고픈 가족을 버리고 고통과 죽음을 향해 가는 그들은 "어쩔 도리가 있나요?"라고 느낀 대로 말한다. 자신들의 화려한 궁전에서 안심하고 앉아 있는 자들은 러시아인들 모두가 경배하는 군주를 위해, 명예를 위해, 러시아의 위엄을 위해 생명을 희생할 준비가 되어 있다고 말한다. 어제 나는 알고 있던 농민으로부터 연이어 두 통의 편지를 받았다.

첫 번째 편지는 다음과 같다.

친애하는 레프 니콜라예비치,

음, 오늘 저는 군 복무 소집에 관한 출석 통지를 받았고, 내일 집결지로 가야만 합니다. 이것이 전부입니다. 하지만 저기 멀리 극동으로, 일본인의 탄환 속으로 가야겠지요.

저는 저와 제 가족의 고통에 관해 말하려는 것이 아닙니다. 또 선생님이 제 입장에서 두려움과 전쟁의 공포를 이해하시는지 아닌지를 이야기하려는 것이 아닙니다. 선생님은 이미 이모든 것을 뼈저리게 경험하셨고 모든 것을 이해하고 계십니다. 저는 다만 선생님의 집을 방문해서 선생님과 이야기를 나누고 싶었습니다. 저는 선생님께 제 영혼의 고통을 말하는 긴 편지를 다 썼어야 했습니다. 그러나 출석 통지를 받게 되었고, 편지를 고쳐 쓸 시간이 없었습니다. 지금 아이가 넷인 제 아내는 어떻게 해야 할까요? 물론 오래 산 사람으로서, 선생님은 우리 가족의 운명에 관심이 없을 수도 있습니다. 그러나 선생님께서는 친구들 가운데 한 사람에게 산책 삼아 아비를 잃은 제 가족을 찾아가 보라고 부탁할 수는 있을 겁니다. 제가 선생님께 진심으로 부탁드리고 싶은 것은 이렇습니다.

만일 제 아내와 아이들이 외로운 처지를 견디지 못하고 도움과 충고를 얻기 위해 선생님께 가기로 결심했다면, 선생님께서 아내를 맞아 주시고 위로해 주십시오. 아내가 선생님을 개인적으로 모르지만, 선생님의 말씀을 믿고 있습니다. 그러기에 큰 의미가 있을 겁니다.

저는 징집을 거부할 수가 없었습니다. 그러나 저는 미리 말해 두려 합니다. 저로 인해 일본의 어떤 가정에서도 고아는 생기지 않을 것이라고 말입니다. 주여, 이 모든 것이 너무나 끔찍합니다. 애정을 쏟았으며 생계 수단이 되었던 모든 것을 버린다는 것은 너무나 힘들고 아픕니다.

두 번째 편지는 이러하다.

사랑하는 레프 니콜라예비치,

실제로 복무한 지 이제 하루가 겨우 지났습니다. 그런데 저는 이미 가장 절망스럽고, 영원할 것 같은 괴로움을 경험했습니다.

아침 8시부터 저녁 9시까지 병영 마당에서는 마치 가축 떼처럼 우리를 못살게 굴고 힘들게 했습니다. 세 번이나 신체검사를 하는 코미디를 반복했고, 병이 있다고 밝힌 사람들은 전부 십 분 정도 진찰받은 채 '적합'이라고 등록되었습니다. 우리, 이 2천 명의 적합한 사람들이 군 관료들에 의해 병영으로 내몰렸을 때, 거리에는 군중이 거의 1베르스타 정도 길게 늘어서 있었습니다. 이 군중은 수천 명의 친척들, 어머니, 아이 손을 잡은 아내들이었습니다. 그들은 자신의 아버지, 남편, 아들에게 매달려 얼굴을 맞대고 겨우 발걸음을 옮겼습니다. 만일 선생님께서 이를 듣고 보셨다면 크게 통곡하셨을 겁니다. 저는 보통 절제를 잘 하고, 제 감정을 잘 조절합니다. 하지만 저도 견디지 못하고 똑같이 울어버렸습니다.[16] 지금 지구의 3분의 1 정도에 만연해 있는 이 공통된 슬픔을 측정할 수 있는 방도가 어딘가 있을까요? 우리는 보복과 공포의 희생양으로 조만간 지체 없이 신에게 바쳐질 총알받이입니다.

저는 내적 평정심을 전혀 유지할 수 없습니다. 오, 유일한 주인이신 주님을 섬기는 데 방해가 되는 이 이중성 때문에 제 자신이 너무나 싫습니다.

이 사람은 육체를 망치기 때문이 아니라, 육체와 정신을 망

---

[16] 신문기자는 이를 거룩한 애국심의 고양이라는 말로 표현한다.

치기 때문에 끔찍하다는 것을 여전히 진심으로 믿고 있지는 않다. 때문에 이 사람은 군 복무를 거부할 수 없는 것이다. 하지만 그는 가족을 떠나오면서, 앞으로 그로 인해 어떤 일본 가정에서도 고아가 생기지는 않을 것이라고 약속한다. 그는 주님의 주요 율법이자 모든 종교의 법칙인 남에게 대접받고자 하는 대로 너희도 남을 대접하라는 것을 믿고 있다. 그리고 우리 시대에 많든 적든 이 법칙을 의식적으로 인정하고 있는 사람들이 기독교 안에만 있는 것은 아니다. 이와 같은 사람은 불교, 마호메트교, 유교, 브라만교에도 수천 아니, 수백만 명이나 있다.

진정한 영웅은 다른 사람을 죽이기를 바랐지만, 자신은 죽지 않았다는 점 때문에 축하받고 있는 사람이 아니다. 진정한 영웅은 살인자의 대열로 나아가기를 직접적으로 거부하고, 그리스도의 법칙에서 물러나기보다는 수난을 선택한 죄로 지금 야쿠트주의 감옥에 앉아 있는 자들이다. 나에게 편지를 쓴 바 있는, 전쟁에 갈 것이지만 살인을 하지 않으려는 자들도 있다. 하지만 많은 사람들은 자신이 무엇을 하는지를 생각하지 않고 또 생각하지 않으려 노력하며 불필요한 전쟁에 가고 있다. 그들은 노동과 가족으로부터 그들을 유리시키고 필요도 없으며 그들의 신념과 영혼에 대립하는 살인을 하라고 보냈던 권력에 복종하면서, 이미 마음 깊은 곳에서 지금 어리석은 일을 하고 있다는 것을 느끼고 있다. 그러나 많은 사람들은 단지 사방에서 그들을 옭아매기 때문에, **"어쩔 도리가 없어서"** 가고 있는 것이다.

남겨진 자들도 똑같이 느끼고 있을 뿐만 아니라 이를 알고 있으며 이야기하고 있다. 어제 나는 대로에서 짐도 없이 툴라에서 돌아오는 농민들을 만났다. 그중 한 사람은 짐마차 옆을 지나가며, 종이를 읽고 있었다.

나는 물었다.

"뭐죠, 전보입니까?"

그는 멈췄다.

"어제 온 전보예요. 오늘 것도 있습니다."

그는 주머니에서 다른 전보를 꺼냈다. 우리는 가던 길을 멈췄고, 나는 그것을 읽었다.

그는 다음과 같이 말하기 시작했다.

"어제 역에서 무슨 일이 있었습니다. 고통이었습죠. 수천이 넘는 아내와 아이들이 울부짖으며 기차를 에워쌌습니다. 그리고 놓아주지 않았죠. 다른 사람들도 이를 보고 울었습니다. 툴라의 한 여인은 신음하다가 그 자리에서 바로 죽어 버렸습니다. 그녀에겐 다섯 명의 아이가 있었습니다. 아이들은 고아원으로 보내졌고 그의 아버지 역시 전쟁으로 내몰렸습니다… 왜 우리에게 이 만주라는 것이 필요할까요? 우리에겐 땅은 많잖아요. 그런데도 민중을 죽이고 돈을 허비하고…"

그렇다. 전쟁에 대한 사람들의 입장은 예전과는 완전히 다르다. 얼마 전인 77년[17]과도 완전히 다르다. 지금 벌어지는 것과 같은 일은 결코 없었다.

살인을 위해 파병할 사람들을 현혹하려고 러시아를 돌아다니는 차르를 만났을 때, 민중은 형용할 수 없는 환희를 보여 준다고 언론은 보도하고 있다. 실제와는 완전히 다르다. 사방에서 들리는 바로는 어떤 곳에서는 소집된 예비병 세 명이 목을 매달았고, 어떤 곳에서는 두 명이 더 목을 매달았으며, 또 어딘가에서는 남편을 잃고 남겨진 아내가 아이들을 병무청에 데리고 와서는 거기에 아이들을 남겨 두고 가버렸다. 다른 여인은 군 관료의 마당에서 목을 매달았다. 모두 불만이 가득하고 암담하고 원한에 차 있다. '신앙, 차르, 조국을 위하여'라는 말, 애국가와 '만세'라는 외침은 이미 사람들에게 예전처럼 영향력이 없다. 다른 대립적 물결 즉, 병사들을 소집하는 일은 죄악이고 거짓이라는 의식의 물결이 점점 더 민중을 사로잡고 있다.

그렇다. 우리 시대의 위대한 투쟁은 일본과 러시아 사이에 벌어진 전쟁이 아니라, 두 인종 사이에서 벌어진 격렬해진 싸움이 아니라, 지뢰, 폭탄, 탄환으로 전개되는 전쟁이 아니라 정신적 투쟁이다. 이 정신적 투쟁은 나타날 준비를 하는 인류의 교화된 인식과 인류를 둘러싸고 압박하는 암흑과 고통 사이에서 쉼 없이 진행되어 왔고 지금도 진행되고 있다.

그리스도는 그때 그 무렵 이미 기다림에 지쳐서 다음과 같이

---

17 러시아-투르크 전쟁. 1877~1878년 사이에 벌어진 전쟁을 의미한다.—옮긴이

말씀하셨다. "내가 불을 땅에 던지러 왔노니, 이 불이 붙었으면 내가 무엇을 원하리오."((누가복음) 12장 49절)

그리스도가 원했던 것은 실행되고 있다. 불이 타오르고 있다. 우리는 저항하지 않고 이 불을 위해 일할 것이다.

1904년 4월 30일

_____

만일 이 글의 주된 사상을 논증하는 모든 것을 계속 포함시켜야 한다면, 나는 전쟁에 관한 논문을 결코 끝낼 수 없을 것이다. 어제 일본군 전함이 침몰했다는 소식이 들려왔다. 그리고 상류 사회라고 불리는 러시아의 고귀하고 부유한 지식인 사회는 조금도 부끄러워하지 않고 수천 명이 죽었다는 소식에 기뻐하고 있다. 오늘 나는 사회의 가장 하층에 있는 한 수병에게서 다음과 같은 편지를 받았다.

수병 ○○○으로부터 온 편지

너무나 존경하는 레프 니콜라예비치께 인사를 드립니다. 안녕하십니까? 사랑을 담아 인사를 드립니다. 너무나 존경하는 레프 니콜라예비치 선생님! 여기서 선생님의 작품을 읽었습니다. 선생님의 작품을 읽는 것이 너무나 즐겁습니다. 저는 선생님의 작품을 읽는 것을 매우 사랑합니다. 선생님, 우리는 지금 전쟁극을 벌이고 있습니다. 당국이 우리에게 살인하도록 강요 하는 것을 주님이 좋아할까요? 아닐까요? 저에게 말씀 좀 해 주십시오. 선생님! 선생님께 부탁드립니다. 제발 지금 진실이 세상에 있는지 없는지 저에게 알려 주십시오. 그리고 선생님! 지금 우리 교회에서는 목사님이 러시아 군대를 위해 기도를 하 고 있습니다. 그런데 주님께서 전쟁을 좋아하는 게 사실인지 아닌지 저에게 알려 주십시오. 제가 선생님께 부탁드리고 싶은 것은, 선생님께서 세상에 진리가 있는지 없는지를 가르쳐 줄 책을 저희에게 보내 달라는 것입니다. 저에게 책을 보내 주십 시오. 가격이 얼마이든 제가 지불하겠습니다. 선생님! 선생님 께 부탁드립니다. 책이 없어서 제 부탁을 들어줄 수 없다면 저 에게 편지를 보내 주십시오. 제가 선생님의 편지를 받을 수 있 다면, 정말 기쁠 것 같습니다. 초조하게 선생님의 편지를 기다 릴 것입니다. 지금 작별인사를 해야 합니다. 건강하게 살아남 도록 하겠습니다. 저는 주님께 레프 니콜라예비치 선생님의 성 공과 건강을 빌겠습니다.

그리고 주소가 이렇게 이어진다. 아르투르항, 편지 쓴 사람 이 일하는 배의 명칭, 직위, 이름, 부칭, 성.

솔직히 말하면 나는 사랑스럽고 진지하고 진정으로 교화된 이 사람에게 답장할 수 없다. 그는 편지로도 전보로도 소식을 알릴 수 없는 아르투르항에 있다. 그러나 우리는 그와의 소통 수단이 있다. 그 수단은 바로 주님이다. 우리 두 사람은 주님을 믿으며, 주님이 전쟁'극'을 좋아하지 않는다는 사실을 알고 있다. 그의 영혼에 일어나고 있는 의심이 이미 그 답이다.

이 의심은 일어났고 지금은 수천 명의 사람들의 영혼 속에 살아 있다. 이 수천 명의 사람들은 비단 러시아인과 일본인뿐만이 아니라, 인간의 본성에 반하는 일을 수행하기를 폭력적으로 강요당하는 불행한 모든 사람들이다.

사람들의 넋을 나가게 만들었고, 지금도 그렇게 되도록 애쓰고 있는 최면술은 곧 지나갈 것이며 그 영향력은 점점 약해질 것이다. **"국가가 우리에게 살인을 강요하는 것은 주님이 원하는 것인지 아닌지"**라는 의심은 점점 더 강해질 것이다. 그리고 어떤 것으로도 이 의심을 불식시킬 수 없으며 점점 더 확산될 것이다.

국가가 우리에게 살인을 강요하는 것은 주님이 원하는 것인지 아닌지에 대한 의심은 그리스도가 이 땅에 가지고 내려와서 타오르기 시작한 불꽃이다.

이를 이해하고 느낀다는 것은 커다란 기쁨이다.

1904년 5월 8일

필요한 것은 한 가지뿐이다

국가 권력에 관하여(1905)

"그러므로 네 속에 있는 빛이 어둠이 아닌지 살펴라."

—〈마태복음〉 6장 23절

"이 사람들이 눈을 멀게 하고 마음을 완고하게 하였으니,
그대들은 눈으로 보지 않고 마음으로 깨닫지 않고
내가 그들을 치료할 수 있게끔 돌아서지 않는구나."

—〈요한복음〉 12장 40절

"그러나 주님의 나라가 가까이 온 줄 알아라."

—〈누가복음〉 10장 2절

1.

극동에서의 전쟁이 벌써 2년째 계속되고 있다. 이 전쟁에서 이미 수만 명의 사람들이 전사했다. 러시아 측에서는 예비병에 편입되어 자기 가족들과 집에서 지내던 사람들 수만 명을 현역에 복무하도록 요청하였고 지금도 요청하고 있다. 이 사람들 모두는 절망과 공포에 사로잡히거나 혹은 보드카에 의지하여 허세를 부리며 젊은 치기로 가족을 버려둔 채, 차량에 올라타고는 그들이 알고 있는 극동으로 거침없이 가고 있다. 극동은 이 사람들처럼 똑같은 차량을 타고 끌려온 수만 명의 사람들이 죽임을 당했던 곳이다. 또 그들의 맞은편으로는 젊고 건강하고 멀쩡한 상태로 극동으로 갔지만, 불구자가 되어버린 수친 명이 실려 간다.

이 사람들 모두는 공포에 떨며 이들을 기다리고 있는 것이 무엇인지를 생각한다. 그러고 이들은 이렇게 해야만 한다고 자신을 다독이며 아무런 저항 없이 극동으로 가고 있다.

이것이 도대체 무엇이란 말인가? 왜 사람들은 그곳으로 가고 있는가? 이 사람들 가운데 누구도 현재 진행되는 일을 하고 싶어 하지 않는다는 것은 의심의 여지가 없다. 이런 모든 이들에게는 이 싸움이 필요치 않으며, 이들은 참여하고 싶지 않을 뿐만 아니라 왜 참여하는지 스스로에게 설명조차 할 수 없다. 이 일에 직간접적으로 참여하고 있는 수백, 수천, 수백만의 사람들만 왜 이 싸움이 벌어지고 있는지를 설명할 수 없는 것은 아니다. 세상 그 누구도 설명할 수 없다. 왜냐하면 전쟁에는 이성적인 이유가 없으며, 또 어떤 해명이 있을 수도 없다.

여기에 참여하거나 지켜보는 모든 사람들의 처지는 낭떠러지 위에 있는 무너진 다리를 향해 걷잡을 수 없는 속도로 비탈진 레일을 달리는 기차의 긴 행렬 속에 앉아 있는 어떤 사람들과 이런 모습을 무기력하게 지켜보는 나머지 사람들과 비슷하다.

수백만 명이 어떤 바람이나 동기도 없이 서로를 학살하면서, 학살의 광기를 인식하지만 멈출 수가 없다. 흔히들 만주에서 매주 미쳐버린 수백 명의 사람들이 이송된다고 한다. 그런데 분별이라고는 전혀 없는 수만 명이 계속해서 그곳으로 갔고 지금도 가고 있다. 왜냐하면 합리적인 사고력을 가진 사람이라면, 어떤 압박이 가해지더라도 스스로 혐오스럽고 끔찍할 정도로 위험한 파괴적인 일, 즉 사람들을 죽이는 곳으로 갈 수 없기 때문이다.

이게 도대체 무엇이란 말인가? 어째서 이런 일을 하는가? 이 일의 원인은 무엇이며, 누구인가? 이 일의 원인이 자신들에게 아무 짓도 하지 않은 생면부지의 사람들을 가능한 많이 죽이고 불구로 만들기 위해 애쓰는 러시아와 일본의 병사들이라고 할 수 없다. 왜냐하면 이 병사들은 서로에게 어떠한 적대감도 느끼지 않았으며 느끼고 있지도 않다. 그뿐만 아니라 이들은 일 년 전만 해도 서로의 존재에 대한 어떤 개념도 없었으며, 지금 만났더라면 서로 사이좋게 지냈을 것이다.

또한 이 일의 잘못이 병사들을 이끄는 장교, 장군이나 문무관의 여러 관리들, 대포와 포탄, 군장과 요새를 구축했던 사람들에게 있다고 말할 수 없다. 장교, 장군, 관리들 모두는 물질적 궁핍, 허약함, 자신의 과거로 인해 엉덩짝에 채찍질을 당하며 고삐로 조정되는 말이나 코앞에 놓인 고기 조각에 이끌려 개집으로 유인된 뒤, 목줄이 채워진 배고픈 개와 같은 처지에 놓인 것이다.

장교와 장군, 관리, 외교관들 모두 어린 시절부터 너무나 혼돈스럽게 현혹되어 지금 자행되는 중대하고 끔찍한 사건의 발단이 된 사소하고 잘못된 일을 행할 수밖에 없는 것이다. 그러므로 그들도 원인이라고 부를 수 없다. 그들은 죄가 없다.

도대체 누가 원인이고 누구의 죄란 말인가? 일본 천왕인가? 니콜라이 2세인가? 처음에 일단 이렇게 생각할 수도 있다. 왜냐하면 이런 자들을 강제할 수 없고 무엇으로 유인할 수 없는 것으로 보이기 때문이다. 니콜라이 2세가 만주와 조선 반도에서 벌어진 모든 일을 행하라고 허락하지도 않고 명령하지도 않고 일본의 요구에 동의했다면, 전쟁은 벌어지지 않았을 것으로 생각된다. 지금이라도 그가 평화 조약을 제안하기만 하면, 전쟁은 끝날 것이다. 이 모든 것은 마치 니콜라이 2세 때문인 듯하다. 그러나 겉모습이 그럴 뿐이다. 나는 일본 천왕에 대해서 잘 모른다. 그러나 여러 정부의 수반에 대해서는 대체로 알기 때문에, 나는 그가 다른 사람들과 같은 조건에 놓여 있다고 확신한다. 반면 니콜라이 2세는 가장 평범하며 평균적인 수준 이하에 있고, 미신을 지독히도 믿는 교화되지 못한 사람이라는 것을 나는 안다. 그런 탓에 니콜라이 2세도 그 규모와 결과 면에서 너무나 거대한, 지금 극동에서 벌어지는 사건의 원인일리 없다.

과연 수백만의 활동이 단지 한 사람이 원하기 때문에 그들의 의지와 이익에 역행하는 방향으로 향한다는 것이 가능할까? 그 한 사람은 자기 뜻대로 죽일 수도 있는 사람들의 지적이고 도덕적인 평균보다 모든 면에서 더 낮은데도 말이다.

어째서 이 전쟁의 원인이 니콜라이와 일본 천왕이라고 여겨지는 것일까? 왜냐하면 지뢰가 설치된 도시는 그 아래에 설치된 지뢰를 발화시키는 불꽃을 일으킨 사람에 의해 폭파되기 때문이다. 전쟁을 일으켜 진행시키는 것은 니콜라이나 일본 천왕이 아니라, 사회 조직이다. 이 조직하에서 일본 천왕과 니콜라이는 수백만 명을 불행하게 만들 수 있다. 잘못은 그들이 아니라 잘못을 가능하게 했던 기계적 구조에 있다. 결국 잘못은 기구를 조직한 사람들에게 있는 것이다.

이 기계적 구조는 무엇이고 누가 이것을 조직하고 있는가?

2.

이 기계적 구조와 이 기계적 구조가 행해 온 일은 일찍이 세상에 알려져 있다. 바로 이 기계적 구조가 사람들을 구타하고 괴롭히면서, 러시아에서 통치하는 수단이 된다. 정신병자 이반 4세, 만취한 자기 패거리와 더불어 사람들이 신성시하는 모든 것을 모욕했던 짐승처럼 잔인한 주정꾼 표트르, 이 손 저 손을 거쳤고 무식했던 방탕한 병사의 아내 예카테리나 1세, 표트르의 조카이자 러시아를 아주 낯설어 했던 보잘것없던 안나 이바노브나의 애인에 불과한 독일인 비론, 다른 독일인을 애인으로 삼은 또 다른 안나가 시기를 달리하여 통치했다. 안나의 경우는, 그녀의 아들인 젖먹이 이반을 황제로 추대하는 것이 일부 사람들에게 유리했기 때문이다. 훗날 예카테리나 2세의 명령에 따라 수감된 감옥에서 죽게 되는 그 아기가 바로 이반이다.

그다음 결혼하지 않고 방탕한 생활을 했던 표트르의 딸 엘리자베타가 기계적 조직을 차지하고 프로이센에 맞서 전쟁을 치를 군대를 파견한다. 그녀가 죽자, 그녀에 의해 쫓겨났던 독일인 조카가 그녀의 자리에 앉아 병사들에게 프로이센인과 전쟁하라는 명령을 내린다. 너무나 비양심적이고 방탕한 행동을 했던 독일 여인 예카테리나 2세는 이 독일인 남편을 죽이고, 애인들과 함께 러시아를 다스리기 시작한다. 그녀는 애인들에게 수만 명의 러시아 농민을 나눠 주고, 수백만의 목숨을 앗아갈 그리스와 인도 프로젝트[1]를 애인을 위해 기획하게 된다. 그리고 그녀가 죽자 얼간이 파벨은 미치광이처럼 러시아와 러시아인의 운명을 주무르게 된다. 파벨은 그의 친아들의 동의하에 죽임을 당한다. 그리고 이 부친 살해자는 나폴레옹과 친하게 지내는가 하면 그와 전쟁을 일으키기도 하고, 러시아의 헌법을 만들기도 하고, 그가 업신여기던 러시아 민중을 가공할 아락체예프[2]에게 넘겨주기도 하면서 25년간 통치한다. 그다음 난폭하고 교양 없고 잔인한 군인인 니콜라이가 러시아 운명을 통치하고 다스렸다. 이어서 똑똑하지도 착하지도 않으며 자유주의자이자 전제

---

1 그리스 프로젝트는 터키를 완전히 파멸시켜 고대 그리스 왕조의 부활을 기획했던 것이고, 인도 프로젝트는 영국 인도 식민지를 장악하기 위해 인도로 군대를 파병하려 했던 기획이다. —옮긴이

2 러시아의 군인 겸 정치가. 1816년 선생으로 피폐한 국가 재정을 재건하기 위해 둔전병 제도를 설치하였으나 농민, 병사들의 반감으로 각지에서 반란이 일어났다. 폭동 진압에는 성공하였지만, 그의 보수반동정책을 '아락체예프시치나'라 부르며, 포학한 군정의 대명사로서 오늘날에도 사용한다. —옮긴이

주의자인 알렉산드르 2세가, 그다음은 멍청하고 난폭하며 무식한 알렉산드르 3세가 지배하였다. 현재 별로 똑똑하지 않은 경기병 장교가 계승자로 낙점되어 수만 명의 생명과 수십억 루블이 소요될 만주-조선 반도 프로젝트를 각료들과 함께 기획하고 있다.

정말 끔찍하다. 무엇보다 설령 이 광기 어린 전쟁이 끝난다 해도, 내일이면 주변 악인들의 도움으로 새로운 환상이 지배자의 총기 없는 머릿속으로 기어들 것이기에 끔찍하다. 이 자는 내일 새로운 아프리카, 아메리카, 인도 프로젝트를 기획할 수 있다. 그리고 이 자는 다시 러시아인들의 마지막 힘을 쥐어짜기 시작하고, 살인을 위해 러시아인들을 세상의 반대쪽 끝으로 몰아갈 것이다.

그런데 이런 일은 러시아에서만 벌어졌거나 벌어지는 것이 아니다. 정부가 존재했고 또 존재하는 곳이라면 어디에서나 일어난다. 정부란 극소수의 사람이 자기 의지를 대다수의 사람에게 실행하라고 강요할 수 있는 조직이다. 유럽 국가의 모든 역사는 광기에 어려 차례차례 왕좌에 올랐으며, 난폭하고 음탕하고 자신의 민중을 기만한, 무엇보다 자신의 민중을 음탕하게 만든 사람들의 역사이다.

비양심적이고 잔인한 무뢰한인 탕아 헨리 8세는 영국의 왕좌에 올라서, 아내를 내쫓고 자신의 애첩 앤 볼린[3]과 결혼하기

---

3 원서에는 "б…"로 표기되어 있다.─옮긴이

위하여 거짓된 기독교 신앙을 만들어서는 전 민중에게 이 신앙을 받아들이라고 강요한다. 수백만의 사람들이 이 날조된 신앙을 위해서 또는 맞서서 싸우다 죽어갔다.

가장 거대한 위선자이자 악당인 크롬벨은 기계적 구조를 손에 넣고, 그와 똑같은 위선자 카를 1세를 사형시키고, 수백만 명의 생명을 잔인하게 죽였다. 그리고 그는 자신이 싸워 얻으려 했던 것으로 보이는 그 자유를 없애버렸다.

프랑스에서는 여러 명의 루이와 카를, 그리고 똑같은 일련의 악행들, 즉 살인, 사형, 구타, 민중의 파탄, 무의미한 전쟁에 대한 그들의 통치가 기계적 구조를 제어하고 있다. 결국 그들 가운데 한 사람은 처형을 당하고 마라와 로베스피에르 같은 사람들이 바로 기계적 구조를 차지한다. 그들은 사람뿐만 아니라 당시의 사람들에 의해 공포된 위대한 진리를 파괴하면서, 가장 무서운 범죄를 다시 창조한다. 나폴레옹이 권세를 잡고 유럽 전역에서 수백만을 죽인다. 오스트리아, 이탈리아, 프로이센에서도 똑같은 일이 일어나고 있다. 권력자들은 똑같이 난폭하고 부도덕하며, 그들의 과업은 민중에게 똑같이 잔인하고 파괴적이다. 이 모든 것은 단지 과거의 일이 아니다. 이것은 한때 일어났기에 더 이상 반복되지 않을 일이 아니다. 이 모든 일은 현재 가장 위선적인 자유 입헌국가와 공화국에서, 마찬가지로 전제국가에서, 즉 영국, 터키, 독일, 에티오피아, 프랑스, 러시아, 미합중국, 모로코 등의 정부라고 불리는 기계적 구조가 작동하는 곳 어디에서나 일어나고 있다.

어떤 헌법에도 관계없이, 아무런 내적 요구도 없이, 단지 당과 인물들의 다양하고 복잡한 입장에 따라 어디에서나 전쟁이 시작된다. 최근 프랑스인들의 전쟁, 중국과 영국인의 전쟁, 보어인, 티베트, 이집트와 영국인의 전쟁, 이탈리아와 에티오피아, 중국과 러시아, 프랑스, 영국, 아메리카, 일본의 전쟁, 그리고 지금 러시아와 일본과의 전쟁이 그러하다.

소수가 법률 혹은 정부의 지침이라고 부르는 모든 것을 다수에게 실행시킬 수 있는 제도가 존재하는 곳이면 어디에서나 전쟁이 시작된다. 또 가장 무서운 재앙이 자신과 그들의 가족에게 닥칠 수 있는 위험에 대다수가 노출되는 곳에서도 마찬가지이다. 그리고 가장 무서운 재앙은 인간의 의지와 관계 없는 자연 재앙이 아니라 소수의 인간이 야기한 재앙인데, 거기서는 다수가 자발적으로 소수에게 복종한다.

3.

다음은 프랑스 작가 라 보에티가 이미 16세기에 이러한 자발적 복종에 관해 쓴 글이다.

"덕행을 사랑하고 공적을 존중하며 우리가 어딘가에서 받았던 선을 인정하고, 심지어는 우리가 사랑하고 찬양하는 자의 명예와 이익을 위해서 불편함도 감수하는 것이 이성적인 것이다. 그렇다면 만일 어느 나라의 주민들이 자신들을 보호할 커다란 지혜, 그들을 지켜 줄 커다란 용기, 그들을 조율해 줄 깊은 배려를 보여 준 인물을 발견하고, 그 결과 백성들이 몇 가지 특권을 그에게 제공하면서 습관적으로 그에게 복종한다면, 나는 이것이 비이성적이라고 생각하지 않는다…. 오 주여! 그런데 다수가 한 사람을 따를 뿐만 아니라 한 사람에게 복무하고,

한 사람에게 종속될 뿐만 아니라 한 사람 앞에 재산도 아이도 심지어 오롯이 자신의 것인 생명마저도 없는 것처럼 굴종하는 것을 목격한다면, 우리는 이를 어떻게 불러야 할까. 그리고 군대나 야만인들 때문이 아니라 어느 한 사람 때문에, 헤라클레스나 삼손이 아니라 전 민중 가운데서 가장 소심하고 약한 사람 때문에 빚어진 약탈과 잔인함을 다수가 견디는 것을 본다면 말이다.

우리는 이것을 어떻게 불러야 할까?

우리는 이 사람들을 겁쟁이라고 할 수 있겠는가?

만일 두서넛이 한 사람을 방어하지 못한다면, 이는 이상한 일일 것이다. 그럼에도 있을 수 있는 일이다. 이를 용기가 부족하다고 말할 수도 있다. 그러나 수만 명, 수백, 수천 개의 마을과 도시, 수백만 명이 단 한 사람, 즉 모두를 노예로 만들어 괴롭히는 그 한 사람을 공격하지 못한다면, 우리는 이것을 어떻게 불러야 할까? 이들을 겁쟁이라고 할 수 있겠는가?

모든 결함에는 어떤 한계가 있다. 두 사람이 심지어 열 명의 사람이라도 한 사람을 무서워할 수 있다. 그러나 만일 천명, 수백만 명, 천 개의 마을이 한 사람을 막을 수 없다면, 이것은 겁이 많은 것이 아니다. 겁이 많은 것이 여기까지 이를 수는 없다. 용기라는 것이 한 사람으로 하여금 요새를 점령하고 군대를 공격하고 국가를 정복하게 할 수 없는 것처럼 말이다. 이는 겁쟁이라고 부를 수 없는 너무나 기형적인 결함이다. 이 결함을 마땅히 부를 저속한 이름을 찾기도 힘들다. 이것은 본성에 대립되고 명명하기를 거부하게 되는 결함이다.

우리는 자유를 수호하는 사람들에게 자유가 불어넣는 용기에 놀라곤 한다. 그러나 어느 나라에서나 모든 사람들에게 언제든지 일어날 수 있는 일은 바로 한 사람이 수만 개의 마을과 도시를 지배하고 사람들의 자유를 빼앗는 것이다. 만일 이것을 보지 못한 채 듣기만 한다면 누가 믿을 수 있겠는가? 그리고 만일 낯선 오지에서만 이를 볼 수 있다면, 이것은 당연하다기보다는 날조된 것이라고 생각하지 않겠는가? 사실 모든 사람을 억압하는 한 사람을 이길 필요도 없고 그를 방어할 필요도 없다. 민중이 노예 제도에 동의하지만 않는다면 그는 언제나 패배한다. 그에게서 어떤 것도 빼앗을 필요가 없고 그에게 아무것도 주지만 않으면 된다. 나라는 아무것도 할 필요가 없다. 나라는 오직 스스로를 거스르는 행위를 하지만 않으면 민중은 자유로울 것이다. 여러 국가의 백성들은 스스로 자신을 군주 권력에 넘겨준다. 백성들이 더 이상 굴종하지만 않으면 자유로워질 것이다. 백성들은 스스로 자신을 노예 제도에 바치고 자신의 목을 자른다. 자유로울 수 있는 민중은 스스로 자유를 넘겨주고 자기 목에 멍에를 씌우고, 자신의 억압에 합의할 뿐만 아니라, 억압을 찾는다. 민중에게 자유 회복이 중요한데, 만일 민중이 인간에게 사뭇 소중하고 인간을 짐승과 구별시키는 자연권인 자유를 추구하지 않는다면, 민중이 자유를 위한 투쟁보다는 생활상의 안정과 편리를 더 선호하는 것으로 나는 이해할 것이다. 그러나 만일 자유를 얻기 위해서 민중이 자유를 원하기만 하면 된다면, 자유가 갈망 하나만으로 획득되는 것이라면, 과연 자유에 너무 비싼 대가를 치를 것이라고 여기는 민중이 세상에 있을까? 갈망 하나만으로 인간은 목숨을 바칠 만한 실익을 되찾을 수 있다. 죽음이 구원되고, 상실되면 삶이 고통스러워지는 실익인데도 인간은 그것을 갈망하지 않는다. 하나의 불꽃에 불과한 불도 더 많은 장작을 얻을수록 더 커지고 강해진다. 그러나 장작이 더해지지 않으면, 저절로 꺼지고 사그라져 형태를 잃으면서 더 이상 불이 되지 못한다. 통치자들도 마찬가지로 더 많이 약탈하고 요구하고 더 많이 파탄에 몰아넣어 파멸시킬수록, 또 통치자들에게 더 많은 것을 제공하고 더 많이 복무할수록, 그들은 모든 것의 파멸을 더 갈망하게 된다. 한편 아무도 그들을 위한 일을 하지 않고 그들의 말을 듣지 않는다면, 투쟁 없이 그들은 헐벗어 파멸한다. 수분과 양분이 없어서 말라 죽은 가지가 앙상한 나무처럼, 통치자들은 별 볼 일 없게 된다.

갈망하는 실익을 얻기 위해서라면 용감한 자들은 위험을 두려워하지 않는다. 그러나 만일 겁쟁이들이 고통을 견딜 줄 몰라 실익을 얻을 수 없다 해도, 실익을 얻으려는 갈망은 그들에게 남아 있다. 비록 그들이 소심한 탓에 이익을 향해 돌진하지 않더라도 말이다. 이 갈망은 지혜로운 사람이나 이성적이지 못한 사람, 용감한 사람이나 겁쟁이들 모두가 타고난 것이다. 그들 모두는 그들을 행복하게 하고 만족시킬 수 있는 것을 얻기를 원한다. 그러나 나는 어째서 사람들이 오직 하나 자유를 갈망하지 않는지 모르겠다. 자유, 이것은 위대한 혜택이다. 자유의 상실은 온갖 다른 재앙을 초래한다. 자유가 없다면 남아 있는 혜택마저도 그 맛과 매력을 상실한다. 갈망 하나만으로도 얻을 수 있는 이 위대한 실익을 사람들은 얻고 싶어 하지 않는다. 흡사 이것이 너무나 쉽사리 달성되는 것이기 때문인 듯하다.

가난하고 불행한 사람들, 생각 없는 백성들, 악행을 고집하고 선행을 외면하는 그대들은 수입 중에 최상의 부분을 몰수하고 그대들의 농지와 집을 약탈하게 내버려 둔다. 마치 이 모든 것이 그대들 것이 아니었던 것처럼 살아간다. 이 모든 재앙과 파탄은 적들 때문이 아니라, 그대들 스스로 만든 하나의 적 때문에 발생한다. 그대들은 이 적을 위해서 용감하게 전쟁터로 나아가고, 그의 위용을 위해 죽음을 불사한다. 그처럼 그대들을 지배하려는 자도 두 개의 눈과 두 개의 손, 하나의 몸뚱이를 가지고 있을 뿐이다. 그대들의 수많은 형제들 가운데 가장 보잘것없는 사람이 가지고 있지 않은 것은 그 역시도 가지고 있지 않다. 그가 그대들보다 우월한 것은 그대들이 그에게 제공한 그대들을 망칠 권리뿐이다. 만일 그대들이 그에게 눈을 제공하지 않았다면, 그가 그대들을 쫓을 그 많은 눈을 어디에서 구했겠는가? 만일 그가 그대들 손을 취하지 않았다면, 그는 그대들을 구타할 그 많은 손을 어디에서 취했겠는가? 또 그가 그대들 마을을 유린할 그 다리를 어디에서 가져왔겠는가? 만일 이 모든 것이 그대들 것이 아니라면, 그가 가진 이 모든 것들은 어디에서 생겨났겠는가? 만일 그대들이 그에게 제공하지 않았다면 그대들에 대한 그의 권력은 어디에서 왔겠는가? 만일 그대들이 그와 함께하지 않았다면, 그가 어떻게 그대들을 침략할 수 있었겠는가? 만일 그대들이 그대들을 강탈하는 그 도둑의 은닉자가 아니고 그대를 죽이는 살인의 공범자가 아니라면, 그대들 스스로 변절자가 되지 않았다면 그가 그대들에게 무엇을 할 수 있단 말인가? 그가 파종을 망칠 수 있도록 그대들은 씨를 뿌리고, 그가 약탈하게끔 그대들은 집을 채우고 정돈한다. 그가 살육의 현장인 전쟁터로 데려갈 수 있도록 그대들은 그대들의 아이를 양육한다. 그는 그대들의 자식을 자신의 음욕을 채워 주고 복수를 실현시킬 집행자로 만들고 있다. 그가 쾌락을 즐기고, 더럽고 혐오스러운 쾌락으로 타락할 수 있게끔 그대들은 열심히 일하고 있다. 그가 그대들을 구속할 수 있도록 그를 더 강하게 만들기 위해 그대들은 스스로 약해지고 있다. 하지만 그대들이 해방되려는 노력도 아닌 해방을 갈망하기만 한다면 그대들은 짐승들도 견뎌 내지 못할 이 공포에서 해방될 수 있다.

그를 위해 더 이상 복무하지 않겠다고 결심한다면, 그대들은 자유로워진다. 나는 그대들이 그를 공격하여 싸우기를 원하지 않는다. 나는 그대들이 더 이상 그를 지지하지 않기를 바랄 뿐이다. 그러면 그대들은 받침대를 빼버린 거대한 반신상처럼 그 무게 때문에 떨어져 산산이 부서지는 그 모습을 보게 될 것이다."

이 저작은 4세기 전의 것이다. 이 저작에서는 사람들이 얼마나 어리석게 자신의 자유와 삶을 망치는지가 명확하게 제시되는데, 그런 분명함에도 불구하고 사람들은 자발적으로 노예 상태에 몸을 맡긴다. 그러므로 정부의 권력을 파괴하려면, 그 권력을 지지하지 않기만 하면 된다는 라 보에티의 충고를 따르지 않는다. 사람들은 그의 충고를 따르지 않을 뿐만 아니라, 이 저작의 의미를 모든 사람들에게 숨겨 왔다. 프랑스 문학에서는 최근까지 이것이 라 보에티가 생각해서 쓴 것이 아니라, 단지 말재주의 연습일 뿐이라는 견해가 지배적이다.

사람들의 주된 재앙이 그들을 노예 상태에 붙들어 두는 체제 때문에 일어나고 있다는 것이 자명함에도 불구하고, 사람들은 여전히 이 체제를 지지하며 그 수장에게 헌신한다.

어떤 사람에게 헌신하는가? 바로 예카테리나, 루이 11세, 영국의 제임스 1세, 에스파냐의 필립, 나폴레옹 1세와 3세 같은 혐오스러운 사람들에게 헌신하는 것이다.

4.

만일 이 지배자들이 정말 훌륭한 사람이라면 말할 것도 없고, 그저 최악만 아니어도 몇 사람에게 전 민중이 복종하는 것을 어떻게든 정당화할 수도 있다. 이따금 최고는 아니지만 반듯한 사람이 지배한다 해도 정당화될 수 있다. 그러나 사실 그런 적은 없으며 있을 수도 없다. 언제나 가장 악질적이며 보잘것없고 잔인하며 부도덕한 사람, 무엇보다 거짓말쟁이들이 통치한다. 사정이 이런 것은 우연이 아니라, 권력의 보편적인 규칙이요, 필수적인 조건이다. 정부 권력이 무엇으로 구성되며 어떻게 권력을 획득하고 유지해야만 하는지를 잘 아는 마키아벨리는 다음과 같이 말한다.

"모든 군주의 가장 큰 걱정거리는 전쟁, 군사 기술, 훈련이다. 군주의 모든 생각은 군사 기술과 군 관련 수공업의 연구와 개선으로 향해야만 한다. 군주는 다른 것에 매료되어서는 안 된다. 왜냐하면 이 기술에 군주의 권력이 갖는 모든 비밀이 있기 때문이다. 이 기술 덕분에 세습 군주뿐만 아니라 일반 시민들도 최고의 통치에 도달할 수 있다. 군사 기술을 경시한다는 것은 파멸로 가는 것을 뜻하고, 군사 기술을 완벽하게 제어한다는 것은 최고의 권력을 획득할 가능성이 있다는 것을 뜻한다. …

그러므로 어떤 군주라도 전쟁의 문제에 관해서 한순간도 잊어서는 안 된다. 그리고 평화로운 때에 특히 군사 업무를 부지런히 익혀야 한다. …

정복에 대한 열망은 의심의 여지없이 가장 평범하고 자연스러운 일이다. 자신의 목표에 도달할 수 있는 정복자들은 비난이 아니라 칭찬받아 마땅하다. 하지만 정복할 수 있는 상황이 아닌데 정복을 계획하는 것은 경솔하고 어리석은 짓이다.

정복자가 지금까지 나름의 법으로 일을 처리해 왔고, 자유로운 체제를 향유하던 나라를 정복하였다면, 세 가지 방법으로 이 나라를 장악할 수 있다. 첫 번째 방법은 나라를 황폐화시키고 약화시키는 것이다. 두 번째 방법은 그곳에 바로 이주하는 것이다. 세 번째 방법은 믿음과 복종으로 주민들을 장악하기 위해 제한된 인원으로 구성된 기구를 창립하고, 주민들에게 조공만 부과할 뿐 기존 체제를 범하지 않는 것이다. …

군주는 악덕에 대한 비난을 두려워해서는 안 된다. 결점 없이 최고의 권력을 유지하는 것은 불가능하다. **여러 가지 상황을 상세하게 살펴보면, 선량한 행동을 하는 인물을 파멸로 이끌게 하는 선행이 존재한다는 것과 군주가 갖춘다면 무사와 안녕에 이를 수 있는 악덕이 있다는 것을 쉽게 깨닫게 된다.**

군주는 그 신민들의 충성과 통합의 문제에 있어서, 잔인하다는 소문을 두려워해서는 안 된다. 넘치는 관용으로 약탈과 폭력을 초래하는 무질서를 방치하였을 때보다 경우에 따라 잔인함에 의거한다면, 군주는 더 자비로울 수 있다. 왜냐하면 무질서는 사회 전체의 재앙이 되지만, 사형은 개별 인물에게 타격을 주기 때문이다. …

나는 군주가 이것저것을 동시에 달성하는 것이 바람직하다고 생각한다. 그러나 이를 실행하기가 어렵기 때문에 군주들은 보통 그들에게 개인적으로 이익이 되는 쪽을 선택하게 된다. 나는 공포로 신민들을 다스리는 것이 더 유용하다고 말할 것이다. 대체로 사람들은 배은망덕하고 변덕스러우며 거짓말을 잘하고 소심하며 탐욕스럽다. 만일 군주들이 사람들에게 은혜를 베풀면, 사람들은 헌신적으로 군주에게 충성하는 체한다. 앞서 이야기했듯, 위험이 멀리 있다면, 군주에게 자신의 피, 재산과 자신의 생명 그리고 자신의 자식도 내어 줄 것이다. 그러나 위험이 닥치면 배신은 멀리 있지 않다. 약속 같은 것을 너무 믿어서 자신의 개인적 안정을 위한 아무런 조치도 취하지 않은 군주는 대체로 파멸한다. 왜냐하면 영혼의 위대함과 고귀함이 아니라 물질로 매수된 신민들의 친밀감은 쉽게 얻을 수 있지만 견고하지 않다. 따라서 필요한 순간, 이 친밀감에 의지해서는 안 된다. 게다가 사람들은 자신들이 두려워하는 사람보다 사랑하는 사람을 먼저 비난할 태세가 되어 있다. 사랑은 대체로 고마움이라는 아주 미묘한 근거로 지탱된다. 하지만 사람들은 대체로 사악하므로 개인적인 이익에 따라 사랑을 배신하려고 그럴싸한 핑계를 댄다. 두려움은 인간을 사로잡았던 징벌의 공포에 기반을 두고 있다. …

전시에 군주들은 대개 많은 군을 다스리기 위해 주저하지 않고 잔인해야만 한다. 잔인하지 않으면 군대에서 질서와 복종을 유지하기 어렵기 때문이다. …

군주들에게 더 유익한 것이 '신민이 군주들을 사랑할 때인가 아니면, 신민이 군주들을 두려워할 때인가'라는 문제로 되돌아간다면, 나는 이렇게 결론 내리고자 한다. 첫 번째의 경우, 군주들은 신민에게 의존한다. 그러나 신민이 군주를 두려워한다면, 군주는 자립적이다. 때문에 현명한 지배자에게 더 유리한 것은 다른 사람에게 의존하는 것보다 자기에게 의존하는 것이라고 확신할 수 있다. 다만 이미 말했다시피, 군주들은 미움을 받지 않도록 노력은 해야 한다. …

목적을 달성하기 위해서는 두 가지 행동 방식이 존재한다. 그것은 법과 강압의 방법이다. 첫 번째 방법은 인간적인 방법이고, 두 번째 방법은 미개한 야수들의 방식이다. 그러나 첫 번째 방법이 언제나 성공적인 것은 아니기에, 사람들은 때로 두 번째 방식에 따른다. 군주들은 두 가지 방법을 이용할 수 있어야만 한다.

군주는 야수처럼 거친 힘을 행사하면서 자기 안에 사자와 여우의 특징을 결합시켜야만 한다. 사자의 특징만 가지고 있으면, 그는 그에게 놓은 덫을 경계하고 피할 수 없다. 여우이기만 한다면, 적에게 맞서 스스로를 방어할 수 없다. 그러므로 간계를 피하고 적을 이기려면 군주는 사자와 여우가 되어야만 한다.

폼나는 사자의 역할 하나만 하려는 군주들은 가장 심각한 미숙함만을 보여 주게 된다.

선견지명이 있는 군주라면 자신의 약속과 의무를 이행할 필요는 없다. 만약 약속과 의무의 이행이 군주에게 해가 되며, 약속을 강제하는 동기들이 제거된다면 말이다. 물론 사람들이 모두 정직하다면, 이와 같은 충고는 부도덕한 것으로 여길 수도 있다. 그러나 사람들은 대개 정직하지 않고 신민은 자신들과의 약속을 군주가 이행하는지에 대해 특별히 신경 쓰지 않기 때문에, 군주들도 신민과의 약속 이행에 까다롭게 굴 필요가 없다. 군주들은 보기 좋은 핑계로 서약 위반을 어렵지 않게 은폐할 수 있다. 이 증거로 동시대 역사에서 많은 예를 들 수 있다. 또 군주들에 의해 파기되었거나 실행되지 않아 사문서로 남겨진 많은 국제평화조약과 협상들도 보여 줄 수 있다. 이때에도 여우의 행동을 더 잘 모방할 수 있는 군주들이 큰 이익을 얻게 되는 것은 당연하다. 그러나 여우의 행동 방식은 정직이라는 가면 아래에 철저히 숨겨져야 한다. **군주들은 위선과 기만의 위**

대한 기술을 가지고 있어야만 한다. 왜냐하면 사람들은 보통 절박한 요구에 눈이 멀고 얼이 빠지기 때문에, 거짓에 능한 자는 언제나 쉽게 믿고 거짓에 기꺼이 속는 사람들을 발견하기 마련이다. …

따라서 군주들은 실제로 좋은 자질을 가질 필요가 없다. 그러나 그들은 각자 자신이 좋은 자질 전부를 가지고 있는 것처럼 보여야만 한다. 좀 더 이야기하자면, 실제로 이 같은 자질을 갖는 것은 군주의 개인적인 실익에는 해롭다. 이런 자질을 갖춘 듯 보이는 위선과 가면이 아주 유용한 것이다. 가령, 군주들에게는 동정심 많으며 자신의 말에 충실하고, 인류애가 넘치며 신앙심 깊고, 솔직하다는 사실을 보여 줄 수 있는 것이 중요하다. 실제로 이러하다면 좋은 자질을 갖춘 군주는 필요한 경우, 그 자질을 억누르고 완전히 반대되는 자질을 보여 줄 수 있을 때에만 해롭지가 않다.

군주들, 특히 이제 막 권력을 얻었거나 다시 형성된 군주국을 통치하는 군주들이 자신의 행동을 도덕적 요구와 일치시키는 것은 불가능하며, 그 누구도 이 사실을 의심하지 않을 것이다.

사실 국가에서 질서를 유지시키려면 종종 군주들은 양심의 법칙, 자비, 박애, 그리고 심지어 종교에 대립할 수도 있다. 군주들은 자신의 신념을 상황에 따라 변화시키는 융통성을 가져야만 한다. 앞서 말했듯이, 가능하면 정도를 벗어나지 않아야 하지만, 필요한 경우 부정한 방법에 의지할 수도 있다.

군주들은 내가 열거한 5가지 자질[4]을 그들의 입에서 나온 말로 모두 암시할 수 있게 매우 신경 써야 할 것이다. 또한 듣는 이들이 군주를 진실하고 자비로우며 인류애 넘치고 성의가 있으며 신앙심 깊은 사람으로 여기도록 최선을 다해야 한다. 특히 군주는 신앙심이 깊은 체하는 것이 중요하다. 이 경우 깊이 생각할 수 있는 능력은 소수의 사람만이 갖추고 있기 때문에, 외적인 한 부분만 보고 전체를 판단하는 사람은 쉽게 속는다. 군주들에게 가면은 필수적이다. 대부분의 사람들은 어떻게 보이는가에 따라 사람들을 판단하기 때문이다. 소수의 사람만이 실재와 겉으로 드러나는 것을 구별할 수 있다. 그리고 심지어 소수가 군주들의 진짜 성질을 알았을 때조차도, 그들은 다수와 대립되는 견해를 표출하기를 주저할 것이며, 군주들이 보여 주었던 최고 권력의 존엄을 훼손하는 것을 두려워할 것이다. 게다가 군주들의 행동은 재판소의 관할에 속하지 않고, 행동이 아니라 행동의 결과만이 판결에 처해진다. 만일 군주가 자신의 생명과 권리를 보호할 수만 있다면, 그가 어떤 수단을 사용하더라도, 그 모든 수단은 순수하고 찬양할 만한 것으로 여겨진다."

　이 모든 진리는 마키아벨리가 주목했던 군주들만이 아니라, 전제군주, 대통령, 수상, 국회 등 어떠한 형식으로든 사람들을

4　이 5가지 자질이란 신의, 자비심, 인간적임, 정직성, 신앙심을 의미한다. —옮긴이

통치하였고, 지금 통치하고 있는 모든 이에게 알려져 있다. 특히 가장 큰 성공을 거두었고 거두고 있는 사람들은 마키아벨리를 읽지 않았지만 언제나 그의 법칙을 정확하게 실행해 왔고 실행하고 있다.

사실상 달리 방법이 없다는 것을 이해하기 위하여 권력이 무엇으로 구성되어 있는지에 대해서 고찰해 볼 필요가 있다. 타인에 대한 권력은 타인을 괴롭히고 죽일 수 있는 권리일 뿐만 아니라, 자기 자신을 괴롭히는 공인된 권리와 다름없다. 사람들이 수뇌부의 뜻에 따라 서로를 괴롭히고 살인을 저지르기 위해서는 거짓과 간교함, 특히 잔인함 외에는 달리 방법이 없다. 그래서 모든 군주들은 언제나 이렇게 행동했고 이렇게 행동할 수밖에 없다.

5.

종교 개혁 이후 유럽 기독교 민족들의 역사를 읽고 상기해
보라. 이 역사는 위정자들이 자기 민족과 타민족을 대립시키고
또 위정자들끼리 대립하여 일어나게 된, 가장 무섭고 무의미하
고 잔인한 죄악의 끊임없는 목록이다. 역사는 멈추지 않는 전
쟁, 약탈, 민족성의 비하와 압박, 전 국민의 말살, 욕심과 허영
과 질투 혹은 종교적 진리의 확립을 핑계로 한 평화로운 주민
들의 학살, 평범한 수천의 사람들 가운데 가장 훌륭한 사람들
이 벌이는 멈추지 않는 분신자살의 불꽃, 배신, 거짓, 간교, 타
인의 재산 강탈, 고문, 감옥, 사형, 그리고 불행한 군주들에게서
만 볼 수 있는 무섭고 부자연스러운 음탕함이다. 그리고 이것
은 카를 9세, 헨리 8세, 이반 뇌제와 같은 어떤 한 사람이 저지
른 일이 아니다. 찬양받는 프랑스의 여러 명의 루이들, 영국의

엘리자베스들, 예카테리나와 표트르들, 그리고 프리드리히들, 그들 모두는 이와 같은 일을 저지른다. 동시대 정부들, 즉 지금 정부를 구성하는 사람들도 (절대 군주국, 입헌 군주국, 공화국에서도 마찬가지이다) 이 일을 하고 있고 하지 않을 수 없다. 이것이 그들의 일이기 때문이다.

사실 그들의 문제는 직간접적인 조세의 명목으로 일하는 민중의 재산 가운데 많은 부분을 폭력적으로 빼앗고, 이 재화를 마음대로 사용한다는 데 있다. 즉 이 조세는 당이나 개인의 야심과 사리사욕과 허영심을 채울 목적으로 사용된다. 둘째, 그들의 문제는 민중에게서 뺏은 땅의 소유권으로 한 사람의 권리를 강압적으로 지탱하고 있다는 것이다. 셋째, 군대는 고용과 징집으로 이루어진다는 점이다. 즉 군대는 이런저런 사람들의 살인과 약탈 행위에 바로 투입할 수 있는 전문적인 살인자들로 이루어진다. 끝으로 법이 이 모든 악행을 정당화하고 신성화한다. 그리고 현재는 각료 및 의회와 함께 여러 명의 루즈벨트, 니콜라이 2세, 체임벌린, 빌헬름이 바로 이러한 일들을 하고 있다. 그들의 일이 바로 여기에 있다. 그래서 이 일은 가장 부도덕한 사람들만이 할 수 있다. 국민들을 지배하는 자들이 잔인하고 부도덕하며, 또한 반드시 당시 사회의 평균적인 도덕의 수준 이하일 수밖에 없는 이유를 알려면, 정부 권력을 어떻게 이용할 수 있는지에 대해 본질적으로 고칠해 볼 필요가 있다. 도덕적이거나 적어도 완전히 부도덕하지 않은 인물은 왕위에 오를 수 없으며 장관이나 입법자가 될 수 없다. 또한 그들은 모든 국민의 운명을 결정하고 해결하는 사람이 될 수 없다. 도덕적이고 선량한 정치가라는 말은 도덕적인 매춘부, 절제하는 술주정꾼 혹은 온화한 살인자처럼 내적인 모순을 지닌다.

모든 정부의 활동은 일련의 범죄이다. 활동 그 자체만 볼 때도 그렇게 생각할 수 있다. 나아가 정부의 권력에 속해 있는 모든 개별 인간의 상태를 살펴본다면, 범죄라는 점은 훨씬 더 명확해진다. 지구라는 행성에서 태어난 대다수의 사람들은 태어나는 순간 태어난 땅을 이용할 권리를 상실하게 된다. 그들은 땅 위 혹은 땅속에 있는 것을 이용할 수 없을 뿐만 아니라, 국가와 결탁한 자들에게 자신의 노동을 지불하지 않는 한 이 땅에 머무를 권리조차 없다. 왜냐하면 정부와 결탁한 자들은 국가 권력이 약탈한 땅을 신성한 권리로 옹호하며 땅을 소유물처럼 장악할 권리를 부여받았기 때문이다. 이처럼 자신이 태어난 땅을 이용할 가장 자연스럽고 합법적인 권리를 상실한 사람은 자신과 가족들의 처지를 개선하기 위해, 배우고 생각하고 휴식을 취하며 사람들과 소통하는 여유를 갖기 위해, 어떤 다른 생존 수단을 찾는다. 그는 이 땅에 살면서 이 땅을 이용할 권리를 얻기 위해 약탈자에게 법률이 정한 세금을 바치면서 온 힘을 다해 일한다. 그러나 약탈자들은 그를 가만히 두지는 않는다. 그에게서 직간접적인 방법으로 세금을 더 거둬들인다. 이 세금은 그에게 필요 없는 관리와 수도승의 임금에, 전혀 필요할 것 같지 않은 궁전과 기념비를 건립하고 고관대작을 부양하는 데, 필요 없을 뿐만 아니라 오히려 그에게 해가 되는 세관을 유지하는 데, 조상들에게도 필요 없었던 전쟁을 치르느라 그가 태어나기 수백 년 전에 지워진 국가 부채의 이자를 지불하는 데 쓰인다. 뿐만 아니라 이 세금은 필요도 없고 사람들을 파멸시키기만 하는 전쟁을 준비하고 전쟁을 치르는 데 쓰인다. 세금에 관한 모든 요구는 목숨을 위협하는 폭력으로 유지되기 때문에 인간이 순종하게 된다. 인간이 이 세금을 모두 지불하고 있지만, 정부 기구는 이 정도에서 그를 내버려 두지 않는다. 많은 국가에서 25살이 되면, 가장 잔인한 노예 생활인 군 복무를 해야만 한다. 병역 의무가 없는 국가에서도 사람들은 병역 의무 때문에 많은 세금을 지불해 가며 전쟁이 가져올 모든 재앙에 대비해야 한다.

모든 인간이 아무런 죄도 없이 정부 권력 때문에 감내해야 했던 물질적 재앙은 이와 같다. 하지만 결코 이것이 끝이 아니다. 정부가 자행한 가장 무서운 악행은 그들에 의해 민중들이 처한 지적, 도덕적 타락이다. 아이는 태어나는 즉시 국가 권력이 정한 신앙에 편입된다. 이것은 언제나 그러했으며 지금도 많은 국가에서 그러하다. 신앙이 강제되지 않는 국가에서도 이와 같은 상황에서 벗어나는 것은 쉽지 않다. 아이가 어느 정도 자라면, 아이는 정부가 설립한 학교로 보내진다. 학교에서 인간에게 변함없이 가르치는 것은 권력을 가진 정부가 인간의 삶에 필수 조건이리는 점, 그리고 여러 정부들 가운데 그가 태어난 그 정부가 가장 좋은 정부라는 점이다. 그 정부는 러시아 차르 정부이거나 터키의 술탄 정부, 혹은 체임벌린과 식민 정치를 하는 영국 정부와 트러스트를 옹호하고 침략주의 정책의 북미 연방정부가 될 것이다. 초등의 의무 교육도 그러하고, 러시아, 터키, 영국, 프랑스, 미국에서 성장한 시민이 입학하는 고등교육도 그러하다. 비단 학교뿐만이 아니다. 문학, 사원, 기념비, 거리, 언론도 그러하다. 언론은 정부에 매수되거나 혹은 정부와 충돌하기도 하고, 때로는 정부에 기댄 부자들이 언론을 소유하기도 한다. 어떤 국가일지라도 국가의 시민은 어디에서나 타락을 유발하는 정부의 훈계를 듣게 된다. 이 훈계는 대체로 속박, 감금, 교수대, 군대를 가진 권력과 국가가 시민들 삶의 필수 조건이고, 훌륭하고 아름다우며 존경과 명예를 지닌 가치 있는 활동이라는 것이다. 이 활동에 참여할 수 있다면, 모든 인간은 자신이 행복하다고 여겨야만 하고 활동의 대표자를 존경하고 그 앞에 무릎을 꿇어야만 하며, 그 대표자를 닮아가야만 한다.

인간은 모든 자연권을 상실했으며, 인간의 노동 대부분은 악행을 저지르는 데 빼앗긴다. 노예 제도에서 노예들이 그랬듯, 인간은 부지불식간에 사방에 놓인 덫에 걸려 혼란을 겪다가 정부의 노예가 되어버린다. 두 노예의 차이점은 노예 제도의 노예는 선하고 착한 주인의 노예가 될 수 있었지만, 정부의 노예는 언제나 가장 음흉하고 잔인하며 거짓된 인간의 노예가 된다는 점이다.

무엇보다 나쁜 점은 가장 잔인하고 거친 인간의 노예인 정부의 노예는 그들이 노예라는 사실조차 모르고 자유를 원하지도 않는다는 것이다. 그뿐만 아니라 입헌국가와 공화국의 사람들은 자신들을 완전히 자유로운 인간이라고 생각하며 노예 제도를 자랑스럽게 여긴다.

6.

  "우리 시대에 정부는 과연 무엇이며, 정부 없이 사람들이 존재하는 것은 불가능할까? 정부가 필요할 때가 있었다. 그때는 정부의 해악이 잘 조직된 이웃 민족에 맞설 수 없어서 벌어지는 재앙보다는 훨씬 적었다. 하지만 지금 정부는 불필요한 것이다. 정부의 해악은 정부가 자국민들을 놀라게 하는 그 어떤 일보다 훨씬 더 크다.

  중국인들이 말하듯이, 올바르고 신성한 사람들로 정부가 구성되는 경우에는 당연히 군사 정부뿐만 아니라 일반 정부도 유용하고 해롭지 않다. 그러나 사실 정부는 폭력 행위를 일삼는 활동으로 인해 성스러움과 정반대되는 요소들과 가장 뻔뻔하고 거칠고 음흉한 사람들로 구성된다. 따라서 정부는, 더욱이 군사력을 위임받은 정부는 세상에서 가장 위험하고 끔찍한 조직이다.

자본가들과 언론을 포함한 가장 넓은 의미의 정부는 대다수의 사람들을 그들 위에 선 소수의 지배하에 두기 위한 조직과 다름없다. 이 소수의 사람들은 더 소수인 사람들의 권력에 종속되며, 더 소수의 사람은 보다 더 소수의 사람들에게 종속되고, 이렇게 계속 나아가 결국 군사력으로 나머지 모든 사람들을 지배하는 몇 사람 혹은 한 사람에게 도달한다. 그러므로 이 모든 것은 원뿔과 유사하다. 이 원뿔의 몸통은 그 꼭짓점에 있는 한 사람 혹은 몇 사람의 완전한 지배하에 놓이게 된다.

이 원뿔의 꼭짓점을 차지하는 사람은 다른 사람보다 교활하고 뻔뻔하고 양심 없는 자이거나 혹은 뻔뻔하고 양심 없는 사람들의 우연한 계승자이다. 오늘은 보리스 고두노프, 내일은 그레고리 오트레피예프, 오늘은 애인들과 함께 남편을 질식사시킨 방탕한 예카테리나, 내일은 푸가쵸프, 모레는 어리석은 파벨, 니콜라이, 알렉산드르 3세가 바로 그들이다. 오늘은 나폴레옹, 내일은 부르봉이나 오를레앙, 블랑제 혹은 사기꾼 패거리, 오늘은 글래드스턴, 내일은 솔즈베리, 체임벌린, 세실 로즈가 바로 그들이다.

모든 사람들의 재산과 생명뿐만 아니라, 정신적 도덕적 발전, 교육과 종교의 지도에 대한 모든 권력이 이와 같은 정부에 위임되어 있다. 사람들은 가장 무서운 권력 기구를 만들어 놓고, 이 권력을 닥치는 대로 아무나 잡을 수 있게 해버렸다. (도덕적으로 가장 형편없는 사람이 권력을 잡을 수 있게 모든 가능성이 열려 있다.) 그리고 그들은 노예처럼 기구에 복종하면서도 그 해악에는 놀라곤 한다. 그들은 지뢰나 무정부주의자는 두려워하지만, 시시각각 가장 큰 재앙으로 그들을 위협하는 이 끔찍한 조직은 두려워하지는 않는다. …

한 사람이 모든 사람들을 원하는 대로 다룰 수 있도록, 사람들은 스스로를 부지런히 옭아맬 것이다. 그런 다음 사람들은 그들을 옭아맨 사슬의 한쪽 끝이 흔들거리게 던져 놓는다. 제일 쓸모없는 자나 바보가 그 사슬을 움켜쥐고 사람들 모두를 그가 원하는 대로 다룰 수 있도록 말이다. 사실상 군사력으로 조직된 정부를 수립하고 지지하고 그 정부에 복종하면서, 사람들은 이것 말고 무엇을 할 수 있겠는가?"[5]

"정부 없이 과연 살 수 있겠는가? 정부가 없다면 혼동과 무질서한 상태가 될 것이고, 문명의 모든 성취들이 사라질 것이며 사람들은 원시적인 미개의 상태로 회귀할 것이다. 현존 질서에서 이익을 얻은 사람뿐만이 아니라 분명 불이익을 당했지만 현존 질서에 익숙해져서 정부의 폭력 없는 삶을 상상할 수 없는 사람들은 이렇게 말한다. "현존 질서를 건드려 보십시오. 그러면 정부가 사라지고, 폭동, 약탈, 살인과 같은 큰 재앙이 일어날 것입니다. 결국에는 악한 사람이 통치하게 될 것이고,

---

5 〈애국주의와 정부〉, 6장, 14~15쪽. 톨스토이 저, 러시아 〈자유언론〉 출판사.

선한 사람은 노예가 될 것입니다."[6]

"권력층에 있는 모든 사람들은 악한 자들이 선한 자들에게 강요하는 것을 막기 위해 그들의 권력이 필요하다고 확신한다. 그래서 그들은 자신들이 악한 자로부터 선한 자를 보호하는 가장 착한 사람들이라는 것을 암시하려 한다. 그러나 사실 통치는 강요를 의미하고, 강요는 폭력을 당하는 자가 원치 않는 일을 하는 것, 그리고 폭력을 휘두르는 자가 하고 싶지 않은 일을 시키는 것을 의미한다. 결국 통치한다는 것은 우리가 원하지 않지만, 우리가 해야만 하는 일을 다른 사람에게 시키는 것을 의미한다. 즉 악을 행하는 것이다.

복종한다는 것은 폭력을 참아내는 것을 선호한다는 의미이다. 폭력을 참아 내는 것을 선호한다는 것은 자기가 하고 싶지 않은 일을 다른 사람에게 시키는 사람보다 선하거나 덜 악한 사람이라는 것을 의미한다. 따라서 지배당하는 사람들보다 덜 착한 사람, 오히려 더 나쁜 사람들이 언제나 지배해 왔고, 지금도 지배하고 있다는 주장은 설득력 있다. 권력을 따르는 사람들 가운데도 악한 자는 있을 수 있다. 그러나 더 선한 자가 더 악한 자를 지배하는 일은 있을 수 없다."[7]

---

6 〈우리 시대의 노예 제도〉, 13장, 54쪽. 톨스토이 저, 러시아 〈자유언론〉 출판사.
7 〈하나님의 나라는 너희 가운데 있다〉, 10장, 89쪽. 톨스토이 저, 러시아 〈자유언론〉 출판사.

"말할 것도 없이, 폭동, 약탈, 살인이 초래한 악한 자의 지배와 선한 자의 노예화가 이미 발생했고, 지금도 일어난다. 현존 체계의 파괴가 혼란과 무질서를 발생시키리라는 추측은 이 질서가 훌륭하다는 것을 의미하지 않는다는 것도 또한 당연하다. 현존 질서를 건드린다면 커다란 재앙이 발생할 것이다."

몇 싸젠[8] 높이의 길쭉한 기둥을 이루는 수천 개의 벽돌 가운데 하나를 건드린다면 벽돌 전부가 허물어지고 깨진다. 빼낸 벽돌 한 개와 그 충격으로 기둥과 벽돌 전부가 무너진다고 해서 어색하고 부적절한 상태에 있는 벽돌들을 놓아두는 것이 더 현명하다는 사실을 증명하는 것은 아니다. 반대로 이것은 이 벽돌로 기둥을 지탱해서는 안 된다는 것을 보여 준다. 오히려 벽돌이 단단해지도록 다시 쌓아 올려야만 한다. 그래야만 전체 구조를 붕괴시키는 일 없이 벽돌을 사용할 수 있다. 오늘날 국가 조직도 마찬가지이다. 국가 조직은 지극히 인위적이고 불확실한 조직이다. 그러므로 이 조직은 가장 작은 충격으로도 파괴될 수 있다. 이와 같은 점은 이 조직이 필요하다는 것을 증명하지 않을 뿐만 아니라, 반대로 그것이 한때 필요했을지라도, 지금은 전혀 필요가 없으며, 때문에 해롭고 위험하다는 것을 보여 주고 있다.

국가 조직은 해롭고 위험하다. 그 이유는 국가 조직 안에서

---

8 сáжень, 러시아 길이 단위.—옮긴이

사회에 존재하는 모든 악은 줄어들거나 교정되는 것이 아니라 강화되고 확고해진다. 악은 정당화되어 매력적인 형태를 취하거나 숨겨지기 때문에 강화되고 확고해지는 것이다.

폭력으로 다스려지는, 소위 질서 정연한 국가에서 우리가 목격하는 국민들의 안녕은 단지 겉모습이고 허상일 뿐이다. 풍요로운 겉모습을 파괴하는 모든 것, 굶주리고 아프며 보기 흉하게 타락한 자들은 볼 수 없는 곳에 감춰져 있다. 하지만 그들이 보이지 않는다고 그들이 없는 것은 아니다. 반대로 그들이 더 많이 감춰질수록 그들은 더 많아지고, 그들을 양산해 낸 사람들은 더 잔인해질 것이다. 사실 조직적인 폭력인 정부의 활동을 파괴하고 중지시키는 일은 삶의 풍요로운 겉모습을 파괴할 수 있다. 그러나 이와 같은 파괴가 삶을 무질서하게 만들지는 않는다. 이로 인해 숨겨진 것을 폭로하고, 회복할 수 있는 가능성을 제공한다.

19세기 말인 최근까지 사람들은 정부 없이는 살 수 없다고 생각했고 또 그렇게 믿어 왔다. 그러나 삶은 지속되고, 삶의 조건과 사람들의 시각은 변하고 있다. 그리고 정부는 사람들을 유아기적 상태에 붙들어 두기 위해 노력한다. 즉, 모욕당한 사람이 누군가에게 푸념하면서 편안함을 느끼는 상태 말이다. 하지만 사람들, 특히 유럽과 러시아의 노동자들은 점차 유치함에서 탈피하여 삶의 진정한 조건을 깨닫기 시작한다.

오늘날 몇몇 사람은 이렇게 말한다. "당신들은 당신들이 없다면 중국인이나 일본인 같은 이웃 국민들이 우리를 침략할 것이라고 말합니다. 그러나 우리도 신문을 읽어 알고 있습니다. 아무도 전쟁으로 우리를 위협하지 않는다는 것을 말입니다. 오직 지배자인 당신들만이 어떤 이해할 수 없는 목적을 위해 서로를 증오하게 만든 다음, 국민을 보호한다는 핑계로 서로를 겨냥한 전쟁을 계획합니다. 지금 평화를 사랑하는 중국인에게 한 것처럼 말이죠. 그러면 우리는 당신들의 야심과 허영심을 충족시킬 함대, 군비, 전략적인 철길을 유지하기 위한 세금 때문에 파산하게 됩니다. 당신들은 우리의 이익을 위해 토지의 소유권을 보호하고 있다고 말합니다. 그러나 당신들의 보호로 모든 땅이 일하지 않는 기업가, 은행가, 부자들 수중에 들어갔고, 지금도 들어가고 있습니다. 그래서 우리 대다수 민중은 땅이 없어서 일하지 않는 사람들의 지배하에 놓여 있습니다. 당신들은 토지의 소유에 관한 모든 법률을 동원하여 토지의 소유권을 지켜 내는 것이 아니라, 일하는 사람에게서 토지를 빼앗아갑니다. 당신들은 모든 사람들의 노동의 산물을 보호하고 있다지만, 언제나 정반대의 일을 하고 있습니다. 가치 있는 물건을 생산해 낸 모든 사람들은 당신들의 잘못된 보호 때문에 결코 자신의 노동 대가만큼 받을 수 없었습니다. 그리고 그들은 평생토록 일하지 않은 사람들의 지배에 종속되는 처지에 놓였습니다."

"정부가 존재하지 않는다면 모두에게 필요한 교육 기관, 학습 기관, 공공 기관도 존재하지 않을 것이라고들 한다. 그러나 어째서 이렇게 가정해야 하는가? 행정가는 자신이 아닌 다른 사람의 삶을 조직한다. 그런데 어째서 민간인은 행정가만큼이나 훌륭하게 자기를 위한 삶을 조직할 수 없다고 생각하는 것일까?

오히려 오늘날 우리는 아주 다양한 삶의 경우에서 사람들이 자기 삶을 스스로 조직하는 모습을 보고 있다. 이것은 지배자들이 사람들을 위해 만들었던 삶과는 비교할 수 없을 만큼 훨씬 더 훌륭한 것이다. 사람들은 정부의 개입 없이 혹은 종종 정부의 방해에도 불구하고, 모든 종류의 사회적 기업, 즉 노동 조합, 협동 조합, 철도 회사, 집단 농장, 신디케이트를 설립하고 있다. 만일 공공사업을 위해 모금이 필요하고 이 사업이 모든 사람들에게 유용하다면, 어째서 자유로운 사람들은 아무런 폭력 없이 자발적으로 필요한 재화를 모아 세금으로 이룬 이 모든 것을 갖출 수 없다고 생각하는 것일까? 어째서 폭력 없는 재판은 존재할 수 없다고 생각하는 것일까? 소송 당사자가 믿고 맡긴 재판은 언제나 존재했었고, 또 존재할 것이다. 이런 일에는 폭력이 필요 없다. 우리는 오랜 노예 생활로 망가져서 폭력 없는 통치를 상상할 수 없게 되었다. 그러나 이것은 옳지 않다. 러시아의 공동체들은 우리 정부가 그들의 생활에 개입하지 않는 멀리 떨어진 변방으로 이주하여, 자체의 조세 제도, 관청, 법정, 경찰을 조직하여 정부의 폭력이 그들의 통치에 개입하지 않는 한 늘 행복하게 살 수 있게 되었다. …

수만 에이커의 산림을 한 사람이 소유하고 있고 그 옆에 수천 명은 땔감이 없다면, 이 산림은 폭력을 동원해 보호할 필요가 있다. 마찬가지로 몇 세대의 노동자들이 착취당하는 공장과 작업장도 보호를 필요로 한다. 굶주리는 민중에게 아주 비싸게 내다 팔려고 기근을 기다리는 한 소유주의 수만 푸드[9]의 곡물 역시 보호를 필요로 한다. …

흔히들 토지와 노동의 생산물에 대한 소유권을 폐지하면 아무도 일하지 않게 될 것이라고 말한다. 그런 경우 그가 만든 산물을 빼앗기지 않으리라는 확신이 없기 때문이다. 하지만 완전히 반대로 이야기해야 한다. 현재 적용되는 불법적인 소유권을 폭력을 동원해 보호하는 일이 완전히 사라지지 않는다면, 생산물의 이용에 관한 공정성이라는 자연스러운 의식, 즉 소유에 대한 천부의 자연권은 눈에 띄게 약화될 것이다. 이때 소유에 대한 천부의 자연권이 없다면 인류의 생존은 불가능하기에, 이 권리는 언제나 사회에서 존재해 왔고, 또 존재하고 있다. …

물론 말이나 소는 이성적 존재인 인간이 행사하는 폭력 없이 생존할 수 없다고 말할 수 있다. 그런데 어째서 인간은 그들보다 높은 존재가 아니라 그들과 같은 존재가 행사하는 폭력 없이 살 수 없는 것인가? 어째서 사람들은 당대 권력을 가진 사람들의 폭력에 순종하는 것인가? 폭력을 당하는 사람들보다 권력을 가진 사람들이 더 현명하다는 것을 무엇으로 증명할 수 있는가?

---

9 пуд, 러시아에서 쓰는 무게 단위.―옮긴이

권력을 가진 이들이 폭력을 행사하기로 했다는 점은 그들에게 복종하는 사람보다 더 현명하지 않을 뿐만 아니라, 더 어리석다는 사실을 보여 준다. …

흔히들 사람들은 '정부 없이, 즉 폭력 없이 어떻게 살 수 있겠는가'라고 말한다. 하지만 반대로 말해야만 한다. 어떻게 이성적인 존재인 사람이 이성적 합의가 아닌 폭력을 삶의 내적 관계로 인정하면서 살 수 있는가? 사람들은 이성적인 존재이거나 비이성적인 존재 둘 중 하나다. 만일 사람들이 비이성적 존재라면, 사람들 전부가 비이성적 존재라는 말이다. 그래서 그들 사이에 모든 일은 폭력으로 해결된다. 어떤 사람은 폭력을 행사할 권리를 갖는데 다른 사람이 폭력을 행사할 권리를 갖지 못할 이유가 없다. 정부의 폭력은 정당성이 없다. 만일 사람들이 이성적인 존재라면 그들의 모든 관계는 우연히 권력을 잡은 사람들의 폭력이 아니라 이성에 기반을 둘 것이다."[10]

"국가라는 형식이 사라지는 것은 무엇보다 인류가 만든 모든 것이 사라지는 것이라고 말하는 사람들이 있다. 국가는 인류 발전의 유일한 형식이었고, 계속해서 유일한 형식이 될 것이다. 그리고 국가라는 형식 속에 살고 있는 국민들 사이에서 볼 수 있는 모든 악행은 국가라는 형식 때문에 일어나는 것이 아니라, 없어지지 않고는 개선의 여지가 없는 악용으로 인해 발

10 〈우리 시대의 노예 제도〉, 8장, 54~60쪽. 톨스토이 저, 러시아 〈자유언론〉 출판사.

생한다. 또한 인류는 국가라는 형식을 파괴하지 않고서도 발전하여 행복의 가장 높은 단계에 도달할 수 있다. 이와 같이 생각하는 사람들은 자신의 생각을 뒷받침하기 위해 그들에게 반박 불가능해 보이는 철학적, 역사적, 심지어 종교적 논거까지 끌어들인다. 그러나 반대로 생각하는 사람들도 있다. 즉, 인류는 국가라는 형식 없이 살았던 때가 있었기 때문에 이 형식은 일시적인 것이며 사람들에게는 새로운 형식이 필요한 시대가 도래할 것이다. 지금 그 시대가 시작되었다. 그리고 이렇게 생각하는 사람도 자신의 견해를 뒷받침하기 위해 반박 불가능해 보이는 철학적, 역사적, 심지어 종교적 논거까지 끌어오고 있다.

첫 번째 견해를 옹호하는 글을 쓸 수 있지만, (이런 견해들은 이미 오래전부터 집필되었고, 여전히 집필되고 있다) 이것에 반대되는 다수의 글도 쓸 수 있다. (비록 오래되지 않았지만 다수의 글이 빼어나게 집필되었다.)

그리고 국가를 옹호하는 자들이 확신하듯, 국가의 폐지가 사회적 혼돈과 상호 약탈, 살인, 모든 사회 제도의 폐지와 야만시대로의 회귀를 야기하리라고 증명할 수는 없다. 또한 경험을 내세워 이를 증명할 수도 없다. 왜냐하면 경험을 해야 할 것인가, 하지 말아야 할 것인가의 문제가 있기 때문이다. 국가 폐지의 시대가 도래할 것인가, 아닌가 하는 문제는 만일 논쟁의 여지없이 문제를 해결하는 다른 삶의 방식이 없다면, 해결되지 않을 것이다.

새가 알을 깨고 나올 만큼 자랐는가 혹은 그만큼 자라지 않았는가에 대한 판단은 그게 누구의 판단이든 전혀 관계가 없다. 이미 더 이상 알 속에 있을 수 없어서 부리로 알을 깨고 스스로 밖으로 나온 새끼 새가 논쟁의 여지가 없이 문제를 해결하게 될 것이다.

국가라는 형식의 폐지와 새로운 형식의 교체 시기가 사람들에게 다가왔는가, 아닌가의 문제도 마찬가지이다. 만약 인간이 자기 안에서 일어나고 있는 고양된 의식 때문에 정부의 요구를 이미 더 이상 수행하지 않으며 그 요구를 넘어 국가라는 형식의 보호를 더 이상 필요치 않는다면, 국가라는 형식을 [...] 만큼 인간이 성숙했는가, 아닌가의 문제는 완전히 다른 측면에서 해결된다. 이 문제는, 알을 깨고 나온 어린 새가 세상의 어떤 힘으로도 되돌려질 수 없는 것처럼, 이미 국가에서 성장해 나와 버려 어떤 힘으로도 국가로 돌아갈 수 없는 사람들에 의해 해결된다.

기독교 인생관을 터득한 사람들은 이렇게 말한다. "어쩌면 당신이 국가에 귀속된다고 보는 목적 때문에 국가는 필요했고, 지금도 필요할 수 있습니다. 다만 내가 알고 있는 것은, 한편으로 나에게 국가는 더 이상 필요하지 않고, 다른 한편으로 나는 국가의 존속을 위해 필요한 일을 더 이상 할 수 없다는 것입니다. 당신의 삶에 필요한 것을 스스로 만들어 보십시오. 나는 국가의 일반적인 필요성도 그 폐해도 증명할 수 없습니다. 나는 다만 나에게 필요한 것과 필요치 않은 것, 내가 할 수 있는 것과 할 수 없는 것만 알고 있습니다. **나에게는** 다른 민족과 나를 분리할 필요가 없기에, 내가 어떤 민족이나 국가에 소속되는 것, 혹은 어떤 정부의 신민이 되는 것을 인정할 수 없음을 나는 알고 있습니다. 국가 내에서 만들어진 정부의 모든 제도가 **나에게는** 필요 없기에, 내가 아는 한 나에게 불필요하고 해로운 제도를 위해 쓰일 세금을 국가에 바칠 수 없다는 것도 알고 있습니다. 심지어 나의 일에 필요한 사람들을 버리면서까지 세금을 바칠 수 없습니다. **나에게는** 폭력으로 생겨난 관청도, 재판소도 필요 없기에, 나는 어떤 일에도 참여할 수 없다는 것을 알고 있습니다. **나에게는** 다른 민족을 죽이려 공격하는 것도, 손에 무기를 쥐고 다른 민족을 방어할 필요도 없기에, 전쟁과 전쟁 준비에 참여할 수 없음을 나는 알고 있습니다. 어쩌면 이 모든 것이 반드시 필요하다고 여길 수밖에 없는 사람도 있을 것입니다. 나는 그들과 논쟁할 수 없습니다. 나에게 그 논쟁이 필요 없다는 것을 나는 의심의 여지없이 잘 알고 있습니다."[11]

이런 사람들은 이미 많이 있다. 그럼에도 불구하고 이 사람들은 계속해서 국가에 복종하고 국가를 유지시키고 있다. 이것은 무엇 때문인가?

---

11 〈하나님의 나라는 너희 가운데 있다〉, 10장, 87~88쪽. 톨스토이 저, 러시아 〈자유언론〉 출판사.

7.

내가 생각하기에 민중의 중요한 추동력인 종교가 기독교 민족들 사이에서 완전히 사라진 건 아니라도 약화되고 희미해져 버린 사실이 그 원인인 듯하다. 민중의 종교가 무엇이든, 또 그 종교가 아무리 투박하게 표현되든, 민중 종교의 기반에는 언제나 여러 민중의 생활 방식이 자리 잡고 있다. 그리고 민중 종교에서 발생하는 변화에 기초하여 민중의 생활 방식 또한 변화된다.[12]

---

12 우리 시대의 학자들 사이에 가장 많이 확산된 견해가 있다. 내가 알기로, 이것은 민중의 삶이 내적이고 정신적인 원인이 아닌, 외적이며 주로 경제적인 원인에 달려 있다는 것이다. 이와 같은 견해를 논박할 필요는 없어 보인다. 왜냐하면 합리적인 생각, 역사적 현실, 중요한 도덕적 감정이 이 견해의 편파성을 잘 보여 주기 때문이다. 이 견해는 안목이 좁고, 주로 세계에 대한 관계 정립의 필요성, 즉 종교적 의식의 필요성을 느끼며, 인간을 동물과 구별시키는 고양된 능력을 잃어버린 사람

모든 인간의 중요한 삶의 방향과 삶의 방식은 그가 생활에서 인지한 사명을 따르고 이 사명은 종교가 정해 주기 때문에, 개인과 민족의 (민중 각자의 생활 방식이 아무리 다양할지라도) 삶의 방향과 방식은 주로 종교에 의해 정해진다는 사실만은 분명하다. 물론, 종교 외에 다른 원인들도 민중의 삶의 방식에 영향을 주고 있다. 하지만 저급하고 덜 완벽한 상태에서 고양되고 더 완벽한 상태로의 중요한 변화와 전이는 언제나 종교에 따른 것이다. 유럽의 민족은 기독교를 받아들이면서, 저급한 상태에서 고양된 상태로 바뀌었다. 마찬가지로 아랍인들과 터키인들이 회교도가 된 다음에 발전의 고양된 단계로 옮겨 갔다. 아시아의 국민들은 불교, 유교, 도교를 받아들인 다음에 그렇게 되었다.

민중의 종교적 의식에서 일어난 변화는 불가피하게 민중 생활의 외적 형식 변화를 초래한다. 이것은 언제나 그러했고 지금도 그러하다. 그러나 사람들의 종교적 의식에 이미 변화가 일어났지만, 이 변화가 여전히 삶의 외적 형식으로 표현될 수 없어서 예전의 사회적 삶이 계속되는 시기가 있다. 이때 예전의 사회적 삶의 방식은 당대 사람들이 더 이상 인정하지 않는 종교적 인식에 근거하여 이루어진다. 종교적 의식의 이해, 정화, 변화, 성장은 눈에 띄지 않지만 끊임없이 이루어지기에, 이

들 사이에서 생겨났고 확립되었다. 따라서 이 사람들에게는 그들이 경험하지 않고 손으로 만져 볼 수도 없는 것이 존재한다는 사실을 확인시켜려는 노력은 아무런 도움이 안 된다.

와 같은 현상이 발생하게 된 것이다. 삶의 형식들은 점진적으로 변화하는 것이 아니다. 이것은 눈에 띄지 않는 인식의 성장과는 다르게 비약적으로 변화한다. 곡물의 싹은 쉬지 않고 자라서 껍질마저도 벗겨버린다. 사회적 삶의 형식과 의식이 바로 이와 같다.

사람들은 모두 한 연령대에서 다른 연령대로 이동하면서 비슷한 어떤 것을 경험한다. 개별 인간의 삶에서 일어나고 있는 것은 전체적인 사회의 삶에서도 일어난다. 청년으로 가는 아이의 인식에서, 남편으로 가는 청년의 인식에서, 노인으로 가는 남편의 인식에서 점진적이고 눈에 띄지 않은 인식의 변화가 일어난다. 그러나 이따금 사람들은 한 연령대에서 다른 연령대로 옮겨 가도 여전히 이전 연령대의 세계관으로 계속해서 살아간다. 예전에 믿었던 것을 믿지 못하고, 세상에 대한 새로운 입장을 여전히 정립하지 못한 채 인간은 아무런 지침도 없는 시기를 살아간다.

이러한 전환기에 개인들은 종종 특히나 어리석고 고통스러우며 격정적인 삶을 살아간다. 인간 사회 전체도 마찬가지다. 인간 사회 전체가 가지는 삶의 형식이 그들의 의식에 답하지 못할 때 개인과 똑같은 일들이 일어난다.

내가 생각하기에, 지금 기독교 민족들이 경험하고 있는 시대가 바로 이러하다. 인류는 현존하는 삶의 형식을 구성하는 근거인 종교 의식을 체험하였지만, 삶에 대한 새로운 종교적 깨달음은 아직 얻지 못했다. 우리 시대 사람들은 삶의 사명과 의미에 대한 어떤 깨달음이나 행동의 내적 지침 없이 살아간다.

우리 시대에 일부의 사람들은 다양하지만 언제나 왜곡되어 있는 기독교 신앙을 고백한다. 이 왜곡된 기독교의 이름으로 1600년 전 대사원이 위대한 불합리를 공인한 교리의 전서가 마련되었다. 동시대의 모든 지식과 이성적 의미에 정반대되는 이 사이비 기독교 신앙은 행동의 어떤 기반도 제시하지 못하고, 오로지 신앙을 교회라고 부르는 자에 대한 복종과 눈먼 신앙만을 보여 준다. 바로 이런 신앙이 삶의 의미를 해명하고 여기서 도출된 행동 지침을 보여 주는 진정한 종교가 차지해 왔고 차지해야만 하는 자리를 차지하고 있다.

자신을 계몽된 교양인이라고 부르는 소수의 사람들은 선량하고 이성적인 삶을 진행시키는 데 있어 훨씬 더 무능하다. 사이비 기독교 신앙의 기만에서 해방된 이 사람들은 교회 기독교와는 다른, 훨씬 더 어리석은 거짓의 권력하에 놓여 있다. 학문적인 세계관이라고 불리는 이 거짓은 어떤 이성적인 행동 지침도 제공할 수 없다. 이 세계관은 인간과 짐승을 구별시켜 주는 인간 본성의 주된 특징, 즉 자신의 처지에 대한 해명과 소명을 거부하고, 또 종교 의식의 본질을 구성하는 것을 거부하고 있다. 그러므로 이 세계관은 아무런 관련도 없고 필요도 없으며 우연하게 발견되는 다양한 형상의 대상물에 대해 지식과 관찰 등으로 종교적 의식을 대체한다. 이 세계관에 따르면 (세계관의 부재를 그렇게 부를 수 있다면) 모든 종교는 그 본질상 오류이며, 삶의 의미에 대한 이성적 설명과 여기에서 파생된 행동의 지침을 찾을 필요가 전혀 없다. 왜냐하면 대체로 학문이, 특히 인류가 그 법칙에 따라 움직이게 되는 사회학이라는 거짓 학문이 행동과 관련된 충분한 지침을 제공하기 때문이다. 그러나 이 학문은 차후에나 삶의 모든 법칙을 규정할 것이기에 실제로 학문적 세계관을 가진 사람들은 무의식적으로 예전의 종교적 규칙의 훈계에 따르거나 어떤 제지도 받지 않고 자신의 욕망과 음욕을 드러내고, 심지어 '학문적으로' 그것을 정당화하면서 아무런 지침도 없이 살아가고 있다. 자신을 사회의 선구자라고 여기는 소수의 보잘것없는 오류는 이와 같다.

세 번째 부류가 가장 다수이다. 모든 인종, 모든 계층, 모든 교육 과정에 존재하는 이 사람들은 교회 신앙의 어떤 압박에도 자유로우며, 학문적 미신 가운데 오로지 하나, 종교란 것은 있을 수 없다는 것만 터득하였다. 이들은 야수처럼 이기적이고 음탕한 삶을 살아갈 뿐만 아니라, 심지어 이와 같은 삶(생존을 위한 투쟁, 인간성 초월)을 인류의 지혜의 최신 성과라고 여긴다.

우리 시대의 삶은 종교와 유사한 것으로 이루어진 비교적 큰 부분, 어떤 것에도 얽매이지 않고 자기만족적인 저급한 세계관을 가졌거나 혹은 아무런 세계관도 가지지 않은 작은 부분과 완전한 도덕적 혼란으로 이루어진 가장 큰 부분들로 이루어진다. 신앙 비슷한 것이니, 신앙을 부정하는 것, 학문이라 불리는 다양한 대상물에 대한 우연한 정보들의 집합을 신앙으로 교체하는 것에는 우리 시대, 우리 사회의 사람들에게 활동의 방향을 제공하는 추진력도 억제력도 없다. 그렇기 때문에 삶은 지침이 되는 아무런 단초도 없이 과거의 타성에 젖어 흘러간다. 삶은 흐릿하게 의식되는 우리 시대와 사회의 나이에 내재한 종교적 의식과는 점점 더 멀어지고, 따라서 훨씬 더 무의미해지고 괴로워져 간다.

8.

현재 우리 기독교 세계의 실상은 이와 같다. 소수의 사람들이 많은 토지와 거대한 부를 소유하고 있으며, 이 토지와 부는점점 더 한 사람의 손으로 집중되고, 일부 가정의 호사스럽고안온하며 자연스럽지 못한 삶을 조직하는 데 이용된다. 대부분의 사람들은 토지에 대한 권리를 잃어 토지를 자유롭게 이용할수 있는 가능성도 잃고, 필수품에 부과된 세금의 부담만 지게된다. 이 때문에 이들은 부자들이 소유한 공장에서 인위적이고해로운 노동을 하며 찌들어 간다. 그리고 대부분의 사람들은편리한 주거지도, 옷도, 몸에 좋은 음식도, 지적이고 정신적인삶에 필요한 여가도 없이 자신들의 노동력을 착취당하면서, 자신들을 그렇게 살도록 만든 사람들에게 종속되어 증오하며 살다 죽는다.

이런저런 사람들은 서로를 두려워하다가 가능한 어느 순간에는 서로에게 폭력을 휘두르고 속이고 약탈하거나 죽이기도 한다. 이런저런 사람들의 주된 활동은 생산 노동이 아니라 싸움에 소비된다. 자본가들과 자본가들이 싸우고, 노동자들과 노동자들이 싸우고, 자본가들과 노동자들이 싸운다. 그래서 많이 실현된 자동 생산에도 불구하고 땅 위와 땅속 자원은 회복할 수 없을 정도로 파괴되었다. 무엇보다 사람들의 생명이 비생산적이고 고통스럽고 무익하게 소비되고 있다. 이런 상황에서 부자도 가난한 사람도 이 삶이 비이성적임을 알고 있다는 사실이 가장 힘든 점이다. 또한 이들은 힘을 합치고, 노동과 노동 생산물을 분배하는 것이 양측에 훨씬 더 이득이 된다는 사실도 알고 있다. 그러나 이 사람 저 사람 할 것 없이 모두 서로 미워하고 서로에게 해를 입힌다. 이들은 이렇게 행동할 때 자신들의 상태가 점점 더 나빠지고 있다는 것을 인정하면서도, 기존의 상태를 바꿀 어떠한 가능성도 보지 못한 채 생활을 이어 간다.

이런 모든 재앙 외에, 민족과 민족, 국가와 국가 간의 끊이지 않는 긴장된 싸움이 여전히 벌어지고 있다. 이 싸움은 인간 대부분의 노동이 전쟁 준비에 소비되고 있음을 보여 준다. 또 일생에서 가장 꽃다운 시기에 있는 수만 명의 사람이 죽고, 수백만 명의 사람들이 부상당하는 전쟁이 쉼 없이 일어난다. 이 모든 재앙을 경험한 인간이 알게 되는 것은 이와 같은 일들이 결코 일어나서는 안 된다는 것이다. 무장과 전쟁은 무의미하고 해로우며, 모든 인간을 파멸시키고 야수처럼 만들 뿐이다. 그럼에도 불구하고 사람들은 전쟁 준비와 전쟁에 더 많은 노동력과 생명을 바친다. 모든 사람들은 전쟁이 있어서는 안 되고 있을 수도 없다는 것을 알고 있다. 그럼에도 불구하고 그들은 이러한 재난 상태를 지지하고 강화시키기 위해 무슨 일이든 다 한다. 자신의 이익, 이성, 소망과 대립되는 삶에 대한 인식은 그 모순에서의 탈출구를 찾지 못할 지경에 이르렀다. 심지어 가장 예민하고 열정적인 사람은 이 모순을 자살로 해결한다. (그리고 점점 더 많이 자살할 것이다.) 다른 부류의 사람들도 마찬가지로 이성적인 본성과 삶의 모순을 고통스럽게 의식한 나머지, 불완전한 자살, 즉 담배, 와인, 보드카, 아편, 모르핀 등 환각 상태로 만들어 주는 수단을 동원하여 이성을 억누르는 지경에 이르렀다. 여러 가지 마약으로 환각의 상태에 이르는 것 외에, 세 번째 부류의 사람들은 자극적이고 몽롱하게 만드는 오락, 구경거리, 독서, 그리고 그들이 학문이나 예술이라는 부르는 전혀 유익하지 않은 대상에 대한 각종 사색에 열중하면서 자신을 잊으려 애쓴다. 일로 인해 압박감을 느끼는 대다수 사람들은 그들의 착취자가 그들에게 제공한 마약으로 인해 넋이 나간 상태가 되는 것을 멈출 수가 없다. 그들은 이미 벌어진 일이 일어나서는 안 된다는 것을 느끼면서도 자신의 처지에 대해 생각할 겨를도 없이, 야수와 같은 욕구로 살아간다.

부자도 가난한 사람도 세대를 이어 그들이 어째서 이 무의미하고 고통스러운 삶을 살고 있는지를 생각하지 않고, 이 모든

삶은 어떤 무섭고 잔인한 실수라는 혼란스러운 의식만을 지닌
채 살다가 죽음에 이른다.

9.

　사람들은 고통스러운 삶을 살면서도 마음 깊은 곳에서 완전히 다른 삶, 즉 일부 사람들이 정신없이 사치하지 않고, 나머지 사람들이 가난하거나 무지하지 않으며, 사형, 음란, 폭력, 무장, 전쟁이 없는 이성적이고 형제애 가득한 삶의 가능성을 인식한다. 바로 이 때문에 사람들의 처지는 끔찍해진다.

　어쨌든 폭력에 기반을 둔 삶의 구조에 너무나 익숙해져서, 사람들은 정부의 권력 없는 공동 삶을 상상할 수 없다. 심지어 사람들은 이성적이고 자유로우며 형제애 가득한 삶의 이상을 정부의 권력 즉 폭력을 통해 실현하고자 애쓴다.

　이와 같은 오류는 기독교 민족들의 과거의 삶처럼, 현재와 심지어 미래의 삶에서도 모든 혼란의 근원이 될 것이다. 이 오류의 놀랄만한 예로 프랑스 대혁명을 들 수 있다. 혁명가들은 평등, 자유, 형제애의 이상을 분명하게 제기하였고, 이 이상의 이름으로 사회를 재건하고자 했다. 이러한 원칙에서 실질적인 방안, 즉 계층의 소멸, 재산의 균등 분배, 관등과 작위의 조정, 토지 소유제 폐지, 상비군 해체, 소득세, 노동자들의 연금, 국가로부터 교회의 분리, 심지어 모든 사람들에게 공통된 이성적이고 종교적인 교리의 성립이 흘러나왔다. 이 모든 것은 혁명에 의해 제기된 의심의 여지없는 진정한 평등, 자유, 형제애의 원칙에서 파생된 이성적이고 은혜로운 방안이다. 이 원칙들과 이 원칙에서 파생된 방안들은 언제나 진실하였고 진실할 것이다. 그리고 이 원칙들은 그것이 성취될 때까지는 인류 앞에 이상으로 자리매김할 것이다. 하지만 이런 이상들이 폭력으로 달성될 수는 없었다. 어쨌든 그 시대 사람들은 인간에게 영향을 미치는 유일한 수단인 강압에 너무나 익숙해져서, 폭력으로 평등, 자유, 형제애를 실현시킨다는 생각에 들어 있는 모순을 보지 못했다. 또한 사람들은 평등이 본질적으로 권력과 종속을 부정하고, 자유가 강요와 양립하지 않으며, 명령하는 자와 복종하는 자 사이에 형제애가 있을 수 없다는 것을 보지 못했다. 테러의 공포는 여기에서 시작된다.

많은 사람들이 생각하듯이, 이 공포에서 잘못된 것은 원칙이 아니라 그 실현 방법이다. 프랑스 대혁명에서 분명하고 투박하게 표현되었으며, 실익 대신 큰 재앙을 몰고 온 모순은 지금도 똑같이 남아 있다. 그리고 지금도 이 모순은 사회 구조를 개선하려는 오늘날의 모든 시도에 스며들어 있다. 사회의 모든 개선책을 국가, 즉 폭력을 통해서 실현시키고자 한다. 게다가 이 모순은 현재에만 발현되는 것이 아니다. 이 모순은 미래의 삶의 구조에 대해 가장 진보적인 표상을 가진 사회주의자, 혁명가들, 아나키스트들에게도 나타나고 있다.

사람들은 강제적인 권력의 단초 위에 이성적이고 자유롭고 우애 있는 삶의 이상을 실현시키고자 한다. 아무리 바꾸고 속인다 해도 강제적인 권력은 한 사람이 다른 사람들을 다스리는 권리를 소유하는 것이다. 그리고 복종하지 않을 경우, 극단적인 수단, 즉 살인을 강요할 수 있는 권리이다.

살인에 의해서 인류 공익의 이상을 실현한다니! 프랑스 대혁명은 enfant terrible[13]이다. 이 아이는 전 민중을 사로잡았다는 환희 속에서 자신이 발견한 진리를 인식했음에도 불구하고, 폭력의 타성에 젖어 가장 순진한 형태로 모순의 모든 어리석음을 보여 주었다. liberte, egalite, fraternity, ou la mort[14]이라는 모순 속에서 인류는 그때도 지금도 싸우고 있다.

---

13 〔뻔뻔한 아이〕
14 〔자유, 평등, 형제애, 혹은 죽음〕

10.

평등, 자유, 형제애에 역행하고, 이 이상의 실현 가능성을 앗아가는 활동을 통해서, 사람들이 평등, 자유, 형제애를 실현코자 하는 이상한 모순이 있다. 이 모순의 원인은 (앞서 얘기한 것처럼) 다음과 같다. 즉 인류의 나이에 따른 (인간의 나이에 따라 익숙해진) 종교적 의식은 사람들에게 흐릿하게 나타나고, 삶은 예전의 형식에서 전개된다. 사람들이 이 형식에 너무나 익숙해진 나머지, 이미 퇴색한 종교적 세계관에서 나온 형식 외의 삶을 상상할 수 없다.

아이는 성인이 되었다. 하지만 모두 여전히 예전의 습관에 따라서 자식들을 양육하고 입히고 가르치고자 한다. 삶의 형식은 이미 나이와 어울리지 않고, 나이에 상응하는 의식은 여전히 습득되지 않았다. 이 때문에 우리 시대 사람들은 자신의 상태를 개선하기 위한 모든 시도를 정부의 외적인 형식의 개정, 변화, 개선에 집중하고 있다. 하지만 정부의 외적인 형식은 본질적으로 이성적이고 자유롭고 우애 있는 삶의 이상과 양립할 수 없다. 자유롭고 우애 있는 삶의 실현뿐만 아니라 이 삶으로의 접근 가능성을 위해서라도 정부의 외적 형식은 반드시 없어져야 한다.

우리 시대 대부분의 사람들은 다음과 같이 생각한다. "정부가 똑바로 활동하거나 어리석은 일 대신 좀 더 좋은 일을 한다면 모든 것은 개선되고 좋아질 것이며 사람들은 평등하고 자유로워져서 조화롭게 살게 될 것이다." 어떤 사람들은 이를 위하여 기존 정부의 안정적인 삶의 흐름을 파괴하지 말아야 할 뿐만 아니라, 한 번 정해져 변함없이 존재하는 규칙을 유지해야만 한다고 생각한다. 그리고 정부를 방해하지만 않는다면, 정부 스스로 모든 것을 이룰 수 있다고 생각한다. 이들은 보수주의자라고 불리는 자들이다.

다른 어떤 사람들은 진짜 나쁜 상황을 사람들의 평등과 자유를 보장할 수 있는 새로운 법과 제도를 도입함으로써 변화시키고 개선시킬 수 있다고 말한다. 이들은 자유주의자라고 불리는 자들이다.

세 번째 부류의 사람들은 현재의 모든 조직이 적합하지 않기 때문에 해제시켜 훨씬 더 완벽한 다른 조직으로 바뀌어야만 한다고 생각한다. 바뀐 조직은 완전한 평등, 특히 경제적 평등을 정착시키고 자유를 보장하며 국가에 따른 차별 없이 모든 사람들의 형제애를 확인할 수 있어야 한다. 이 사람들은 여러 가지 의미로 혁명가라고 불린다. 이와 같이 모두가 일치하지 않지만, 중요한 하나는 일치하고 있다. 그것은 오로지 정부, 즉 강압적인 권력만이 사람들의 상태를 개선시킬 수 있다는 것이다.

공통의 문제를 고민할 시간을 가진 유복한 사람들은 이와 같이 생각하고 말한다. (최근에 이러한 사람들이 특히 많이 나타났다. 내가 생각하기에, 유복하고 여유 있는 모든 사람들이 대부분의 시간을 서로를 평가하고 가르치는 일에 할애한다는 것은 결코 과장이 아니다. 뿐만 아니라 그들은 정부가 어떻게 처신하는 것이 가장 좋은 형국일지, 또 정부가 평등, 자유, 형제애라는 이상의 크고 작은 실현을 위해 어떻게 해야 할지에 대해 논쟁하느라 바쁘다.)

공통의 문제를 고민하고 서로를 평가할 여유를 가지지 못하는 대부분의 가난한 노동자들도 본질적으로는 똑같은 생각을 말한다. 즉 사회 조직의 개선은 정부에 의해서만 실현될 수 있기에, 정부의 파멸을 바라지 않을 뿐만 아니라 자신들의 모든 희망을 개선될 정부의 현재 혹은 미래의 권력에 건다. 부자와 가난한 사람은 이런 생각으로만 그치는 것이 아니라 행동에 나서기까지 한다.

중국, 터키, 에티오피아, 러시아에서 오래된 조직은 변화 없이 유지되고 있으며, 사정은 점점 더 나빠지고 있다. 영국, 미국, 프랑스는 법과 국회를 통해서 사회 조직을 개선하고자 하지만, 평등, 자유, 형제애의 이상은 여전히 그 실행이 요원하다.

프랑스, 에스파냐, 남아메리카 공화국 그리고 현재 러시아에

서는 혁명이 일어났고, 일어나고 있다. 하지만 혁명이 성공하
든 성공하지 못하든, 혁명 후에는 파도처럼 똑같은 상태로 회
귀한다. 때로는 심지어 예전보다 더 나쁜 상태가 되기도 한다.
사람들이 예전의 정부 권력을 남겨 두든 혹은 그것을 바꾸든,
사람들 사이에 자유의 억압과 적의가 여전히 남아 있다. 사형,
투옥, 추방도 여전하고, 국경 너머에서 생산되는 것을 관세 없
이는 구입하거나 노동 기구를 이용할 수 있는 자유도 여전히
존재하지 않는다. 아름다운 요셉 시대처럼, 도처에서 노동자들
이 자신들이 태어난 땅을 이용할 수 있는 권리를 상실한 것도
똑같다. 민족들에 대한 민족들의 적의도 똑같다. 칭기즈칸 시
대처럼, 아프리카, 아시아의 보호받지 못한 국민들이 서로 침
략하는 것도 똑같다. 잔인함도 똑같다. 종교 재판에서처럼, 독
방의 감금과 징병 부대의 고문도 똑같다. 상비군과 전쟁 노예
도 똑같다. 파라오와 그의 노예와의 관계처럼, 지금도 록펠러[15]
가문, 로스차일드 가문[16]과 그들의 노예 사이에 존재하는 불평
등도 똑같다.

　형식은 바뀌고 있지만, 인간관계의 본질은 바뀌지 않는다.
그 때문에 평등, 자유, 형제애의 이상은 그 실현에 한 발짝도
다가가지 못했다. 만일 이 이상의 실현에 접근한 것이라면, 그
것은 정부 형식의 변화의 결과가 아니라, 정부의 압력에도 불

15　미국의 사업가이자 석유왕으로 불렸다. ―옮긴이
16　국제적 금융 재정 가문. ―옮긴이

구하고 일어나는 것이다. 만일 지금 도시에서나 거리에서 아주 과감한 약탈 행위가 일어나지 않는다면, 이것은 어떤 새로운 법 때문이 아니라 거리의 좋은 조명 때문일 것이다. 만일 사람들이 아주 빈번하게 기아로 죽지 않는다면, 이것은 법과 정부 조직 때문이 아니라 운송로 때문일 것이다. 만일 마녀를 화형시키거나 진실을 알기 위해 고문을 하거나 혹은 정의를 실현하기 위해 코, 귀, 혀 자르기를 그만두었다면, 이것은 어떤 새로운 정부 조직 때문이 아니라 정부 조직과는 별개인 지식의 발전과 선량한 감정 때문이다.

인류의 나이에 걸맞게 외적인 형식이 바뀌었지만, 다시 말해 지적인 능력과 자연에 대한 지배력은 발전하지만, 본질은 그대로 남아 있다. 마치 낙하할 때 몸은 자신의 상태를 변화시킬 수 있지만, 몸의 무게 중심을 따라 움직이는 선은 언제나 동일한 것처럼 말이다. 고양이를 높은 곳에서 던져 보아라. 고양이는 회전하거나 위로 혹은 거꾸로 비행할 수 있지만, 고양이의 무게 중심은 낙하하는 선에서 벗어나지 않는다. 정부 폭력의 외적인 형식 변화도 마찬가지이다.

이성적인 존재의 삶은 이성과 선의 이상에 따라야만 한다. 그런데 자신을 이성적인 존재라고 인식하는 사람들은 폭력과 양립할 수 없는 이성적인 이상을 거부하거나, 혹은 폭력을 거부함으로써 폭력의 생산과 지탱을 멈추거나 둘 중 한 가지를 실천해야만 했다. 그러나 사람들은 이도 저도 하지 않는다. 쓸데없이 무거운 짐을 진 사람이 짐의 모양을 바꾸거나 혹은 등에서 어깨로, 어깨에서 허벅지로, 또다시 등으로 옮겨 놓는 것처럼, 사람들은 각양각색으로 폭력을 변형시킬 뿐이다. 그들은 유일하게 필요한 짐 버리는 일을 생각조차 하지 않는다.

그리고 이때 무엇보다 최악인 점은 정부 폭력의 형식 변화에 집착하여 폭력 형식을 변화시키지만, 그 어떤 것으로도 이 상황을 개선시킬 수 없다는 것이다. 사람들은 자신들의 상황을 개선시킬 수 있는 활동으로부터 점점 더 멀어질 뿐이다.

11.

기독교인, 어쩌면 전 인류일지도 모르겠다. 이들은 지금 거
대한 개혁의 기로에 (아이에서 남자로 바뀔 때 개인에게 일어나는
것과 유사한) 즉, 수백 년이 아니라 어쩌면 수천 년에 걸쳐 벌
어지고 있는 변혁의 기로에 서 있다. 이 대변혁은 내적인 대변
혁과 외적인 대변혁, 두 가지이다. 내적인 변혁은 신앙과 종교,
다시 말해 삶의 의미를 해명하는 것이다. 이전 시절 내내 (과거
로 갈수록 더 많이) 이것은 비밀스럽고 신비하며 기적적인 계시
의 형식과 의식에서만 가능했다. 현재 최고의 인사, 특히 기독
교 대표자들이 기적적인 계시를 통해 삶의 의미를 신비롭게 해
명할 필요가 없어졌기에, 주님을 만족시키기 위한 의식 수행도
헛된 일이 되었다. 삶의 의미에 대해 예전의 신비로운 해명보
다는 단순하고 이성적인 해명이 훨씬 더 만족스럽고 믿을만한

것이 되었다. 예전과 달리 삶의 도덕적인 요구를 실천하는 일은 큰 의무감으로 행해졌던 예전의 의식이 아니라 이성적인 삶의 의미를 해명하는 것에 기인한다.

수천 년 동안 행해졌고 지금도 행해지고 있는 내적 대변혁은 바로 이와 같다. 많은 사람들이 이 새로운 종교적 이해를 터득할 단계에 이미 도달하였다. 성인들은 자신이 아이가 아니라고 느끼기 시작한다.

내적인 변혁은 이와 같다. 내적인 변혁과 관계되고 내적인 변혁에서 흘러나온 외적인 변혁도 사회적 삶과 그 형식의 변화로 이루어진다. 이것은 또한 사회적 삶에서 예전에도 지금도 사람들을 연결시키는 단초의 변화, 즉 폭력을 이성적인 확신과 공감으로 대체함으로써 이루어진다. 인류는 가장 개선된 공화국부터 가장 잔혹한 전제주의까지 어디서든 가능한 모든 강제적 지배의 형식을 시험하였고, 폭력의 해악은 질적으로나 양적으로 똑같이 남아 있다. 전제국가 수장의 전횡은 없지만, 공화정 무리의 사형 제도와 무법 행위는 존재한다. 개인 노예는 없지만, 돈의 노예는 있다. 직접적인 세금과 조공은 없지만, 간접적인 세금은 있다. 전제국가의 왕은 없지만, 독재적인 왕, 황제, 억만장자, 장관, 당은 존재한다. 기존 질서를 존속시키기 위해, 폭력은 사람들의 소통의 수단으로써 충분하지 않으며 동시대 양심의 요구에 명백히 싱충한다. 외적 조건은 인간의 내적이고 정신적인 상태의 변화 없이 바뀔 수 없다. 따라서 인간의 모든 노력은 이러한 내적 변화의 실현에 집중되어야 한다.

이를 위해 필요한 것은 과연 무엇일까? 무엇보다 필요한 것은 어떤 장애물을 제거하는 일이다. 이 장애물이 사람들이 자신의 처지를 깨닫고, 의식 속에서 어렴풋이나마 살아 있는 종교적 단초의 터득을 방해하고 있다. 우리 시대에 이와 같은 장애물은 두 가지인데, 그것은 교회의 기만과 학문적 기만이다.

첫 번째, 교회의 기만은 그 수혜자들이 사람들에게 다음과 같이 확신시키는 데 있다. 즉, 종교가 인간 삶의 주된 문제에 대한 해답과 지침이 되는 진정한 종교가 되기 위해, 신비주의, 수도사, 기적, 의식, 예배와 결합해야만 한다.

두 번째, 학문적 기만도 그 수혜자가 역시 다수에게 종교는 대체로 옛날 삶의 잔재라고 주입시키는 데 있다. 또 그들은 우리 시대의 종교를 삶의 법칙에 대한 연구로, 고찰과 경험에서 도출된 일반적인 행동 법칙으로 완전히 교체할 수 있다고 가르친다.

교회 종사자의 기만은 삶의 의미를 설명하는 것이 아니라 그들이 동시대 지식에 부합하지 않는 계시의 계율을 내놓고, 행동의 지침이 아니라 삶과 유리된 일련의 법칙과 의식을 제공한다는 데 있다. 학자의 기만은 종교적인 형이상학의 기반 없이 행동 양식을 지도하는 것이 가능하다고 생각하면서, 삶의 의미를 해명하는 종교의 형이상학을 쓸모없는 것으로 여기는 데 있다.

교회 종사자들은 이미 자신들도 믿지 않는 종교가 민중들에게 유익하다고 생각하고 또 확신한다. 학자들은 인류를 존재하게 했고, 존재하게 하며, 앞으로 인류를 움직이게 할 종교를 없애져야만 하는 미신의 잔재라고 여긴다. 그리고 그들은 사람들이 사이비 사회학에서 나온 사이비 법칙을 따르게 될 것이라고 확신한다.

여기 이 사람들, 특히 스스로를 학자라고 부르는 사람들은 과도기인 우리 시대에 큰 장애가 되고 있다. 그들은 내적 인식과 외적 구성이라는 인류의 나이에 적합한 단계에 진입하는 것을 가로막는다.

특히 학자라 불리는 자들이 해롭다. 왜냐하면 교회 종사자들의 기만은 이미 추악함이 선명하게 드러났기 때문에 대부분의 사람들은 교회 종사자들의 기만을 믿지 않는다. 만일 교회의 교리가 유지되고 있다면, 그것은 전설, 풍습, 예절로 여겨질 뿐, 대부분의 사람들은 그와 같은 기만에서 점차 벗어나고 있다.

학문의 미신은 지금 가장 절정에 이르렀다. 교회의 거짓에서 벗어나 해방되었다고 여기는 사람들은 자신도 모르게 이 새로운 학문적 교회에 완전히 사로잡힌다. 이 교리의 선동가는 한편으로 가장 본질적인 종교의 문제로부터 사람들을 분리시키고자 애쓴다. 이들은 종의 기원, 별의 성분, 라듐의 특징, 수의 원리, 노아의 방주 이전의 동물과 같은 시시한 것에 사람들의 이목을 집중시키고, 예전의 교회 종사자가 성모 마리아의 잉태나 두 본성[17] 등에 중요성을 덧붙였듯이, 이 불필요하고 공허한

---

17   예수 그리스도의 두 본성, 즉 신성과 인성을 일컫고 있다. —옮긴이

연구에 중요성을 덧붙이고 있다. 다른 한편으로 선동가는 사람들에게 종교 즉, 세계와 세계의 단초에 대한 인간들의 관계 정립은 전혀 필요하지 않다는 점을 주입시키고자 노력한다. 이들은 사회학에 있을 리 없는 꾸며 낸 도덕성과 권리에 대한 과장된 말들이 종교를 대체할 수 있다고 가르친다. 이 교리의 선동가들은 교회 종사자들처럼 인류를 구할 수 있다고 자신과 다른 사람들에게 단언하며 스스로 옳다고 믿는다. 이들은 교회 종사자들처럼 서로 합의를 이루지 못해 수많은 학파로 분열되어 있다. 당시 교회처럼 오늘날 이 사람들은 무지, 몽매, 인류 파멸의 주원인이기 때문에 인류를 고통스럽게 하는 악으로부터의 해방과 악순환의 탈출을 지체시킨다. 이 사람들은 성경에 기록된 건축가들이 했던 일을 하고 있다. "이들이 버린 돌이 언제나 모퉁이의 머릿돌과 아치의 중추가 되었고 앞으로도 그러할 것이다."[18] 이들은 종교적 인식만이 인류를 하나로 통합시켰고, 통합시킬 수 있다는 생각을 거부하였다.

두 가지 기만으로 인해 하나의 악에서 다른 악으로의 교체라는 악순환이 발생한다. 오늘날 기독교인은 아무런 목적 없이 이 악순환의 고리를 맴돌고 있다. 인간의 가장 훌륭한 특징과 종교적 의식을 상실한 사람들은 미신으로 이루어진 교회의 교리를 인정하거나 혹은 불분명하고 복잡하며 불필요한 학문적

---

[18] 〈마태복음〉 21장 42절 : 예수께서 그들에게 말씀하시기를 "너희는 성경에서 '건축가들이 버린 돌이 모퉁이의 머릿돌이 되었도다. 이는 주께서 하신 일이라 우리 눈에 기이하도다' 하신 말씀을 읽어 보지 못하였느냐?"—옮긴이

판단을 인정한다. 이때 교회의 미신보다는 훨씬 적지만 학문적 판단도 인간의 활동 의지와는 관계 없는 힘에 의해 주어진다. 어쨌든 그들은 기존의 구조를 파괴하지 못할 뿐만 아니라, 그들이 실현하기를 원하는 평등, 자유, 형제애의 이상에도 다가갈 수 없다. 그들이 기존 질서의 파괴를 원했던 결과, 인간의 상태가 어느 정도 개선될지라도 말이다.

그들에게는 기존 질서를 파괴할 수 있는 힘이 없다. 이 한 번의 생이 아니라 영원한 생을 살게 되는 사람만이 영원한 이상을 실현시킬 수 있다. 이 한 번의 생을 사는 사람들이 희생하여야만 영생을 사는 사람에게 이상의 실현이 가능해진다. 인류는 오로지 이 한 번의 생의 이익을 희생함으로써 앞으로 나아간다.

희생은 종교적인 사람에게만, 즉 자신의 삶을 세계의 한 부분으로, 세계의 일반적인 삶의 발현으로 여기고, 따라서 자신의 삶을 이 보편적인 삶의 요구와 법칙에 종속시키려 하는 사람에게만 가능하다. 이 한 번의 생을 그의 삶 전부로 여기는 사람들에게 이 희생은 의미가 없다. 그리고 그는 희생할 수 없기 때문에 삶의 악을 소멸시킬 수도 줄일 수도 없다. 그는 영원히 악을 이곳에서 저곳으로 옮길 뿐, 결코 악을 없앨 수는 없을 것이다.

그러므로 사람들이 참아 내는 악에서 벗어날 수 있는 길은 오직 하나이다. 그것은 유일하게 진실하며 우리 시대 최고인 종교적 교리를 국민들에게 확산시키는 것이다. 이 교리의 흐릿한 의식은 이미 사람들 속에 살아 있다.

12.

인류가 모든 사람들에게 공통되고 이성적이며 인류의 나이에 맞는 교리를 터득하지 않는 한, (사람들은 항상 종교적 교리를 터득해 왔다. 그런데 소수의 사람들은 의식적으로 자연스럽게 터득했지만 다수의 사람들은 신앙과 종교와 훈계를 통해 터득하고 있다.) 그리고 삶의 형식이 바뀌지 않는 한, 삶의 악은 여전히 남아 있을 뿐만 아니라 점차 확대될 것이다.

그리고 이 교리는 오래전부터 존재해 왔고, 이미 우리 사회의 많은 사람들이 어렴풋이나마 이 교리를 인식하고 있다. 이것은 모든 사람들에게 알려져 있고, 모든 사람들이 인정하고 있으며 진실하고 왜곡과 곡해에서 해방된 기독교 교리이다. 형이상학적으로나 윤리적으로나 중요한 원리들로 이뤄진 이 교리는 기독교도뿐만 아니라, 다른 신앙을 가진 사람들 모두에게 인정받고 있다. 왜냐하면 이 교리는 세계의 왜곡되지 않은 모든 위대한 종교적 교리와 완전히 일치하기 때문이다. 즉, 이 교리는 브라만교, 유교, 도교, 유대교, 마호메트교, 스베덴보리교, 심령주의, 신지학, 심지어 콩트의 실증론과도 일치한다.

이 교리의 본질은 다음과 같다. 인간은 자신의 단초인 신과 유사한 정신적 존재이며, 인간의 사명은 신이라는 단초의 의지를 수행하는 것이고, 신의 의지는 인간을 복되게 하는 것이며 인간의 복됨은 사랑으로 이룰 수 있고, 사랑은 너에게 대접해 주길 원하는 것을 다른 사람에게 대접해 줄 때 나타난다. 바로 이것이 교리의 전부이다.

이 교리는, 기독교 교회가 확신하듯이, 신의 초자연적인 현상과 신의 교리와 명령에 관한 신비한 계시가 아니다. 또한 이 교리는, 무신론자인 학자가 기독교를 이해하듯이, 조화롭고 모두에게 이익이 되는 이성적인 사회적 삶에 대한 도덕적인 교리만도 아니다. 이 교리는 인간 삶의 의미에 관한 이성적인 설명이다. 하지만 삶의 의미를 설명할 때 행동의 지침이 규칙처럼 외부에서 주어지지는 않는다. 행동 지침은 인간이 자신의 삶에 부과한 의미에서 저절로 흘러나오게 된다. 이 교리는 교회에서 왜곡되었던 것처럼, 초자연적인 어떤 것을 인정하지 않는다. 그렇다고 이 교리가 무신론자인 학자가 생각하는 것처럼, 사회적 삶의 이론적인 안내서도 아니다.

이 교리는 **종교**, 즉 세계와 세계의 단초에 대한 인간의 입장을 정립한 것이다. 이 교리는 인간이 살고 있는 시공간의 무한함과 관계하여 인간은 도대체 무엇이며, 인간 삶의 사명은 어디에 있는가라는 질문에 해답을 준다. 그러므로 이 교리는 마치 교회가 그랬던 것처럼 이 교리를 인정하는 사람들에게 초자연적인 기적으로 확증되는 일련의 규칙과 계율을 제공하는 것이 아니며, 학문이 그랬던 것처럼 의심의 여지없고 바람직하며 주어진 한순간 사회적 삶에 실익이 되는 경험과 고찰에서 도출된 행동 규칙을 보여 주는 것도 아니다. 이 교리는 모든 인간의 삶의 의미를 이성적으로 설명하고 있다. 그리고 이 설명을 통해 어떠한 조건에서도 똑같은 영원한 행동 규칙이 저절로 흘러나온다.

이러한 특징으로 인해 진정한 기독교 교리는 신비주의와 기적으로 점철된 교회의 기독교와 무신론자들의 실용적이고 근본 없는 도덕적 교리와 구별된다. 이때 무신론자들은 그들이 인정하지 않는 기독교 교리에서 가장 본질적인 것은 아니지만 어떤 하나의 결론을 자신도 모르게 차용한다.

이 교리가 왜곡된 (교회의) 형태를 띠지 않는 한, 이 교리는 교리의 근본인 신에 대한 인간의 관계라는 형이상학적 단서를 상실하지 않는다. 또 기독교 세계의 사람들이 이 교리를 그 진정한 의미로 인정하지 않고, 현재 교회의 신앙이 확산된 것처럼, 사람들 사이에 이 교리가 확산되지 않는 한, 모든 종류의 형식, 특히 사람들을 가장 고통스럽게 하는 교회의 폭력의 형식은 변하지 않을 것이다.

이를 위해서 어떤 방법을 수용해야만 하는가? 우리는 거짓된 생각에 너무나 익숙해져서, 인간의 삶을 개선시키는 것이 외부의 (대부분 폭력적인) 수단에 의해서만 가능하며, 인간의 내적 상태의 변화도 타인에게 영향을 미치는 외적 수단에 의해 달성된다고 여기게 되었다. 그러나 결코 그렇지 않다.

인간의 큰 행복은 삶이 외적 수단에 의해 달성되지 않는다는 데 있다. 만일 인간이 외적 수단으로 서로를 변화시킬 수 있다면, 첫째 경박하고 어리석은 사람들이 실수로 사람들을 망가뜨리고 그들의 이익을 빼앗으면서도 사람들을 변화시킬 수 있을 것이다. 그리고 둘째, 외적인 수단을 통해서 삶의 이익을 얻기 위해 펼친 인간의 활동은 극복할 수 없는 장애를 만날 수도 있다.

인간의 내적인 정신적 상태의 변화는 언제나 개인 각자의 힘에 있다. 인간은 실수 없이 언제나 자신과 모든 사람들의 진정한 이익이 어디에 있는지 알고 있으며, 이 목적을 달성하기 위해서라면 그 어떤 것도 그의 활동을 멈추게 하거나 저지하지 못한다. 인간은 자신과 다른 사람들의 이익이라는 목적을 오로지 자기 자신의 내적 변화, 이성적이고 종교적인 인식의 설명과 확신, 그리고 이러한 인식에 부합하는 삶에 의해서만 성취하게 된다. 뜨거운 물질이 다른 물질을 태울 수 있듯, 한 사람의 진정한 신앙과 삶은 다른 사람에게 전달되어 종교적 진리를 확산시키고 확립시킬 수 있다. 종교적 진리의 확산과 확립만이 인간의 처지를 개선시키게 된다.

그러므로 정부가 저지르는 끔찍한 악을 포함하여 (러시아에서 현재의 모든 재앙처럼) 인간을 고통스럽게 하는 모든 악으로 부터의 벗어날 수 있는 수단은 이상하게 생각되지만 오로지 하나뿐이다. 그것은 인간 각자가 자기를 상대로 내적 작업을 수행하는 것이다.

"마르타야, 마르타야, 너는 많은 것을 걱정하고 있구나. 그러나 필요한 것은 한 가지뿐이다."[19]

---

19 〈누가복음〉 10장 41~42절.

세기말

(1905)

"사람들에게 이만큼의 일이 닥쳤던 적은 결코 없었다.
우리 시대는 최고의 의미로 혁명의 시대이다.
즉 물질적 혁명이 아닌 도덕적 혁명 말이다.
사회 제도와 인류의 완성이라는 최고의 이상이 마련되었다."

—**윌리엄 채닝**

"진리를 알지니, 진리가 너희를 자유롭게 하리라."

—〈**요한복음**〉**8장 32절**

1.   세기말, 낡은 것의 폐지. 징후와 원인

복음서에서 세기와 세기말은 100년의 시작과 끝을 의미하는 것이 아니라, 어떤 하나의 세계관, 어떤 하나의 신앙, 어떤 하나의 인간 소통 방법의 끝과 또 다른 세계관, 다른 믿음, 다른 소통 방법의 시작을 의미한다. 복음서에는 한 세기에서 다른 세기로 넘어갈 때 온갖 재앙 즉 배신, 기만, 잔혹함과 전쟁이 일어날 것이고, 무법 행위로 인해 사랑이 식어버릴 것이라고 언급되어 있다. 나는 이 말을 초자연적인 예언이 아니라, 다음과 같은 일에 대한 지시로 이해한다. 즉 사람들의 신앙과 생활 방식이 다른 것으로 교체되고, 시대에 뒤떨어진 낡은 것이 사라지고 새로운 것으로 교체될 때, 불가피하게 커다란 격통, 산혹함과 기만, 배신, 온갖 종류의 무법 행위가 벌어질 것이며, 이러한 무법 행위의 결과로 인간의 사회생활에서 가장 중요하고 필요한 속성인 사랑이 식어버릴 것이다.

똑같은 일이 지금 러시아뿐만 아니라 모든 기독교 세계에서 벌어지고 있다. 다만 러시아에서 그것은 훨씬 명백하고 노골적으로 발현되고 있을 뿐, 모든 기독교 세계에서도 그와 같은 일은 감춰진 (잠재적인) 상태에서 발생하고 있다.

내가 생각건대, 지금, 바로 지금, 기독교 국민들의 삶은 끝나가는 낡은 세기를 시작되는 새로운 세기와 구분 짓는 특징에 가까이 와 있다. 지금, 바로 지금, 모든 기독교 세계에서 거의 2천 년간 준비해 온 변혁이 이루어지기 시작했다. 이 대변혁은 왜곡된 기독교와 거기에 기반한 일부의 권력과 나머지 사람들의 노예 상태를 진정한 기독교와 거기에 기반한 모든 사람의 평등과 이성적인 존재에 내재한 모든 사람의 진정한 자유로 교체하는 것이다.

나는 모든 국민들에게 나타난 긴장된 신분 투쟁과 부자들의 냉정한 잔인함, 가난한 자들의 적의와 절망에서 이 외적 징후들을 목격한다. 또한 서로에 맞선 모든 국가들의 비이성적이고 무의미한 군비의 증강에서도, 실현 불가능하며 끔찍한 폭정과 놀라운 경박함을 지닌 사회주의 학설의 확산에서도, 가장 중요한 정신적 활동에 부여된 공허한 논의와 학문이라 불리는 연구의 불필요함과 무의미함에서도, 그 모든 현상에서 나타나는 예술의 병적인 방탕함과 공허함에서도 목격한다. 무엇보다 나는 이 외적 징후들을 어떤 종교든 타인에게 큰 영향을 미치는 종교가 존재하지 않는다는 점이 아니라, 모든 종교를 의식적으로 부정하고 종교를 약육강식의 법칙으로 대신하는 점에서, 아무리 이성적이고 지침이 되는 단초일지라도 삶에서 그 단초가 완전히 사라졌다는 점에서 목격한다.

도래하는 대변혁의 일반적인 징후 혹은 대변혁에 대해 기독교 국민들이 취한 발 빠른 대처는 이와 같다. 잠정적이고 역사적인 징후 또는 대변혁을 시작해야만 하는 추동력은 이제 막 끝난 러일 전쟁과 예전에 결코 발현된 적 없지만 러일 전쟁과 동시에 발발한 러시아 민중의 혁명 운동이다.

일본군에 의한 러시아군과 함대의 패망 원인은 불행한 우연과 러시아 관료들의 배임이라고 본다. 러시아에서 혁명 운동의 원인은 멍청한 정부와 혁명가들의 집요한 활동에서 목격된다. 이 사건의 결과로 러시아와 외국 정치가들은 러시아의 약화와 국제 관계에서 무게 중심의 재편과 러시아 국가의 지배 방식의 변화를 떠올리게 되었다. 내가 생각건대, 이 사건은 훨씬 더 중요한 의미를 지닌다. 러시아군과 함대의 파괴, 러시아 정부의 파멸은 단순히 군대, 함대, 러시아 정부의 파멸만이 아니라, 러시아 국가에 시작된 붕괴의 징후이다. 내가 생각하기에, 러시아 국가의 붕괴는 모든 사이비 기독교 문명이 붕괴되기 시작했다는 징후이다. 이는 낡은 세기의 끝이고 새로운 세기의 시작이다.

기독교 민족들을 지금 그들이 처한 상태에 이르게 한 것은 이미 오래전에 시작되었다. 이것은 기독교를 국교로 인정했을 때부터 시작된 것이다.

국가처럼 폭력 위에서 지탱되면서, 자기 존속을 위해 주로 종교의 법칙에 앞서 자신의 법칙에 완전히 복종할 것을 요구하는 제도, 사형, 군대, 전쟁 없이는 존재할 수 없는 제도, 지도자에게 신의 의미를 더하고 있는 제도, 부와 권세를 드높이는 제도, 바로 이와 같은 제도가 그 통치자와 신민을 대신해 기독교를 수용하고 있다. 기독교는 모든 사람들의 완전한 평등과 자유를 선언하고, 다른 어떤 법칙보다 신의 법칙을 우위에 두며, 모든 폭력, 모든 징벌, 사형, 전쟁을 부정할 뿐만 아니라 원수를 사랑하라고 가르치고, 권세와 부가 아니라 화합과 가난을 찬양한다.

하지만 이교도 지배자의 얼굴을 한 이 제도는 기독교를 수용하고 있다. 지배자와 그들의 조언자들은 대부분 진정한 기독교의 본질을 이해하지는 못해 진정한 의미의 기독교를 따르고 전도하는 자에 맞서 진심으로 분개하여, 양심의 가책 없이 사형을 선고하고 그들을 내쫓음으로써 그들이 진정한 의미의 기독교를 전도하는 것을 금지시킨다. 수도승은 복음서 읽기를 금지시키고 오로지 성경을 해석할 권리만을 인정하고, 국가와 기독교의 불가능한 통합을 정당화하는 복잡한 궤변을 꾸며 내어 장엄한 의식과 최면에 걸린 민중을 양산한다. 수 세기 동안 대부분의 사람들은 자신을 기독교도라고 여기면서도, 진정한 기독교의 의미를 100분의 1도 의심하지 않은 채 살아간다.

그러나 국가의 권위가 아무리 크고 그 위엄이 아무리 계속될지라도, 기독교가 아무리 잔인하게 억압받을지라도, 기독교의 본질을 이루고 있으며 인간에게 기독교의 정신을 보여 주는 한 번 언급된 진리까지 억누를 수는 없다. 이와 같은 상태가 더 오래 지속될수록 화합과 사랑이라는 기독교 교리와 오만과 폭력의 제도인 국가 사이의 모순은 점점 더 명확해진다. 세계에서 제아무리 큰 제방이라도 흐르는 물의 원천을 막을 수 없다. 물은 제방을 무너뜨리거나 돌아 흐르면서 반드시 제방을 통과하는 길을 발견할 것이다. 문제는 단지 시간이다. 국가의 권력에 의해 숨겨졌던 진정한 기독교에서 벌어진 일은 이와 같다. 국가는 오랫동안 흐르는 물을 저지해 왔다. 그러나 때가 되어, 기독교는 자신을 막는 제방을 무너뜨리고, 제방의 잔존물까지도 휩쓸어 간다.

이 시간이 바로 지금이라는 외적 징후를 나는 일본인이 손쉽게 러시아에게 승리한 것에서, 이 전쟁과 동시에 러시아 민중의 모든 계층을 사로잡았던 격동에서 목격한다.

2.   일본 승리의 의미

모든 패배가 그러하듯, 지금 러시아인들은 패배의 원인을 패배자의 과실, 즉 열악한 러시아 군사 업무 체제, 관리들의 과오와 실책 등으로 설명하고자 애쓰고 있다. 그러나 중요한 것은 이것이 아니다. 일본군의 성공의 원인은 러시아의 잘못된 통치나 러시아군의 열악한 조직이라기보다는 군사 업무에서 일본인들의 효율적이고 월등한 우월성에 있다. 일본은 러시아가 약하기 때문이 아니라, 일본이 세계적으로 육상과 해상에서 가장 강력한 군사 강국이기 때문에 승리하였다. 이렇게 볼 수 있는 이유는 다음과 같다.

첫째, 전투에서 기독교 국민들이 비기독교 국민들을 압도할 수 있었던 모든 과학적 기술적 개선점을 일본인들이 기독교 국민들보다 더 많이 터득하였기 때문이다. (그들의 실천력의 결과이고, 그들이 군사업무를 중시한 결과이다.) 둘째, 일본인들의 본성이 지금 기독교 국민들보다 훨씬 용감하고 죽음에도 무심하기 때문이다. 셋째, 기독교와 전혀 맞지 않지만 기독교 정부가 열심히 국민들에게 도입하여 지탱해 왔던 호전적 애국주의가 지금 일본인들 사이에서는 신성불가침의 힘으로 살아 있기 때문이다. 넷째, 신격화된 천왕의 전제주의 권력에 복종하는 일본인들의 힘은 노예와 같은 전제주의에 복종하며 성장한 국민들의 힘보다 훨씬 집중화되고 통합되었기 때문이다. 한마디로, 일본인들은 기독교인이 아니라는 큰 장점을 가졌고 지금도 가지고 있다.

비록 기독교가 기독교 민족들 사이에서 왜곡되고 퇴색되었을지라도, 국민들의 의식 속에는 여전히 살아 있다. 어쨌든 기독교 민족들 가운데 가장 훌륭한 기독교인은 모든 정신적 능력을 살인 무기를 얻거나 준비하는 것에 바칠 수 없으며, 일본인들처럼 적의 포로로 잡히지 않기 위해 할복할 수도, 적과 함께 자폭할 수도 없다. 그들은 이미 예전처럼 군인의 용기나 전쟁의 영웅주의를 가치 있게 여기지 않으며, 군인 계급을 점점 더 존경하지 않게 되었다. 그들은 더 이상 인간 존엄성의 모욕을 자각하지 못한 채 비굴하게 권력에 종속되는 짓을 하지 않는다. 무엇보다 이미 많은 사람들이 적어도 무심하게 살인을 저지를 수는 없게 되었다.

기독교 정신과 맞지 않는 평화적인 활동에서도 기독교 민족들은 언제나 비기독교 민족들과 싸울 수 없었다. 비기독교 민족들과의 화폐 경쟁에서도 이 상황은 지속되어 왔고, 비록 기독교 해석이 서투르고 변덕스러울지라도 기독교인은 (그의 기독교 신앙심이 더 깊을수록) 부가 최고의 덕이 아님을 의식하고 있다. 따라서 부보다 더 높은 어떤 이상을 지니지 못한 사람들이나 부가 신의 축복이라 여기는 사람들이 그랬던 것처럼, 기독교인들은 자신의 모든 역량을 부에 쏟아부을 수가 없다.

비기독교적인 학문과 예술 영역에서도 마찬가지이다. 그래서 쾌락을 목적으로 하는 실증적이고 경험적인 학문과 예술의 영역에서 덜 기독교적인 사람들과 민족들이 우위를 차지해 왔고 언제나 그럴 것이다.

우리가 평화적인 활동을 할 때 보게 되는 것들은 진정한 기독교가 노골적으로 부정한 전쟁에도 분명 존재했었다. 군사 문제에서 기독교 민족들에 대한 비기독교 민족들의 필연적인 우월성은 러시아인에 대한 일본인의 빛나는 승리에서 아주 명확하게 드러난다.

일본 승리의 큰 의미는 기독교 민족들에 대한 비기독교 국민들의 불가피하고 필연적인 우월성에 있다. 일본인들의 승리의 의미는 이렇게 결론지을 수 있다. 이 승리는 패배한 러시아뿐만 아니라 모든 기독교 세계에 기독교 국민들이 자랑스러워했던 외적인 문화가 하찮다는 것을 가장 명확하게 보여 주고 있다. 또 그들에게 기독교 인류가 이룬 수 세기 동안의 노력의 중요한 결과인 모든 외적 문화는 전혀 중요하지 않으며 너무나 쓸모없다는 것을 보여 준다. 그래서 어떤 독특하고 고상한 정신적 특성이 없는 일본 국민도 필요할 때는, 수십 년 만에 박테리아와 폭발물을 포함하는 기독교 민중의 과학적 지혜를 터득하게 된다. 일본 국민은 그런 지혜를 실용적인 목적에 너무나 잘 활용할 수 있었다. 그래서 기독교 민족들은 군사 문제에 그러한 지혜의 활용과 실제 군사 업무에 관해서는 자신들보다 일본인들을 더 높게 평가하였다.

자기 보호를 핑계로 수 세기 동안 기독교 민족들은 서로를 말살시킬 수 있는 가장 현실적인 방법을 (다른 모든 적군에 의해서도 즉시 적용될 수 있는 방법) 잇달아 고안하였고, 아프리카와 아시아의 비문명화 된 민족들에게서 어떤 종류의 실익이라도 얻고 서로를 위협하기 위해, 이 방법들을 이용하였다. 그리고 여기 비기독교 민족들 가운데 호전적이고 교활하며 모방을 잘하는 민족이 나타났다. 이 민족은 다른 비기독교 민족들과 함께 그를 위협하는 위험성을 알아본 다음, 아주 기민하고 민첩하게 다음과 같이 단순한 진리를 터득하였다. 즉 그 진리는 가령 두껍고 딱딱한 몽둥이로 얻어맞는다면, 반드시 똑같거나 더 두껍고 딱딱한 몽둥이를 가져와서 그 몽둥이로 자신을 쳤던 사람을 때려야만 한다는 것이다. 일본인들은 매우 빠르고 기민하게 모든 전쟁 기술과 함께 이 지혜를 터득하였고, 이에 더하여 종교적 전제주의와 애국심을 이용하여 가장 강력한 군사 강국보다 더 강해 보이는 군사력을 드러내었다. 러시아에 대한 일본인들의 승리는 모든 군사 강국에게 군대의 권력이 더 이상 그들의 손에 있지 않고, 다른 비기독교 국가의 손에 넘어갔고, 곧 넘어갈 것이라는 사실을 보여 주었다. 왜냐하면 아시아와 아프리카에서 기독교 민족들로부터 위협받던 모든 비기독교 민족들은 일본을 본보기로, 우리가 그토록 자랑스러워하던 전쟁의 기술을 터득한 다음, 전혀 어렵지 않게 해방될 수 있을 뿐만 아니라, 모든 기독교 국가들을 없애버릴 수도 있기 때문이다.

이 전쟁의 결과, 기독교 정부는 군비를 두 배로 늘리고 전쟁 준비 태세를 가장 확실하게 강화해야만 하는 필연성을 얻게 되었고, 국민들은 그 비용을 떠안게 된다. 또한 기독교 정부는 일본과 같이 그들에 의해 압박을 받던 이교도 민족들이 전쟁 기술을 익힌 다음, 머지않아 기독교 정부의 기반을 뒤집어엎고 복수할 것임을 인지해야만 한다. 어떤 판단이 아니라 쓰라린 경험을 통해 러시아인뿐만 아니라 모든 기독교 민족들은 이 전쟁의 폭력이 재앙과 고통을 확대시킬 뿐, 다른 어떤 것도 가져다줄 수 없다는 단순한 진리를 확인하였다.

이 승리는 기독교 민족들이 군대의 힘 확장에 열을 올리며 그들이 지금껏 살아왔던 기독교 정신에 위배되는 일을 행해 왔음을 보여 주었다. 그뿐만 아니라 언제나 비기독교 민족들이 압도적으로 많이 자행했던 부도덕하고 멍청한 일을 이제 기독교 민족들이 자행하고 있다는 점도 알려 준다. 이 승리는 기독교 민족들에게 정부가 집중적으로 활동을 펼쳤던 그 모든 일이 파탄의 원인임을 보여 주었다. 왜냐하면 정부의 활동은 민중들의 힘을 헛되이 낭비했으며 무엇보다 비기독교 민족들 가운데 가장 강력한 적들이 준비할 수 있게 만들었기 때문이다.

이 전쟁이 가장 명확하게 드러낸 것은 기독교 민족들의 힘이 기독교 정신에 위배되는 군사력에 결코 있을 수 없다는 사실이다. 만일 기독교 민족들이 기독교인으로 남고자 한다면, 그들의 노력을 군사력이 아니라 다른 어떤 것에 집중시켜야만 한다. 그것은 기독교 교리에서 흘러나왔으며 거친 폭력이 아닌 이성적인 화합과 사랑으로 사람들에게 최대의 이익을 가져다줄 수 있는 생활 구조라 할 수 있다.

바로 여기에 기독교 세계를 이긴 일본 승리의 위대한 의미가 있다.

3.   러시아에서 혁명 운동의 본질

일본의 승리는 기독교 민족들이 걸어왔고 또 걸어가고 있는 길이 옳지 않음을 모든 기독교 세계에 보여 주었다. 수백만 명의 생명과 노동력의 낭비, 무섭고 무의미한 고통을 수반한 이 전쟁이 러시아인들에게 보여 준 것은 다음과 같다. 그것은 모든 기독교 민족들에게 공통된 것인바 기독교적인 정부 조직과 강압적인 정부 조직 사이의 모순과 이 민족들이 자신의 정부에 복종하면서 항상 처하게 되는 끔찍한 위험성이다.

아무런 필요도 없이 엉큼한 개인의 어떤 목적을 위해, 관청의 수장인 하찮은 어떤 인물을 위해, 러시아 정부는 자국민을 무의미한 전쟁에 빠뜨렸다. 그리고 이 전쟁은 어떤 경우에도 러시아 국민에게 해로운 결과 외에는 아무것도 가져다줄 수 없었다. 수만 명의 생명을 비롯하여 수십억의 재화와 민중의 노동 생산물이 사라졌고, 러시아를 자랑스러워하던 사람들에게 러시아의 명성은 추락하였다. 이 악행의 주동자는 자신의 죄를 느끼지 않을 뿐만 아니라 똑같은 상태로 머물면서, 벌어진 일에 대해 다른 사람들을 질책한다. 이 악행의 주동자는 훗날 러시아 민중을 훨씬 더 불행한 재앙 속에 던져 넣을 것이다.

모든 혁명은 사회가 사회생활의 기존 형식이 머물고 있는 세계관과 맞지 않을 때 시작된다. 또 이것은 실제의 삶과 그래야만 하고 그럴 수 있는 삶 사이의 모순이 대다수 사람들에게 어느 정도 명확해져서, 이전의 조건에서는 삶을 지속할 수 없다고 느낄 때 시작된다. 혁명은 아주 많은 사람이 이와 같은 모순을 인식하게 되는 그 민중들 속에서 시작된다.

혁명에 이용될 수 있는 방법에 관해 말하자면, 이것은 혁명이 지향하는 목적에 따라 달라진다. 1793년에는 박해로 고통받은 국민뿐만 아니라 모든 기독교 세계의 지배 계급 중 최고위 인사마저도 인간 평등의 이념과 왕, 성직자, 귀족, 관료가 소유한 전제적 권리 사이의 모순을 느끼고 있었다. 그러나 프랑스만큼 이 불평등에 민감했던 곳도, 프랑스만큼 민중의 인식이 노예 제도에 덜 무뎌진 곳도 없었다. 따라서 1793년의 혁명이 프랑스에서 시작되었던 것이다. 그때 평등을 실현시킬 수 있는 방법은 지배자들이 가졌던 것을 힘으로 빼앗는 일이라 여겨졌기에 혁명가들은 폭력으로 자신의 목적을 실현하고자 애썼다.

1905년 현재에도 폭력 때문에 고통받는 국민뿐만 아니라 지배 계급의 고위 인사까지도 자유로운 삶의 가능성과 법칙성,

강압적인 권력에 복종하는 비이성과 재앙 사이의 모순을 느끼고 있다. 강압적인 권력은 제멋대로 사람들의 노동의 산물을 빼앗아 끝도 없는 무장을 하고, 국민들을 아무 때나 무의미한 살인의 전쟁에 참여하도록 강요한다. 러시아 민중이 이토록 첨예하게 모순을 느낀 적은 없었다. 지금 러시아 민중이 이 모순을 날카롭게 느끼는 것은 정부에 의해 참여하게 된 어리석고 굴욕적인 전쟁과 여전히 러시아 민중 사이에서 유지되는 농경 생활 때문이기도 하지만, 무엇보다 민중의 살아 있는 기독교 의식 때문이다.

그러므로 나는 폭력으로부터 민중 해방을 목적으로 삼았던 1905년의 혁명이 지금 바로 러시아에서 시작되어야만 하고 시작되고 있다고 생각한다.

인간의 해방을 위한 혁명의 목적을 실현시킬 방법은 지금까지 사람들이 평등을 이루려고 시도했던 폭력과는 분명 다른 것이어야 한다. 평등을 달성하고자 했던 위대한 혁명가들이 폭력으로 평등을 달성하고자 한 것은 잘못된 생각이다. 분명 폭력으로 평등을 이룰 수는 없다. 왜냐하면 폭력은 그 자체로 불평등의 강렬한 현상이기 때문이다. 오늘날 혁명의 목표인 자유조차 어떤 경우에도 폭력으로 이루어질 수 없다. 보다시피, 이것은 자명한 이치이다.

하지만 지금 러시아에서 혁명을 일으킨 사람들은 폭력으로 기존의 정부를 뒤엎고, 폭력으로 새로운 정부, 즉 입헌 민주국 혹은 사회주의 공화국을 창립해야 이미 일어난 혁명의 목표인 자유를 달성할 수 있다고 생각한다.

그러나 역사는 되풀이되지 않는다. 강압적인 혁명은 퇴색하였다. 사람들은 혁명에서 얻을 수 있는 모든 것을 이미 얻었고, 동시에 혁명으로 이룰 수 없는 것이 무엇인지를 알게 되었다. 지금 독특한 성격을 가진 1억 민중 사이에서 1793년이 아닌 1905년에 시작된 러시아 혁명은, 60년 전, 80년 전, 100년 전 완전히 다른 정신적 기질을 가진 독일과 로마 국민들 사이에서 발생했던 혁명과는 같은 목적을 갖고 있지 않으며, 그 당시의 방법으로는 실현될 수 없다.

러시아 1억 농민, 즉 사실상 러시아의 전 민중에게는 의회도 필요 없으며 자유의 하사도 필요 없다. 자유를 열거하는 것은 단순하고 진정한 자유가 없다는 것을 가장 명확하게 보여 줄 뿐이다. 농민에게는 헌법 제정 회의나 강압적인 권력을 다른 권력으로 교체하는 것이 아니라 모든 강압적 권력에서 벗어난 진정하고 완전한 자유가 필요하다.

러시아에서 시작되었고 전 세계에 임박한 혁명의 의미는 소득세 혹은 다른 세금 제도의 확립, 국가로부터 교회의 분리나 국가에 의한 사회 제도의 인정, 선거의 조직화나 민중의 기만적인 권력 참여, 보통선거권을 갖춘 민주주의 공화국이나 사회주의 공화국이라는 제도에 있는 것이 아니라 **실질적인 자유**에 있다.

실질적인 자유는 바리케이드나 살인 또는 아무리 새롭다고 할지라도 강압적인 제도에 의해서가 아니라 오로지 인간에 대한 복종을 폐지함으로써 성취될 수 있다.

4.   임박한 대변혁의 근본 원인

과거와 미래의 혁명처럼, 다가온 대변혁의 근본 원인은 종교
적인 것이다. 종교라는 말은 대체로 보이지 않는 세계에 대한
어떤 신비주의적인 규정이나 잘 알려진 의식, 인간의 삶을 지
탱하고 위로하고 고무시키는 예배 의식, 세계의 기원에 대한
설명이나 신의 명령으로 용인된 도덕적인 삶의 규칙으로 흔히
이해되고 있다. 그러나 진정한 종교는 무엇보다 모든 사람들에
게 공통된 최고의 율법, 즉 당대의 사람들에게 가장 큰 이익을
가져다주는 율법의 발견이다.

기독교 교리 이전에 여러 민족 사이에서는 이미 전 인류에게
공통된 최고의 종교적 율법이 표현되었고 포고되었다. 이 율법
은 사람들이 이익을 얻기 위해서는 자신을 위해서가 아니라 모
든 사람들의 실익을 위해, 상호 섬김을 실천하며 살아야만 한

다는 것이다(불교, 이사야, 공자, 노자, 스토아학파). 이 율법은 포고되었고, 이 율법을 알고 있는 사람들은 이 율법의 진실성과 유익함을 깨닫지 않을 수 없었다. 그러나 상호 섬김이 아니라 폭력에 기반을 두고 뿌리를 내린 삶이 모든 제도와 풍습에 깊이 스며들어 있기 때문에, 사람들은 상호 섬김이라는 율법의 유익함을 인정하면서도 폭력의 법칙에 따른 삶을 이어간다. 그리고 그들은 보복이 필요하다며, 폭력을 정당화하기까지 한다. 사람들은 악을 악으로 되갚지 않고서는 사회적 삶이 불가능하다고 여긴다. 어떤 사람들은 사람들의 개선과 교화를 위해 폭력의 법칙을 적용해야 하는 의무를 맡았다. 그래서 어떤 이들은 명령하고, 다른 이들은 복종하였다. 명령하는 자는 그들이 이용하던 권력 때문에 타락하게 되었다. 그들은 타락하면서도 사람들을 교화시키는 대신 자신의 타락을 전염시켰다. 복종하는 자도 역시 권력의 폭력에 참여하고 권력자를 모방하고 노예처럼 순종함으로써 타락하게 되었다.

1900년 전에 기독교가 나타났다. 기독교는 새로운 힘으로 상호 섬김의 율법을 확립하였고, 심지어 이 율법이 이행되지 않는 원인도 설명하였다. 기독교 교리는 보복과 같은 폭력의 법칙성과 필연성에 관한 거짓된 표상이 그 원인이 되었음을 아주 명확하게 보여 주었다. 보복의 어리석음과 유해성을 설명한 다음, 기독교는 사람들의 가장 큰 재앙이 보복을 구실로 어떤 사람이 다른 사람에게 가했던 폭력 때문에 일어난다는 사실을 알려 주었다. 기독교 교리는 폭력으로부터 벗어날 수 있는 유일

207

한 방법이 싸우지 않고 순종적으로 폭력을 인내해 내는 것임을 가르쳐 주었다.

"너희는 '눈에는 눈, 이에는 이'라는 옛말을 들었을 것이다. 그러나 나는 너희에게 악에 맞서지 말라고 말할 것이다. 누가 너의 오른쪽 뺨을 때린다면, 그에게 왼쪽 뺨을 내주어라. 그리고 너를 송사하여 속옷을 가져가려 한다면, 그에게 겉옷도 주어라. 그리고 누가 너희에게 억지로 오 리를 가게 하거든 그 사람과 십 리를 동행하라. 네게 구하는 자에게 주며, 네게 꾸고자 하는 자에게 거절하지 마라."

위의 교리는 만일 폭력을 저지를 사람이 어떤 경우에 폭력이 허용되는가를 판단하는 재판관을 맡게 된다면, 폭력의 경계는 무너질 것임을 보여 준다. 그러므로 **폭력을 없애기 위해서는 그 누구도 어떤 평계로, 특히 가장 흔한 보복을 평계로 폭력을 행사해서는 안 된다.**

이 교리는 악으로 악을 근절시켜서는 안 되며 폭력의 악을 줄일 수 있는 유일한 방법은 폭력을 절제하는 것이라는 가장 단순하고 자명한 진리를 확인시켜 준다. 이 교리는 명확하게 표현되어 정착되었다. 그러나 인간의 삶의 필수 조건으로 보복의 공정성, 협박의 필연성에 대한 잘못된 개념이 뿌리를 내리고 있어서 많은 사람들이 기독교 교리를 모르거나 왜곡된 교리만을 알게 되었다. 이 때문에 그리스도의 법칙을 받아들인 사람들은 계속해서 폭력의 법칙에 의거하여 살아간다.

기독교 세계의 지도자들은 사람들의 삶에 대한 모든 교리의 중추(아치의 의미에서)를 이루는 무저항에 대한 교리 없이도 상호 섬김의 교리를 받아들일 수 있다고 생각하였다. 무저항주의의 계율을 받아들이지 않으면서, 상호 섬김의 율법을 받아들이는 것은 아치를 만든 다음 중추가 되는 곳을 견고히 하지 않는 것과 같다.

기독교인은 무저항의 계율을 받아들이지 않고, 그들이 이교도적인 삶보다 더 나은 삶을 이룰 수 있다고 여기면서 비기독교 국민들이 했던 짓은 물론, 그보다 훨씬 더 나쁜 짓을 지속적으로 저지르며, 기독교의 삶으로부터 점점 더 멀어졌다. 기독교의 불완전한 수용의 결과, 기독교의 본질은 점점 더 자취를 감추었다. 그리고 기독교 국민들은 마침내 무장하는 일에 자신의 모든 역량을 쏟아부으며 서로에 맞선 적군으로 변하여 매 순간 서로를 갈기갈기 찢을 준비가 된 지금의 상태에 이르렀다. 그들은 서로에 맞서 무장했을 뿐만 아니라, 자신들을 미워하고, 자신들에 맞서 일어선 비기독교 국민들을 무장하게 만들었다. 무엇보다 기독교 국민들은 기독교 생활뿐만 아니라, 아무리 최고의 율법이라도 그것을 완전히 부정하는 상태에 이르게 되었다.

상호 섬김이라는 최고의 율법과 이 율법을 실현 가능하게 하는 기독교의 무저항 계율의 왜곡, 바로 여기에 임박한 대변혁의 근본적인 종교적 원인이 있다.

5.   무저항 계율의 회피 결과

기독교 교리는 악을 악으로 갚는 복수와 보복이 악을 확대 시키기 때문에 무익하고 비이성적인 것임을 보여 줄 뿐만 아니라, 폭력으로 이루어진 악에 저항하지 않으며 폭력과 싸우지 않고 폭력을 견뎌 내는 것이 인간 본연의 진정한 자유를 성취하는 유일한 방법임을 보여 주었다. 기독교 교리는 인간이 폭력과의 싸움에 나서는 순간, 자유를 빼앗긴다는 것을 알려 주었다. 자신을 위해 다른 사람에게 가하는 폭력을 허용하기 때문에 그는 자신에게 가해지는 폭력을 허용하게 되어 한때 맞서 싸웠던 그 폭력에 순종하게 될 것이다. 만일 외적인 투쟁의 영역에서 승리자로 남는다면, 앞으로는 언제나 더 강한 힘에 정복될 위험에 처해질 것이다.

기독교 교리는 모든 인류에게 공통적인 최고의 율법인 상호 섬김의 실천을 자신의 목표로 삼은 자만이 자유로울 수 있다는 사실을 보여 주었다. 이 율법을 실천하는 일에는 장애란 없다. 기독교 교리는 세상에서 폭력을 줄이고, 완전한 자유를 성취하는 유일한 방법이 오로지 하나, 즉 어떤 폭력에도 맞서 싸우지 않고 순종적으로 폭력을 견뎌 내는 것임을 가르쳐 주었다.

기독교 교리는 모든 의미에서 최고인 율법을 따른다는 필수 조건 아래에서 인간의 완전한 자유의 법칙을 선언하였다. "몸은 죽여도 영혼은 능히 죽이지 못하는 자들을 두려워하지 말고 오직 몸과 영혼을 능히 지옥에 멸하시는 자를 두려워하라."(《마태복음》 10장 28절)

위의 교리를 온전한 의미로 받아들인 자들은 최고의 율법에 따름으로써 다른 어떠한 복종으로부터도 자유로워졌다. 그들은 순종적으로 사람들의 폭력을 견뎌 냈지만, 최고의 율법에 부합하지 않는 문제에서는 사람들에게 복종하지 않았다.

이교도 국민들 가운데 소수였던 최초의 기독교인들은 이렇게 행동하였다. 기독교인들은 그들이 신의 율법이라고 불렀던 최고의 율법과 부합하지 않는 일에서는 정부에 복종하기를 거부하였다. 그들은 이 때문에 핍박당했고 사형에 처해졌다. 하지만 그들은 사람들에게 복종하지 않았고 그래서 자유로웠다.

폭력으로 형성되고 유지되는 정부 조직에서 살았던 전 국민이 외적인 세례 의식을 통해 기독교인으로 인정받게 되었을 때, 권력에 대한 기독교인들의 입장은 완전히 바뀌게 되었다. 정부는 그들에게 순종하는 성직자들의 도움으로 정당한 보복을 저지를 수 있음을, 억압받고 약한 사람들을 보호하기 위해 사용되는 경우에는 폭력과 살인을 저지를 수 있음을 신민들에게 주입하였다. 게다가 정부는 사람들이 권력에 선서하기를, 즉 권력이 명한 모든 일을 무조건 이행할 것이라고 주님께 맹세하기를 강요했다. 동시에 정부는 기독교인이라고 여기는 사람들이 폭력과 살인을 금지된 것으로 여기지 않도록 신민들을 이끌었다. 폭력과 살인을 저지르면서 그들은 자연스럽게 그들에게 자행된 폭력에 복종하였다.

기독교인들은 그리스도가 선포한 자유 대신에 예전처럼 모든 폭력을 견뎌 내고, 하느님 외에는 어떤 사람에게도 복종하지 않는 것을 의무라고 여기는 대신에 자신의 의무를 완전히 반대 방향으로 이해하게 되었다. 그들은 싸우지 않고 폭력을 참는 것(명예)이 자신에게 치욕적인 것이라 여기게 되었고, 정부의 권력에 복종하는 것을 가장 신성한 의무라고 생각하였기에 노예로 전락하게 되었다. 이와 같은 전통 속에서 양육된 그들은 자신의 노예근성을 부끄러워하지 않을 뿐만 아니라, 노예들이 자기 주인의 위엄을 자랑스러워하듯이 자신이 속한 정부의 강성함을 자랑스러워하였다.

최근에는 이와 같은 기독교의 왜곡에서 기독교 국민들의 예속을 견고히 하는 새로운 계략이 나오게 되었다. 이 계략은 대표자를 선출하는 복잡한 구조를 통해 사람들에게 이미 잘 알려진 인물이 정부 기구에 투입됨으로써 성립된다. 사람들이 누군가를 뽑으면 뽑힌 그 사람이 다른 사람들과 함께 자신이 알지 못하는 수십 명의 후보자 가운데에서 이런저런 후보를 다시 뽑거나 혹은 사람들이 직접 자신의 대표자를 뽑는다. 이렇게 사람들은 정부 권력의 참여자가 된다. 그들은 정부에 복종하지만 자신에게 복종한다고 생각하며, 자유로운 것처럼 느낀다. 가장 민주적인 구조와 보통선거에도 불구하고 민중은 자신의 의지를 표현할 수 없으므로 이것은 이론적으로나 실질적으로 명확한 기만일 뿐이다. 민중은 자신의 의지를 표현할 수 없다.

첫째, 수백만 명의 민중 모두에게 공통된 의지란 없고 또한 있을 수도 없기 때문이다. 둘째, 그래도 만일 민중 모두에게 공통된 의지가 있다면, 대다수의 투표권자가 공통된 의지를 표현할 수 있는 것은 아니기 때문이다. 통치할 수 있게 선출된 사람들은 민중의 이익이 아니라, 대부분 정당 간의 싸움에서 자신의 가치와 권력을 유지시키려는 목적으로 법을 제정하여 국민을 다스린다는 사실을 말하지 않더라도, 이것은 충분히 기만적이다. 또 이 기만으로 야기된 온갖 종류의 사기, 세뇌, 매수로 인해 사람들이 타락한 것은 물론, 그 영향을 받은 사람들이 자발적인 노예가 되기 때문에, 이 기만은 특히나 해로운 것이 된다. 이 기만에 빠진 사람들은 정부에 복종하고 있지만, 자신에게 복종하는 것이라 상상하면서, 인간이 만든 권력이 결정한 것에 불복종하는 것을 결코 용납하지 않는다. 비록 이 결정이 그들의 개인적 기호, 이익, 바람뿐만 아니라, 최고의 율법과 그들의 양심에 대립될지라도 말이다.

어쨌든 이와 같이 거짓된 자치권을 가진 국민 정부의 행동과 지침은 정당과 음모의 복잡한 싸움, 야심과 탐욕의 싸움에 달려 있을 뿐, 전제주의 정부의 행동과 지침처럼 전 민중의 의지와 바람에는 거의 영향 받지 않는다. 이들은 흡사 감옥에 수감되었지만 감옥의 내부 경영 지침을 위해서 간수를 뽑을 투표권을 가진다면 자유로울 것이라 생각하는 사람과 같다.

가장 전제주의적인 다호메이 왕국의 민중이 자신들이 옹립하지 않았던 권력 때문에 잔인한 폭력에 처해진다 하더라도 어쩌면 가장 자유로울 수 있다. 입헌 국가의 일원은 언제나 노예이다. 왜냐하면 그는 정부에 참여하거나 참여할 수 있다고 상상하면서, 그에게 자행된 모든 폭력의 법칙을 인정하고 권력의 어떤 지시라도 따르기 때문이다. 그러므로 입헌 국가의 사람들은 그들이 자유롭다고 상상하면서, 그 상상의 결과 진정한 자유가 무엇으로 이루어지는가에 대한 개념조차 상실하게 되었다. 스스로 자유롭다고 상상하는 탓에, 이들은 점점 더 정부의 노예가 되고 있다.

사회주의 이론의 확산과 성공만큼 국민들을 예속화시키려는 열망을 더 많이 드러낸 적은 결코 없다. 즉, 예속화의 경향은 점점 더 강화된다. 지금까지 러시아 국민들은 한 번도 권력에 참여한 적이 없었고, 권력에 참여함으로 타락한 적이 없었기 때문에 이런 점에서는 훨씬 더 유리한 조건에 있을 수도 있다. 하지만 다른 국민들과 마찬가지로 러시아 사람들도 권력의 교만과 맹세, 선서라는 거짓에 처해졌고, 국가와 조국의 위엄이라는 위력에 짓눌렸다. 그리하여 마찬가지로 정부에 완전하게 복종하는 것을 자신의 의무로 여기게 되었다. 최근 러시아 사회에서 경박한 사람들은 러시아 민중을 유럽 국민들이 놓여 있는 입헌주의의 노예로 만들고자 애쓰고 있다.

이렇게 무저항 계율을 수용하지 않은 결과로 인해, 그리스도의 왜곡된 법칙을 따른 사람들은 전 세계적인 무장과 전쟁의 재앙에 처해졌고 더 많은 자유를 상실하게 되었다.

6.   임박한 대변혁의 첫 번째 외적 원인

　무저항 계율을 인정하지 않는 그리스도 교리의 왜곡 때문에 기독교 민족들은 서로 반목하고 재앙이 발생하며 강화된 노예 상태로 내몰렸다. 기독교 세계의 사람들은 이 노예 제도의 부담을 느끼기 시작한다. 임박한 대변혁의 근본적이고 보편적인 원인은 여기에 있다. 이 대변혁이 바로 지금 일어나게 된 특이한 일시적 원인은 첫째, 러일 전쟁에서 드러났듯이, 기독교 세계의 국민들 사이에서 크게 성장한 군국주의에 있다. 둘째, 노동자가 토지를 이용할 당연하고 합법적 권리를 잃어버림으로써 발생한 노동자의 재난과 불만의 증가에 있다.

　두 가지 원인은 모든 기독교 국민들에게 공통적인 것이다. 그러나 러시아 민중의 삶이 가지는 특수한 역사적 조건에 따라 지금 다른 나라 국민들보다 러시아 국민들이 이 두 가지 원인을 더 예리하고 생생하게 느끼고 있다. 정부에 대한 순종에서 비롯된 불행한 처지는 러시아 민중에게 특히 분명하게 나타났다. 내가 생각건대, 이것은 정부로 인해 민중이 참여하게 된 무섭고 어리석은 전쟁의 결과일 뿐만 아니라, 권력에 대해 러시아 민중이 다른 유럽의 국민들과는 언제나 다른 태도를 보였기 때문이다. 러시아 민중은 결코 권력과 싸운 적이 없었고, 무엇보다 권력에 결코 관여하지 않았고, 권력에 관여하지 않기에 타락하지도 않았다.

러시아 국민들은 대다수 유럽인들처럼 권력을 모든 사람들이 본능적으로 지향하는 이익으로 보지 않았다. (안타깝게도 러시아 민중의 몇몇 부패한 사람들은 그렇게 보았다.) 러시아 민중은 언제나 권력을 사람들이 피해야만 하는 해악으로 보았다. 따라서 대다수 러시아 민중은 언제나 폭력 가담으로 인한 정신적 책임보다는 폭력으로 발생한 신체적 불행을 겪는 것을 선호하였다. 그리하여 대부분의 러시아 민중은 권력에 정복되었다. 하지만 이것은 혁명가들이 가르치고 싶어 하는 권력을 전복시킬 수 없어서가 아니다. 또한 러시아 민중은 권력에 참여하지 않는다. 하지만 이것은 자유주의자들이 가르치고 싶어 하는 참정권을 얻을 수 없어서가 아니다. 대부분의 민중은 언제나 폭력에 맞선 폭력이나 폭력에 관여하기보다는 정복되기를 선택해 왔다. 이 때문에 러시아에서 전제주의적인 지배, 즉 힘이 없거나 혹은 싸우기를 원하지 않는 자들을 대상으로 싸우고자 하는 강한 자의 단순한 폭력이 형성되었고 유지되었다.

바랑기아인들이 슬라브인들을 이미 정복한 다음에 만들어진 것이 분명한 바랑기아인의 사명에 대한 전설은 기독교 이전에 러시아인들이 권력에 취한 태도를 충분히 보여 주고 있다. "우리는 스스로 권력이라는 죄에 관여하고 싶지 않습니다. 만일 당신이 이것을 죄라고 여기지 않는다면, 와서 통치해 주십시오." 이와 같은 태도로 인해 가장 잔인하고 비이성적이며, 심지어 종종 러시아인이 아닌 전제 군주에게 복종할 수 있었다는 사실이 설명된다.

옛날에 러시아 민중은 권력과 권력에 대한 자신의 입장을 이렇게 취하였다. 지금도 대다수 민중들은 권력을 이렇게 보고 있다. 사실 다른 국가에서처럼 부지불식간에 기독교인들을 기독교에 맞서는 일에 굴복시킬 뿐만 아니라, 복종시키는 기만은 러시아 국민들에게도 똑같이 일어나고 있다. 그러나 이 기만은 부패한 고위층만 사로잡았고, 대부분의 민중은 권력에 대한 시각에서 인간이 폭력에 관여하는 것보다는 폭력의 고통을 견뎌 내는 것이 낫다고 생각하였다.

내가 생각건대, 권력에 대해 러시아 민중이 이와 같은 입장을 지닌 이유는 다른 국민들보다 러시아 민중에게서 형제애, 평등, 평화, 사랑의 교리와 같은 진정한 기독교가 유지되고 있기 때문이다. 또 이와 같은 진정한 기독교는 폭력에 정복당하는 것과 순종하는 것 사이의 예리한 차이를 만들어 낸다. 진정한 기독교인들은 정복당할 수 있고, 심지어 어떤 폭력과도 싸우지 않으려면 정복당할 수 밖에 없다. 그러나 폭력에 순종할 수는 없다. 즉 폭력의 법칙성을 인정할 수는 없었다.

대체로의 많은 정부, 특히 러시아 정부가 권력에 대한 진정한 기독교의 관계를 순종을 요구하는 교회 슬라브-국가적 교리로 바꾸기 위해 노력해 왔을 지라도, 기독교 정신 및 권력에의 굴복과 순종의 차이는 대부분의 러시아 노동자에게 여전히 살아 있다. 러시아인의 대부분은 기독교와 정부 폭력의 불일치를 끊임없이 느끼고 있다. 정교회의 왜곡된 교리에 따르지 않는 가장 민감한 기독교인, 즉 소위 분리파 교도들 사이에서 이 모순을 특히 강하고 분명하게 느꼈다.

이 다양한 이름의 기독교인들은 모두 똑같이 정부의 권력의 합법성을 인정하지 않았다. 대부분은 두렵기 때문에 합법적이지 않다고 인정하면서도 정부의 요구에 순응하였다. 하지만 소수일지라도 몇몇의 사람들은 여러 가지 방법으로 이 요구를 피하거나 이 요구로부터 도망쳤다. 국민개병제의 도입으로 국가의 폭력이 모든 사람들에게 살인을 준비시킴으로써 진정한 기독교인들에게 도전하려 할 때, 정교 신앙을 가진 수많은 러시아인들은 기독교와 권력의 불일치를 이해하기 시작했다. 정교회가 아닌, 다양한 종파의 기독교인들도 직접적으로 병역을 거부하기에 이르렀다. 비록 이와 같은 거부가 많지는 않을지라도 (소집된 사람의 1000명 중 거의 한 명) 그 의미는 크다. 왜냐하면 잔인하게 사형당하거나 정부의 압박을 받을 수 있는 이와 같은 거부는, 정부의 비기독교적인 요구에 대해 어떤 분리파 교도가 아니라 모든 러시아 사람들의 눈을 뜨게 하였고, 무엇보다 예전에 신의 법칙과 인간의 법칙 사이의 모순을 생각하지 않았던 대부분의 사람들이 이 모순을 깨닫게 되었기 때문이다. 대다수 러시아 민중 사이에서 보이지 않고 들리지 않고 가늠할 수 없는 인식의 해방이 시작되었다.

어떤 정당성도 가지지 않은 잔인한 러일 전쟁이 발발했을 때, 러시아 민중의 상태는 이와 같았다. 식자층이 확대되고 불만이 일반화되었을 때, 이 전쟁이 발발했다. 그리고 무엇보다 너무나 터무니없고 잔인한 짓을 하기 위해, 러시아 전역에 흩어져 살던 수십만 명(예비병의)이 가족들과 이별하고 이성적인 노동 현장에서 유리되어 처음으로 불가피하게 소집되었다. 이 전쟁은 보이지 않고 들리지 않는 내부 과정이 정부의 불법적인 요구임을 명확히 인식하게 만든 계기가 되었다.

그리고 이 인식은 가장 다양하고 의미 있는 현상으로 나타났고 지금도 나타나고 있다. 가령 군대에 투입되는 것을 예비병들이 의식적으로 거부하는 것에서, 마찬가지로 사격과 싸움을 거부하는 것에서, 특히 폭동을 진압할 때 아군에 대한 사격을 거부하는 것에서, 무엇보다 선서와 병역 거부에 점점 더 많이 참여하는 것에서 나타나고 있다.

정부에 대한 순종이 합법적이지 않고 불필요한 것임을 의식적으로 드러낸 것은 이와 같다. 정부에 대한 순종의 무의식적 발현은 지금 혁명가들과 그 혁명가들의 적들에 의해 나타난다. 흑해와 크론슈타트[1]에서의 수군의 반란, 키예프와 다른 지역에서의 군인의 반란, 학살, 불복종, 농민 반란이 그러하다. 권력의 위엄은 파괴되었고, '우리 시대 러시아인과 대다수의 사람들이 정부에 반드시 순종해야만 하는가'라는 의미심장한 과제가 생겨났다.

임박한 어쩌면, 이미 시작되고 있는 거대한 전 세계적 대변혁의 원인 가운데 하나가 러시아 민중에게서 일어난 이 과제에 있을지도 모르겠다.

---

1 발트함대의 기지와 상트페테르부르크의 방어 요새. —옮긴이

7.   임박한 대변혁의 두 번째 외적 원인

임박한 대변혁의 두 번째 원인은 노동자가 토지를 이용할 당연하고 합법적 권리를 상실했다는 점에 있다. 토지 이용권의 상실로 인해 노동자의 불행은 점점 더 확대되었고, 노동을 착취하는 사회 계층에 대한 그들의 분노는 점차 커지게 된다. 기독교 세계의 국민은 바로 이와 같은 상황에까지 이르렀다.

이 원인은 러시아에서 특히 생생하게 느껴진다. 그 이유는 러시아의 대다수 노동자들이 여전히 농경 생활로 살아가고 있기 때문이다. 인구 증가와 토지 부족의 결과, 러시아인들은 바로 지금 불가피하게 다음의 문제를 결정해야만 한다. 즉, 기독교 공동생활을 실현시킬 수 있는 하나의 생활인 그들에게 익숙한 농경 생활을 그만둘 것이지, 아니면 민중에게서 빼앗은 토지를 개인이 차지할 수 있게 하는 정부에 순종하기를 그만둘 것인지를 말이다. 사람들은 흔히들 가장 잔인한 노예 제도는 한 사람이 다른 사람 위에 군림하여 고문하고 불구로 만들어 죽이는 등 원하는 모든 것을 할 수 있는 개인 노예제라고 생각한다. 하지만 우리는 인간에게서 토지를 이용할 가능성을 뺏는 것을 노예 제도라고 부르지도 않으며, 다만 공평하지 않은 어떤 경제 제도일 뿐이라고 생각한다.

그러나 이와 같은 생각은 아주 잘못된 것이다. 요셉이 이집트인에게 했던 행위나 모든 정복자들이 피정복자에게 했던 행위도, 그리고 지금 토지를 이용할 가능성을 빼앗으면서 사람들이 사람들에게 가하는 행위도 모두 가장 무섭고 잔인한 노예화이다. 개인 노예는 한 사람의 노예이다. 토지를 이용할 권리를 잃어버린 사람은 모든 사람의 노예이다.

그러나 토지 노예의 가장 큰 재앙은 여기에 있지 않다. 개인 노예의 주인은 아무리 잔인하더라고 그는 자신의 이익을 염두에 두기 때문에 노예를 잃지 않으려고, 노예가 쉬지 않고 일만 하게 만들지는 않으며, 괴롭히지 않고, 그를 굶겨 죽게 하지도 않는다. 토지를 잃은 노예는 종종 힘에 넘치도록 일을 해야 하며 학대당하고 굶주려야만 한다. 그리고 그는 결코 한순간도 삶을 보장받지 못한다. 그는 사람들의 전횡, 즉 그의 지배자인 선량하지 않고 사리사욕에 눈이 먼 사람들의 전횡에서 자유롭지 못한다.

그리고 토지 노예의 가장 큰 재앙은 여전히 여기에 있지 않다. 토지 노예의 가장 큰 재앙은 그가 도덕적 삶을 살 수 없다는 데 있다. 토지 노예는 흙에서 얻은 노동의 대가로 살지 못하고, 자연과 싸우는 것이 아니라 불가피하게 사람들과 싸워야만 한다. 토지 노예는 사람들이 흙에서 얻은 것이나 다른 사람들의 노동의 대가로 얻은 것을 힘과 교활함으로 뺏기 위해 애써야만 한다.

사람들로부터 땅을 빼앗는 것을 노예 제도라고 인정했던 사람들조차 토지 노예는 남아 있는 노예 제도의 형태 가운데 하나가 아니라, 근원적이고 근본적인 노예 제도라고 생각한다. 토지 노예에서 모든 노예 제도가 생겨났고, 생겨나고 있다. 그리고 이는 개인 노예 제도와는 비교할 수 없을 만큼 더 고통스럽다.

개인 노예 제도는 토지 노예 제도를 악용한 일부의 경우에 지나지 않는다. 그래서 토지 노예로부터의 해방 없는 개인 노예에서의 해방은 해방이 아니다. 이것은 러시아에서 작은 땅을 가진 농노의 해방처럼 여러 가지 노예 제도의 악용 가운데 하나를 그만둔 것일 뿐이다. 또한 이는 노예에게 그들의 상태를 잠시 동안 숨기는 기만일 뿐이다.

러시아 민중은 농노제 때에도 이 사실을 언제나 알고 있었기에 "우리는 당신의 것이지만, 땅은 우리의 것이다."라고 말하면서, 농노제에서 해방되었을 때에도 멈추지 않고 토지의 해방을 요구했고 기대했다. 농노제에서 해방되었을 때, 민중에게 많지 않은 땅이 주어졌고, 민중은 잠시 동안은 잠잠했다. 그러나 인구가 증가하고 토지는 그대로였을 때, 민중은 다시 가장 명백하고 분명한 형태로 토지 문제가 다시 발생하리라는 것을 알고 있었다.

민중이 농노였을 동안, 민중은 생존에 필요한 만큼의 토지를 이용하였다. 정부와 지주들은 증가한 인구의 분배분에 대해 신경 썼고, 민중은 개인에 의한 토지 강탈이라는 근본적인 불평등을 느끼지 못했다. 그러나 곧 농노제가 폐지되었고, 정부와 지주는 민중의 행복은커녕 생존 가능성과 관련된 경제적이고 농업적인 문제에 대해서도 걱정하지 않았다. 농부가 영유할 수 있었던 토지의 수는 그 확장 가능성 없이 단번에 영원히 정해져 버렸다. 하지만 인구가 늘고, 민중은 자신들의 어려운 처지를 점점 더 뼈저리게 느꼈다. 그리하여 민중은 정부가 토지를 빼앗아간 법률을 폐지하기를 기다렸다. 10년, 20년, 30년, 40년을 기다렸다. 하지만 개인 지주들은 점점 더 많은 모든 땅을 탈취하였고, 민중은 선택해야만 했다. 굶주리며 아이를 낳지 않거나, 아니면 농촌 생활을 버리고 일족에게 토공, 방직공, 철공이 될 교육을 시키거나.

반세기가 흘렀고, 민중의 상황은 점점 더 악화되었다. 마침내 기독교인의 삶에 반드시 필요하다고 생각되는 삶의 구조가 파괴되기에 이르렀다. 그러나 정부는 민중에게 토지를 주기는커녕, 정부의 종복들에게 토지를 나눠 주고 그들을 위해 토지를 지켜 주고 있다. 뿐만 아니라 정부는 민중에게 토지의 자유를 기대해선 안 된다고 가르치고, 민중이 해롭고 쇠악이라 여기고 있는 공장 감독 제도를 수반한 유럽식 산업 생활을 하게 만들었다.

러시아 민중이 불행한 주요 원인은 토지에 대한 법적 권리를 빼앗겼기 때문이다. 그리고 유럽인과 미국인들이 자신의 상태에 대한 불행과 불만을 느끼는 기저에도 이와 똑같은 원인이 놓여 있다. 차이점은 단지 오래전에 개인의 토지 소유권이 인정되어 유럽 민중들에게서 토지의 갈취가 이루어져 왔기에, 이러한 불평등을 초월한 어떤 새로운 관계가 정립되었다는 것이다. 그래서 유럽과 미국 사람들은 자신들 상태의 진정한 원인을 보지 못한 채, 그 원인을 여기저기서 찾고 있다. 그들은 시장의 부재, 세율, 공정하지 못한 과세, 자본주의 등 모든 곳에서 찾고 있지만, 실제 원인이라 할 수 있는 토지와 관련된 민중의 권리 박탈에서는 찾지 않는다.

러시아인들은 여전히 자신들에게 아직 철저히 가해지지는 않았지만, 이 근본적인 불평등을 명확하게 보고 있다. 이 땅에 살아가는 러시아인들은 그들에게 요구되는 일이 무엇인지 명확하고 알고 있지만, 복종할 수는 없다.

내가 생각하기에, 무의미하고 해로운 무장과 전쟁, 그리고 토지에 대한 보편적 권리를 민중에게서 박탈한 것은 모든 기독교 세계에 다가온 대변혁과 가장 깊이 관련된 두 가지 외적 원인이다. 이와 같은 대변혁은 다른 어딘가에서가 아니라 바로 러시아에서 시작된다. 왜냐하면 어떤 곳도 러시아 민중처럼 강력하고 순수하게 기독교 세계관을 간직한 곳이 없으며, 어떤 곳도 러시아처럼 대부분의 민중이 여전히 농경 상태를 유지하는 곳도 없기 때문이다.

8.   복종을 거부한 사람들의 처지는 어찌될 것인가?

러시아 민중은 자신들의 독특한 특징과 삶의 조건 덕분에 기독교 세계의 다른 국민들보다 일찍 강압적인 국가 권력에 복종함으로써 재앙이 발생한다는 사실을 인식하게 되었다. 내가 생각하기에, 러시아 민중뿐만 아니라 기독교 세계의 모든 민족들에게 임박한 대변혁의 본질은 바로 권력의 폭력에서 해방되려는 인식과 지향으로 귀결된다. 폭력을 기반으로 한 국가에 살고 있는 사람들은 정부 권력의 폐지가 불가피하게 가장 큰 재앙을 동반할 것이라 여긴다.

그러나 사실 사람들이 향유하는 안전과 공익의 수준이 국가의 권력에 의해 보장된다는 주장은 전혀 근거가 없다. 우리는 국가 조직에 살고 있는 사람들이 받아들인 불행과 공익을 알고 있다. 만일 이 불행과 공익이 존재한다면 말이다. 그러나 우리는 국가를 폐지한 사람들의 입장을 알지는 못한다. 만일 우연히 거대한 국가 밖에 존재했거나 존재하고 있는 크지 않은 공동체의 삶을 생각해 보면, 이 공동체는 사회 조직의 모든 이점을 향유하면서도 국가 권력에 복종하는 사람들이 경험했던 불행의 100분의 1도 겪지 않는다.

국가 조직에서 혜택을 받는 지배 계급 사람들은 국가 조직 없이 사는 것이 불가능하다고 말한다. 그러나 국가 권력의 고통만을 짊어진 농부들에게, 특히 러시아 일억 농민들에게 물어 보아라. 그러면 그들은 국가 권력의 고통만 느낄 뿐, 국가 권력의 비호를 받는다고 생각하지 않으며 국가 권력은 전혀 필요 없다고 말할 것이다.

내가 나의 많은 저작에서 사람들을 놀라게 하는 것이 바로 정부 권력이 없다면 가장 악한 자가 승리하고 가장 선한 자가 압박을 받는다는 사실을 여러 차례 보여 주고자 애썼다. 바로 이와 같은 사실이 오래전부터 모든 국가에서 일어났고, 지금도 일어나고 있다. 왜냐하면 어디서나 권력은 가장 악한 자의 손에 있기 때문이다. 그리고 가장 악한 자만이 권력에 가담하는 데 필요한 교활하고 비겁하고 잔인한 모든 일들 할 수 있었기 때문이다. 다른 경우는 있을 수 없다.

내가 여러 번 보여 주고자 애썼던 것은, 사람들을 고통스럽게 하는 주된 재앙들 즉, 한 사람만이 축적하게 되는 막대한 부와 다수가 겪는 가난, 땅에서 일하지 않는 자에 의한 토지 수탈, 끊임없는 무장과 전쟁, 사람들의 타락은 정부의 폭력의 적법성을 인정하기 때문에 발생한다는 사실이다. 나는 '정부가 없다면 사람들의 상태가 더 나빠질 것인가, 더 좋아질 것인가'라는 문제에 답하기 위해서는 먼저 정부는 어떤 사람으로 구성되어 있는가에 대한 문제를 해결해야만 한다는 사실을 보여 주고자 애썼다. 정부를 구성하는 사람들은 평균보다 더 나쁜 사람일까 아니면 더 좋은 사람일까? 만일 이 사람들이 평균보다 낫다면 정부는 유익할 것이고, 만일 더 나쁘다면 해로울 것이다. 그런데 이반 4세, 헨리 8세, 여러 명의 마라, 나폴레옹, 아라크체예프, 메테르니히, 탈레랑과 같은 자들이 평균보다 더 나쁘다는 것은 역사가 잘 보여 주고 있다.

내가 보여 주고자 애썼던 것은, 모든 인간 사회에는 권력욕이 강하고 비양심적이고 잔인하며 자신의 이익을 위해서는 어떤 종류의 폭력, 강도, 살인도 능히 저지를 수 있는 사람들이 있다는 사실이다. 정부가 없는 사회에서라면 이 사람들은 강도가 될 뿐인데, 이들 중 일부는 그들에게 모욕당한 사람과의 투쟁으로 인해(사형, 사형 집행), 일부는 사람들에게 영향을 미치는 강력한 무기인 여론으로 인해 그 행동에 제한을 당한다. 강압적인 폭력의 지배를 받는 사회에서라면 이 사람들은 권력을 잡고 권력을 이용할 것이다. 그들은 여론으로도 제어되지 않을 뿐만 아니라, 반대로 그들이 매수해서 인위적으로 조작한 여론으로 지지를 빋고 찬양받으며 미화되기까지 한다.

흔히들 어떻게 정부 없이, 즉 폭력 없이 인간이 살 수 있느냐고 말한다. 하지만 반대로 이야기해야만 한다. 즉 이성적인 존재인 인간이 어떻게 이성적인 공감이 아니라 폭력을 삶의 내적 관계망으로 인정하면서 살 수 있단 말인가.

인간은 이성적인 존재이거나 아니면 비이성적인 존재이거나, 둘 중 하나이다. 만일 인간이 비이성적인 존재라면 인간 사이의 모든 것은 폭력으로 해결될 것이다. 그리고 어떤 사람이 폭력의 권리를 가질 수 있다면 다른 사람이 폭력의 권리를 가지지 못할 이유가 없다. 만일 인간이 이성적인 존재라면, 그들의 관계는 폭력이 아니라 이성에 기초해야 한다.

자신을 이성적인 존재라고 생각하는 사람들이라면 이 논증을 당연한 것이라고 여겨야만 한다. 그러나 국가의 권력을 지키려는 사람들은 인간에 대해, 인간의 특징에 대해, 인간의 이성적 본성에 대해 생각하지 않는다. 그들은 어떤 초자연적이고 신비로운 의미를 부여할 수 있는 사람들의 어떤 연합에 대해 이야기한다. 그들은 "만일 사람들이 정부에 복종하기를 그만둔다면 러시아, 프랑스, 영국, 독일에는 어떤 일이 일어나겠는가?"라고 말한다.

러시아는 어떻게 되겠는가? 러시아? 도대체 러시아는 무엇인가? 러시아의 시작은 어디며 끝은 어디인가? 폴란드는? 발트해 연안은? 여러 민족들이 모인 카프카스는? 카잔의 타타르인은? 페르가나주는? 아무르는? 이 모든 곳에는 러시아가 아닐 뿐만 아니라, 러시아라고 불리는 연합에서 벗어나고 싶어 하는 이민족들이 존재한다. 이 민족들이 러시아의 일부라고 여기는 것은 우연하고 일시적인 현상이며, 과거에 있었던 일련의 역사적 사건, 주로 폭력, 불평등과 잔인함에 기인한 현상이다. 현재 이 연합은 이 민족들에게 뻗친 권력에 의해서만 유지된다.

우리의 기억에 니스는 이탈리아였지만 갑자기 프랑스가 되었다. 알자스는 프랑스였지만 프로이센이 되었다. 연해주는 중국이었지만 러시아가 되었다. 사할린은 러시아였지만, 일본이 되었다.[2] 현재 오스트리아의 권력은 헝가리, 보헤미아, 갈리치아로 확산되고, 영국 정부의 권력은 아일랜드, 캐나다, 오스트레일리아, 이집트와 많은 다른 곳으로 확산되고 있으며, 러시아 정부의 권력은 폴란드, 그루지야 등으로 확산된다. 그러나 이 권력은 내일 멈출 수도 있다. 러시아, 오스트리아, 영국, 프랑스 모두를 하나로 연결시키는 유일한 힘은 바로 권력이다. 권력은 사람들의 작품인데, 사람들은 자신의 이성적 본성과 그리스도에 의해 발견된 자유의 법칙을 거스르고, 자신들에게서 어리석은 폭력적 행위를 요구하는 사람들에게 복종하고 있다. 사람들은 이성적인 존재 본연의 자유를 인식하고, 권력욕 때문에 양심과 법칙을 저버리는 일을 멈추기만 하면 된다. 그러면 인위적이고 겉보기에만 위대해 보이는 러시아, 영국, 독일, 프랑스라는 연합은 존재하지 않을 것이고, 사람들이 자신의 생명뿐만 아니라, 이성적인 존재 본연의 자유를 희생시키는 일도 없어질 것이다.

---

2 러일 전쟁에서 러시아가 패배 후 사할린이 일본의 지배를 받았으나, 훗날 1945년 일본이 패전 후 다시 러시아의 땅이 되었다. ―옮긴이

사람들은 그들의 상상 속에서만 존재했던 통일된 러시아, 프랑스, 영국, 미국, 오스트리아라는 우상을 위해 권력에 복종하는 것을 멈추기만 하면 된다. 그러면 사람들의 육체적 정신적 행복을 훼손시키는 이 무서운 우상은 저절로 사라질 것이다.

서로 끊임없이 싸웠던 작은 국가들이 큰 국가를 형성하는 일은 작은 경계를 외적으로 커다란 국경으로 바꾸면서, 싸움과 그로 인한 악행 및 유혈 사태를 줄일 수 있다고들 말한다. 그러나 이 주장은 확실히 자의적이다. 왜냐하면 어떤 누구도 이런저런 상황에서 발생하는 악행의 양을 헤아려 보지 않았기 때문이다. 러시아 봉건 시대의 모든 전쟁, 프랑스의 부르고뉴, 플랑드르, 노르망디 전쟁이 나폴레옹과 알렉산드르의 전쟁이나 이제 막 끝난 러일 전쟁만큼 잔인했다고 생각하기는 힘들다.

국가 팽창의 유일한 정당성은 세계적인 군주국을 세워 전쟁의 가능성을 사라지게 하는 것이다. 그러나 마케도니아의 알렉산더와 로마의 황제들부터 나폴레옹에 이르기까지 군주국을 형성하려는 모든 시도는 결코 평화라는 목적을 달성하지 못했으며, 반대로 국민들에게 큰 재앙을 가져다준 원인이 되었다. 그러므로 사람들의 평화는 국가의 확대와 강화로 달성될 수 없다. 이것은 거꾸로 강압적인 권력을 가진 국가의 폐지로 달성될 수 있다.

잔인하고 파괴적인 미신, 사람들의 희생, 마법을 위한 불꽃, 신앙을 위한 전쟁, 고문 등이 존재했으나, 이제 사람들은 이와 같은 미신에서 해방되었다. 하지만 국가와 조국이 어떤 신성한 것이라는 미신은 여전히 사람들을 지배하고 있다. 사람들은 이 미신 때문에 예전의 그 어떤 것보다도 더 잔인하고 치명적인 희생을 치른다. 이 미신의 본질은 다음과 같다. 즉, 다른 지역 다른 기질 다른 관심을 가진 사람들은 동일한 폭력에 처해 있기 때문에, 자신들이 하나의 총체를 이루고 있다고 확신한다. 사람들은 이것을 믿고 연합체에 자신이 속해 있다는 사실을 자랑스러워한다.

이 미신은 너무나 오랫동안 존재해 왔고, 강력하게 지지를 받고 있다. 그래서 이 미신을 이용하는 왕, 장관, 장군, 군인, 관리와 같은 모든 사람들은 이 인위적인 집단의 존재, 승인, 확대가 이 연합에 속한 사람들에게 혜택을 준다고 확신한다. 또한 이 사람들은 미신에 너무나 익숙해져서, 러시아, 프랑스, 독일의 속에 있다는 것을 자랑스러워한다. 비록 여기에 속하는 것이 그들에게 전혀 필요하지 않고, 해악 외에는 그들에게 어떠한 것도 제공하는 않는데도 말이다.

사람들이 싸우지 않고 순종적으로 온갖 종류의 폭력에 정복당하면서도 정부에 복종하기를 멈춘다면, 큰 국가라는 인위적인 연합은 사라지게 될 것이다. 그리고 이것은 어떤 끔찍한 일도 초래하지 않을 것이다. 만일 이것이 이루어지는 그 날이 오면, 국가에 소속된 것을 인정하지 않는 사람들 사이에 폭력, 고통, 악행이 더 잦아들 것이다. 그리고 이 사람들은 수 세기 전에 사람들에게 이미 알려졌으며 조금씩 점점 더 사람들의 인식에 자리 잡은 상호 섬김이라는 최고의 율법에 따라 더 편히 살 것이다.

9.   사람들의 어떤 활동이
임박한 대변혁에 영향을 미치는가.

지금 인류에게 다가온 대변혁은 권력에 대한 인간의 복종이라는 기만으로부터 자신을 해방시키는 것이다. 이 대변혁의 본질이 예전 기독교 세계에서 발생했던 혁명의 본질과 완전히 다르기 때문에, 이 대변혁에 가담한 사람들의 활동은 이전의 혁명 가담자의 활동과는 완전히 다를 수밖에 없다.

이전의 혁명 가담자들의 활동은 권력을 강압적으로 타도한 다음 권력을 쟁취함으로써 이루어졌다. 오늘날 대변혁 가담자의 활동은 어떤 강압적 권력일지라도 의미를 상실한 그 권력에 대한 복종을 중단하고 정부로부터 독립된 자신의 삶을 건설해야만 하고 또 그렇게 할 수 있다. 게다가 임박한 대변혁에 참여하는 자의 활동은 예전 대변혁에 참여한 자의 활동과 다르고, 이 대변혁의 주역도 다르며, 대변혁이 발생할 수 있는 장소와 가담자의 수도 다르다.

이전의 혁명 가담자는 주로 육체적 노동에서 해방된 고급 직종의 사람들과 이 사람들에 의해 지도받은 도시 노동자이다. 임박한 대변혁의 참여자는 주로 농민 대중일 것이다. 이전의 혁명이 시작되고 발생했던 장소는 도시였고, 현재 혁명의 장소는 주로 농촌이 될 것이다. 이전의 혁명 가담자 수는 전체 민중의 10~20%이지만, 현재 러시아에서 일어나고 있는 혁명의 참여자 수는 80~90%일 것이다.

따라서 살인을 저지르는 불행하고 짐승 같은 사람은 물론이거니와 러시아의 흥분한 도시 인구는 서유럽을 모방하여 연맹을 결성하고, 동맹 파업, 시위, 분규를 일으키면서 새로운 강압의 형태를 만들어 내고 있다. 흥분한 도시민은 이렇게 하는 것이 시작된 대변혁에 일조하는 일이라 생각한다. 이 사람들의 모든 행동은 실행될 대변혁에 부합하지 않을 뿐만 아니라, 정부보다 훨씬 더 실질적으로 (자신들은 알지 못하지만, 그들은 정부의 가장 충실한 조력자이다) 실행될 대변혁의 진행을 가로막고 잘못된 방향으로 향하게 하여 진행을 방해한다.

지금 러시아 민중을 위협하는 위험 요소는 폭력으로 기존의 강압적 정부를 전복시킬 수 없다거나, 민주주의든 사회주의든 똑같이 폭력적인 다른 정부를 그 자리에 세울 수 없다거나 하는 문제가 아니다. 민중을 위협하는 위험 요소는 정부와의 이 투쟁이 민중을 폭력적인 활동에 끌어들인다는 점이다. 위험 요소는 러시아 민중이 자신들의 특별한 상태로 인해 평화롭고 올바른 해방의 길로 이끌리지만, 발생한 대변혁의 의미를 다 이해하지 못한 사람들에게 휩쓸려 해방의 길 대신 예전에 있었던 혁명을 모방한 노예의 상태에 매혹된다는 것이다. 그래서 민중은 그가 지금 서 있는 구원의 길을 버려 두고, 기독교 세계의 다른 국민들을 피할 수 없는 파멸로 이끌었던 잘못된 길을 따라가려 한다.

이 위험성을 피하기 위해서 러시아인들은 무엇보다 자기 자신이 되어야 한다. 그들은 유럽과 미국의 헌법이나 사회주의 기획안에서 어떻게 행동하고 무엇을 해야 하는지에 대해 조사할 것이 아니라, 자신이 가지는 양심의 충고를 살피고 물어봐야 한다. 러시아인들은 그들에게 닥친 위업을 달성하기 위해 러시아의 정치 행정, 국가 시민들의 자유 보장에 신경 쓰지 말아야 할 뿐만 아니라, 무엇보다 러시아 국가라는 개념 자체에서, 국가 시민들의 권리에 대한 걱정에서 벗어나야 한다. 현재 러시아인들이 자유로워지기 위해서는 어떤 일도 기획하지 않아야 할 뿐만 아니라, 정부가 끌어들이고자 하는 기획, 혁명가와 자유주의자가 끌어들이고자 하는 기획 등 그 어떤 기획도 보류해야만 한다.

러시아 민중의 대다수인 농민은 살아왔던 대로 계속 살아가야만 한다. 그들은 평화로운 농민 공동체의 생활을 하며 정부든 정부가 아니든 그 폭력에 맞서 싸우지 않고 정복당하면서 계속 살아가야만 한다. 그러나 어떠한 것일지라도 정부의 폭력에 개입하라는 요구에는 굴복하지 말고, 자발적으로 세금을 내지 말고, 경찰, 행정 기관, 세관, 군대, 전쟁과 같은 어떤 강압적인 기구에서도 일하지 않고 살아야만 한다. 이와 똑같이 혹은 훨씬 더 엄격하게 농민들은 혁명가들이 부추기는 폭력을 자제해야만 한다. 지주에게 가하는 농민의 모든 폭력은 보복성 폭력을 유발하여 싸움을 불러일으키고, 어떤 경우에서든 반드시 폭력적인 이런저런 정부를 확립시키는 결과를 낳는다. 그러나 가장 자유로운 땅인 유럽과 미국에서처럼 폭력적인 모든 정부에서는 똑같이 무의미하고 잔인한 전쟁이 벌어지고, 마찬가지로 토지는 계속해서 부자의 소유물이 되고 있다. 민중을 고통스럽게 하는 폭력을 근절시키는 폭력일지라도 그 어떤 폭력에 민중이 가담하지 않아야만 끝없는 무장과 전쟁의 가능성을 근절시킬 수 있고 토지의 소유를 없앨 수 있다.

일어나고 있는 대변혁이 좋은 결과를 가져오기 위해서 땅을 소유한 농민은 이렇게 행동해야만 한다. 귀족, 상인, 의사, 학자, 작가, 기술자, 그리고 지금 혁명에 전념하고 있는 공장 노동자와 같은 도시 거주자들은 먼저 자신의 미천함을 깨달아야만 한다. 그들은 농민과 비교하여 100명당 1명으로 수적으로도 열세이다. 그리고 일어나고 있는 대변혁의 목적이 새로운 강압적 정치 체제에서는 이루어질 수도 없고, 이루어지지도 않을 것이라는 점을 깨달아야만 한다. 비록 이 체제가 보통 선거와 개선된 사회적 제도를 가질지라도 말이다. 이 목적은 모든 종류의 폭력, 즉 병영과 같은 군대의 폭력, 세금과 같은 조세의 폭력, 지주의 토지 수탈과 같은 토지의 폭력으로부터 모든 사람들, 특히 다수를 차지하는 1억 농민을 해방시킬 수 있고, 해방시켜야만 한다. 그리고 이를 위해서는 지금 러시아 자유주의자와 혁명가들이 열중한 성가시고 불량한 활동이 아니라, 전혀 다른 것이 필요하다는 것을 깨달아야만 한다. 이 사람들은, "좋아, 우리는 혁명을 할거야."라고 말하듯, 혁명이 의도한 대로 이루어지는 게 아니라는 것을 깨달아야만 한다. 그리고 백년 전 전혀 다른 조건에서 발생했던 것을 모방하여, 기존의 모형대로 혁명을 일으켜서도 안 된다. 무엇보다 사람들이 이해해야 하는 것은 다음과 같다. 그들이 예전의 삶의 기반이 공허하고 불행했다는 사실을 인정한 다음, 진정한 혜택을 줄 수 있는 새로운 기반에서 삶을 건설하도록 노력할 때에만, 혁명은 사람들의 삶의 상태를 개선시킬 수 있다.

지금 러시아에서 유럽 혁명의 모델에 따라 정치적 혁명을 이루고자 하는 사람들한테는 어떤 새로운 토대도 없다. 그들은 오래된 하나의 폭력의 형태를 새로운 폭력의 형태로 대체할 뿐이다. 이 형태는 폭력을 정확하게 똑같이 실현시키게 되고, 러시아 민중이 겪은 똑같은 불행을 잉태하고 있다. 우리는 군국주의, 조세, 토지의 탈취가 똑같이 일어나는 유럽과 미국에서 이것을 보지 않았던가.

대부분의 혁명가들은 사회주의 체제를 새로운 삶의 토대로 내세웠다. 사회주의 체제는 가장 잔인한 폭력으로만 달성될 수 있고, 만일 언젠가 사회주의 체제가 달성된다면, 사람들에게서 자유의 마지막 흔적마저도 앗아갈 것이다. 사회주의 체제는 혁명가들이 어떤 새로운 삶의 토대도 가지고 있지 않음을 보여 줄 뿐이다.

우리 시대의 이상이 될 수 있는 것은 폭력의 형태 변화가 아니라 인간의 권력에 불복종함으로써 성취되는 폭력의 소멸이다. 그러므로 도시 주민들이 일어나고 있는 위대한 대변혁에 보탬이 되고 싶다면, 그들이 해야 할 첫 번째가, 지금 전념하고 있는 잔인하고 혁명적이고 인위적으로 연출된 활동을 그만두는 것이다. 도시 주민들은 시골에 정착하여 민중과 함께 일하고 민중에게서 인내, 권력을 향한 무심함과 경멸, 그리고 가장 중요한 근면성을 배우려 노력해야 한다. 또 필요하다면, 정부가 소멸되었을 때 불가피하게 발생하게 되는 문제를 책에서 얻은 지식을 동원하여 해명함으로써 민중에게 봉사해야 한다. 그리고 지금 그들이 하고 있듯이, 민중을 선동하여 폭력을 일으키지 않아야 할 뿐만 아니라, 거꾸로 민중이 폭력 활동에 어떠한 참여도 하지 않도록, 그리고 어떤 폭력적 권력이라도 그 권력에 복종하지 않도록 민중을 자제시켜야 한다.

10.   강압적인 정부로부터 해방된 사회 조직

　만일 기독교 세계의 사람들이 정부의 권력에 복종하며 국가의 형태 안에서 살지 않는다면, 그들은 어떤 형태로 어떻게 살아갈 수 있을까? 이 문제의 답은 러시아 민중의 특징에서 얻을 수 있다. 내가 생각하기에, 이 때문에 임박한 대변혁은 다른 어딘가가 아닌 바로 러시아에서 시작되고 일어나야만 한다.

　러시아에서 권력의 부재가 농민 공동체의 반듯하고 평화로운 사회적 삶을 방해한 적은 결코 없었다. 반대로 정부 권력의 개입은 언제나 러시아 민중에게는 자연스러운 내부 조직을 방해해 왔다. 대부분의 농경 민족이 그러하듯, 러시아 민중은 벌집의 꿀벌처럼 자연스럽게 사람들과의 공동생활의 요구에 부응하는 어떤 사회적 관계에 놓인다. 러시아인들이 정부의 개입 없이 정착한 곳 어디에서나, 그들은 강압적인 관리국이 아니라 토지의 공동 소유에 대한 상호 합의를 기반으로 자유롭고 평화로운 관리국을 설치하였다. 이 관리국은 평화로운 공동생활의 요구를 완전히 충족시켜 준다. 이 공동체는 정부의 도움 없이 러시아 동쪽 변방으로 이주하였다. 이 공동체는 중앙아시아와 터키로 가서, 네크라소프의 카자크처럼, 자신의 기독교 자치 조직을 유지하면서 터키 술탄의 통치하에서 대대손손 편안하게 살았다. 이와 같은 공동체는 중국으로 건너가 자신들이 차지한 땅이 중국에 속한다는 것도 알지 못한 채, 그곳에서 오랫동안 살았다. 그들은 자신들의 자치 관리국 외에는 어떤 정부도 필요로 하지 않았다. 마찬가지로 러시아의 대다수 주민인 러시아 농민들은 정부를 필요로 하는 것이 아니라 정부를 참아내면서 살아간다. 러시아 민중에게 정부는 결코 필요했던 적이 없었고 언제나 부담일 뿐이었다.

일하지 않는 지주가 토지를 이용할 권리를 힘으로 지탱하는 정부의 폐지는 러시아 민중이 훌륭한 생활의 필수 조건으로 여기는 농민 공동체의 생활을 촉진시킬 수 있다. 또한 이는 토지 소유를 유지하는 권력을 없애기 때문에, 토지를 해방시켜 모든 사람들에게 토지에 대한 동등하고 똑같은 권리를 제공할 수 있다. 그러므로 러시아인에게는 정부가 폐지되었을 때, 예전의 공동생활을 대체할 수 있는 새로운 공동생활의 형태를 만들어 낼 필요가 없다. 이와 같은 공동생활의 형태는 러시아 민중들 사이에 존재해 왔고, 언제나 러시아 민중에게 내재되어 있으며, 민중의 사회적 생활의 요구를 완전히 충족시켜 주고 있다.

이 형태는 세계의 모든 구성원이 평등한 평화로운 통치이고, 공업 회사의 합동 조직이며, 토지의 공동 소유제이다. 기독교 세계에 임박해 있고 현재 러시아 민중에게서 시작되는 대변혁은 이전의 혁명과는 다르다. 이전의 혁명은 파괴된 곳에 아무것도 세우지 않거나 어떤 폭력의 형태를 다른 폭력의 형태를 바꿔 세우며 파괴를 일삼았다. 임박한 대변혁에서는 어떤 것도 파괴할 필요 없이, 폭력에 가담하는 것을 그만두기만 하면 된다. 무언가 인위적이고 생명이 없는 것을 그 자리에 세우기 위해 식물을 뽑아낼 것이 아니라, 식물의 성장을 방해하는 모든 것을 없애기만 하면 되는 것이다.

그렇기 때문에 지금 일어나고 있는 위대한 대변혁을 촉진시키는 사람은 성급하고 자신만만한 사람은 아닐 것이다. 성급하고 자신만만한 사람들은 그들이 싸우고 있는 악의 원인이 폭력이라는 것을 이해하지 못하고, 폭력 없는 어떤 삶의 형태를 생각할 수 없으며, 새로운 폭력으로 대체하기 위해 맹목적이고 근시안적으로 기존의 폭력을 파괴하고 있다. 일어나고 있는 혁명을 촉진시키는 사람은 아무것도 파괴하지 않고, 아무것도 부수지 않으면서, 정부에서 독립된 자신의 삶을 조직하는 사람이다. 이 사람들은 그들에게 행해진 모든 폭력을 싸우지 않고 견뎌 낼 뿐, 정부에 참여하지도 정부에 복종하지도 않는다.

러시아 민중, 그 대부분을 차지하는 농민은 지금처럼 농촌 공동체의 삶을 계속 이어가면서 **정부의 일에 참여하지 않고, 정부에 복종하지 말아야 한다.** 러시아 민중이 본연의 공동생활을 더 많이 영위할수록, 정부의 강압적인 권력이 그의 삶에 개입할 가능성은 더 줄어들게 된다. 또 개입할 동기가 점점 더 적어지고 폭력을 행사할 조력자가 더 적어지게 된다면 권력은 더 쉽게 폐지될 수 있다.

따라서 정부에 복종하기를 그만두는 것이 사람들을 어떤 결과로 인도하는지에 관한 질문에 다음과 같이 확실하게 대답할 수 있다. 이 결과 사람들이 서로 무장하여 싸우게 만들며 땅을 이용할 그들의 권리를 앗아간 폭력은 사라지게 될 것이다. 폭력에서 해방된 사람들은 더 이상 전쟁을 준비하지 않고 서로 싸우지 않고 토지를 이용할 수 있게 되면서, 인간이 타고난 즐겁고 건전하며 도덕적인 농업 노동으로 자연스럽게 회귀하게 될 것이다. 이때 사람들의 노력은 사람들이 아닌 자연과의 투쟁으로, 다른 노동의 싹을 틔우게 하는 노동으로 향하게 된다. 폭력으로 살아가는 사람들은 이와 같은 노동을 외면한 바 있다.

정부에 대한 복종을 그만두면 사람들은 농경 생활을 해야 할 것이며, 농경 생활은 동일한 농업 조건에 놓여 있는 크지 않은 사회 조직, 즉 이 생활에 가장 자연스러운 공동체 조직으로 사람들을 이끌어야 할 것이다. 사실 이 공동체는 고립되어 살아가지 않고, 경제적, 종족적, 종교적 조건을 통합하여, 새롭고 자유로운 연합체 속으로 들이갈 것이 확실하다. 하지만 이 연합체는 폭력에 기반을 둔 예전의 국가적 연합과는 완전히 다른 것이다.

폭력의 부정이 사람들에게서 연합의 가능성을 앗아가지는 않는다. 그러나 상호 화합에 기반을 둔 연합은 폭력에 기반을 둔 연합체가 깨질 때에야 비로소 형성될 수 있다. 파괴된 곳에 새롭고 견고한 집을 짓기 위해서는 낡은 벽과 돌 하나하나까지 해체하여 새롭게 건설해야만 한다. 폭력을 기반으로 한 연합의 파괴 후, 사람들 사이에 형성될 수 있는 연합도 새집을 짓는 일과 똑같은 것이다.

11.   문명은 어떻게 될 것인가?

그런데 사람들이 만들어 낸 모든 것은 어떻게 될 것이며 문명은 어떻게 될 것인가? "원숭이로의 회귀", "네발로 걷기를 배운 것에 대해 루소에게 보내는 볼테르의 편지", "어떤 자연의 삶으로 회귀"는 우리가 영위하고 있는 문명이 대단히 좋은 것이라고 확신하는 사람들이 하는 말들이다. 이들은 문명으로 만들어진 것 가운데 어떤 것을 잃어버릴 수 있다는 생각조차 허용하지 않는다.

"어떻게 지상과 지하의 전철, 전등, 박물관, 극장, 기념비가 있는 우리 도시 대신에 인간이 오래전에 경험했던 조야한 농민 공동체가 들어선단 말인가?"라고 이 사람들은 말할 것이다. 그러면 찢어지게 가난한 지역, 런던과 뉴욕을 비롯한 모든 대도시의 빈민굴, 유곽, 은행, 국내외 적을 향한 폭발물, 감옥, 교수대, 수백만 명의 군인이 있는 도시라고 나는 말할 것이다.

"문명, 우리의 문명은 대단한 혜택"이라고 말들 한다. 그러나 사실 이를 확신하는 사람들은 많지 않다. 그들은 문명 안에서 살고 있을 뿐만 아니라, **문명으로 살아간다.** 그들은 완벽한 만족 속에 살고 있으며, 노동자들의 어려움과 비교해 보면 거의 축제처럼 살아간다. 왜냐하면 이 문명이 존재하기 때문이다.

왕, 황제, 대통령 공후, 장관, 관리, 군인, 지주, 상인, 기술자, 의사, 학자, 예술가, 교사, 성직자, 작가 등 이 모든 사람들은 우리의 문명이 대단한 혜택이라는 것을 알고 있다. 이들은 이 문명이 사라질 수 있을 뿐만 아니라 바뀔 수도 있다는 것을 생각조차 할 수 없다. 그러나 슬라브, 중국, 인도, 러시아의 많은 농민들에게, 인류의 10분의 9에게, 농부가 아닌 사람들이 가치 있게 여긴 이 문명이 혜택인지 아닌지 물어보라. 이상한 일이지만, 인류의 10분의 9는 완전히 다른 대답을 할 것이다. 그들은 그들에게 땅, 거름, 관수, 태양, 비, 숲, 추수, 그리고 농경 생활을 그만두지 않고 일할 수 있게 해주는 연장이 필요하다는 것을 알고 있다. 그러나 그들은 문명에 대해서는 모른다. 문명은 그들에게 도시의 타락 형태나 감옥과 징역을 선고하는 불평등한 법정의 형태로, 아니면 세금이나 불필요한 궁전, 박물관, 기념비 설립의 형태로, 아니면 생산물의 자유로운 교환을 방해하는 세관의 형태로, 아니면 나라를 유린하는 대포, 군함, 군대의 형태로 나타나곤 한다.

문명의 혜택을 누리는 사람들은 문명이 전 인류의 이익이라고 말한다. 그러나 사실 그들은 이 문제에 있어서 재판관이나 목격자가 아니라 하나의 입장을 취한 자일 뿐이다. 우리가 기술적 진보의 길을 따라 멀리 나아왔음은 논쟁의 여지가 없다. 그러나 누가 이 길을 따라 나아왔는가? 이들은 노동자의 어깨를 짓누르는 극소수의 사람이다. 문명을 이용하는 모든 이를 위해 봉사하고 있는 노동자들은 아주 가끔 문명의 쓰레기를 이용하면서, 모든 기독교 세계에서 5~6세기 전에 살았던 것처럼 그렇게들 살고 있다. 만일 노동자가 더 잘살고 있다 하더라도 부자들과 노동자의 상태를 구분 짓는 차이는 6세기 전보다 더 적어지는 것이 아니라 오히려 더 커졌다. 우리는 문명이 절대적인 혜택이 아니라는 것을 깨달았기 때문에, 많은 사람들의 생각처럼, 자연과의 투쟁을 위해 인간이 만들어 낸 모든 것을 버려야만 한다고 말하는 것이 아니다. 내가 말하고자 하는 것은 인간이 만들어 낸 것이 실제로 인간에게 이익이 되는지를 알기 위해서는, 소수가 아니라 모든 사람들이 이 혜택을 누려야만 한다는 사실이다. 그리고 이 이익이 언젠가 그들의 후손들에게 다다를 것이라는 기대 속에서 사람들이 다른 사람을 위해 자신의 이익을 희생하도록 강요당해서는 안 된다.

우리는 이집트 피라미드를 보면서, 피라미드를 만들라고 명령했던 사람과 그 명령을 받들었던 사람들의 잔인함과 어리석음에 두려워지기까지 한다. 그러나 우리 시대 사람들이 도시마다 건설하여 자랑스러워하는 10층, 36층짜리 건물은 훨씬 더 잔인하고 어리석다. 풀, 숲, 깨끗한 물, 신선한 공기, 태양,

새, 짐승이 있는 대지 주변에 인간은 무서운 노력으로 남들에게서 태양을 가리면서, 바람에 흔들리는 36층짜리 건물을 건립한다. 거기에는 풀도 나무도 없고, 물도 공기도 모두 오염되었고, 음식물도 전부 엉터리로 만들어졌고 부패되었으며, 삶도 힘들고 건강하지 못하다. 이와 같은 사실은 이런 미친 짓을 저지를 뿐만 아니라 심지어 그것을 자랑스러워하는 사람들이 살아가는 사회 전체가 광기에 사로잡혀 있다는 명확한 증거가 아닐까? 그러나 이것이 유일한 예는 아니다. 자신의 주변을 둘러보아라, 그러면 당신은 매 걸음마다 36층짜리 건물이나 이집트 피라미드의 건설과 같은 온갖 종류의 어리석음을 보게 될 것이다.

문명을 옹호하는 사람들이 저지르는 무의식 혹은 의식적 실수는 단지 수단에 불과한 문명을 목적으로 여기고, 그것을 언제나 이익이라고 생각하는 데 있다. 그러나 사실 이것은 사회를 통치하는 힘이 선량할 때에만 이득이 될 수 있다. 폭발 가스는 도로 건설에서는 매우 유용하지만 폭탄에 사용되면 치명적이다. 철은 쟁기에는 유용하지만 포탄과 감옥의 자물쇠에 사용되면 치명적이다.

신문은 선량한 정서와 지혜로운 사상을 확산시킬 수 있다. 그러나 보다시피, 멍청하고 왜곡되고 거짓된 것들을 크게 성공시킬 수 있다. 문명이 유익한가 아니면 해로운가에 대한 문제는 해당 사회에서 선이 우세한가 아니면 악이 우세한가로 결정된다. 다수가 소수의 노예와 같은 억압 상태에 놓여 있는 우리의 기독교 사회에서 문명은 억압의 잉여 수단일 뿐이다. 상류 계층은 그들이 문명이나 문화라고 부르는 것이 일하지 않는 소수가 일하는 대다수를 지배하는 노예 제도의 수단과 결과에 불과하다는 것을 이해해야만 한다.

우리는 우리의 구원이 지금껏 걸어왔던 길을 계속 가고, 우리가 만들어 놓은 모든 것을 유지하는 데 있지 않음을 깨달아야 한다. 구원은 우리가 잘못된 길을 걸어왔고 피해야만 했던 늪에 빠져들었다는 것을 인정하는 일에 있다. 또 우리는 우리가 지니고 있는 것을 지켜 내야 한다고 걱정할 것이 아니라, 반대로 어떻게든 (네발로 걸을지라도) 견고한 제방으로 기어오를 수 있도록 불필요한 모든 것을 과감하게 버려야 한다.

이성적이고 올바른 삶은 사람 혹은 사람들이 그들 앞에 다가오는 행동과 길 가운데에서 가장 이성적이고 올바른 것을 선택할 때 이루어진다. 그리고 기독교인들은 지금 현재의 상태에서 이성적인 삶을 살려면 두 가지 중 하나를 선택해야만 한다. 기존의 문명이 다수를 가난과 노예제에 가둔 채 소수에게 큰 이익을 가져다주는 그 길로 계속 살아가든지, 아니면 미래를 위해 이익을 미뤄 두고, 지금은 이 문명이 소수를 위해 만들었던 이익의 일부 혹은 전부를 거부하는 것이다. 만일 이 이익이 다수의 사람들이 가난과 노예제로부터 해방되는 것에 방해가 된다면 말이다.

12. 자유들과 자유

우리 시대의 사람들은 언론의 자유, 출판의 자유, 양심의 자유, 선거와 같은 자유, 집회의 자유, 연합의 자유, 노동의 자유, 그 외 많은 다른 자유 등 어떤 개별적인 자유에 대해 이야기한다. 이것은 현재 우리 러시아 혁명가들처럼 이 사람들이 자유에 대한 변덕스러운 개념을 가지고 있거나 혹은 자유에 대한 개념을 전혀 가지고 있지 않다는 사실을 명백히 보여 준다. 일반적으로 모든 사람들이 이해할 수 있는 단순한 자유는 어떤 사람에게 그의 희망과 이익에 반하는 행동을 요구하는 권력이 없음을 의미한다.

자유란 무엇인가에 대한 몰이해와 그 결과 어떤 사람들이 다른 사람에게 몇 가지 행동을 할 수 있게 허용하는 것이 자유라는 표상은 너무나 해롭고 치명적인 오류이다. 이와 같은 오류는 우리 시대 사람들이 정부의 폭력에 노예와 같이 복종하는 것을 당연하다고 여기는 데 있으며, 정부 권력이 정한 어떤 행동에 대해 정부 권력이 허용하는 것을 자유라고 여기는 데 있다. 노예가 일요일에 교회에 가는 것, 혹은 따뜻한 날 멱을 감거나 휴식 시간에 주인을 위해 자신의 옷을 세탁할 수 있도록 허락받는 것을 자유라고 여기는 것이 이와 같은 맥락이다.

사람들은 자신이 자유롭다고 상상한다. 하지만 지금 인간이 처한 노예 상태에 두려움을 느낄 수 있도록, 잠시 동안 기존의 습관과 미신을 버리고 가장 전제주의적인 국가이든 민주적인 국가이든 국가 안에 살고 있는 모든 사람들의 처지를 살펴볼 필요가 있다.

어디서 태어났건 누구에게나 그 위에는 그가 전혀 알지 못하는 사람들의 집단이 있다. 이 사람들은 그가 해야만 하는 일 혹은 그가 해서는 안 되는 일을 비롯한 그의 삶의 법칙을 정해 준다. 그리고 국가 조직이 더 완벽할수록 이 법률의 망은 더 조밀하다. 인간이 어떻게 누구에게 맹세해야만 하는지는 정해져 있다. 즉 만들어져 공표될 모든 법규를 수행하겠다는 약속을 해야만 한다. 인간이 언제 어떻게 결혼할 수 있는지 정해져 있다. (인간은 한 여성하고만 결혼할 수 있지만, 유곽을 이용할 수는 있다.) 인간이 어떻게 아내와 이혼할 수 있고, 또 그들의 아이들을 어떻게 부양하며, 누구를 적자로 여기고 누구를 혼외자로 여길지, 그리고 누구에게서 어떻게 상속을 받고, 자신의 재산을 누구에게 어떻게 증여할지도 정해져 있다. 인간이 어떤 범법 행위에 대해, 어떻게 그리고 무엇으로 재판받고 처벌받는지도 정해져 있다. 인간이 언제 배심원으로 또는 목격자로 법정에 출석해야만 하는지 정해져 있다. 인간이 일꾼과 종업원의 노동을 이용할 수 있는 나이, 심지어 하루에 그의 일꾼이 일할 수 있는 시간, 그가 일꾼에게 제공해야만 하는 음식도 정해져 있다. 그가 자신의 아이에게 언제 어떻게 예방 접종을 해야만 하는지도 정해져 있다. 그 혹은 그의 가족이나 가축에게 이런저런 병이 덮쳤을 때, 그가 취해야만 하고 받아들여야 하는 조치도 정해져 있다. 그가 자신의 아이들을 보내야만 하는 학교도 정해져 있다. 그가 세울 수 있는 집의 규모와 안정성도 정해져 있다. 말과 개 같은 가축의 사육도 정해져 있다. 즉 그가 어떻게 물을 이용할 수 있는지, 길이 없는 곳은 어느 곳까지 갈 수 있는지도 정해져 있다. 이 모든 법률과 다른 더 많은 법률을 이행하지 않을 경우, 어떤 처벌을 받을지도 정해져 있다. 수많은 법률과 수많은 규칙 전부를 헤아리는 것은 불가능하다. 그런데 인간은 이것을 반드시 따라야 하고, 가장 자유로운 국가의 국민도 이것을 모른다고 (비록 그것을 아는 것이 불가능할지도) 변명할 수 없다.

한편 이 사람들은 그에게 필요한 물건, 즉 소금, 맥주, 포도주, 양복감, 쇠, 등유, 차, 설탕과 다른 많은 것들을 구입할 때, 자신의 노동의 많은 부분을 바쳐야만 하는 상황에 놓인다. 이것은 그에게 알려지지 않은 어떤 사업과 그의 할아버지와 선조 시대에 어떻게 만들어진 부채의 이자를 지불하기 위한 것이다. 마찬가지로 가까운 사람과의 거래일지라도 이곳에서 저곳으로 이사할 때나 상속을 받게 될 때, 사람은 자신의 노동 일부를 내놓아야만 한다. 게다가 인간은 자신의 거주지나 들판의 경작지로 보유한 토지 때문에 그 노동의 상당한 부분을 요구받고 있다. 이렇게 인간이 남의 노동이 아니라 자기 노동으로 살아가더라도, 그의 노동의 많은 부분은 그와 그의 가족의 상황을 편하게 하거나 개선시키는 일 대신 조세, 세금, 독과점을 위한 일에 들어간다.

그뿐만이 아니다. 대다수의 국가에서는 적령기가 되자마자 몇 년간 가장 잔인한 노예 제도인 군대에 입대해서 전쟁에 나가라는 명령을 받게 된다. 영국, 미국과 같은 다른 국가에서는 이런 일을 할 사람들을 고용해야만 한다. 그리고 이와 같은 상황에 놓여 있는 사람들은 자신의 노예 상태를 깨닫지 못할 뿐만 아니라, 자신을 영국, 프랑스, 독일, 러시아와 같은 강대국의 자유로운 시민이라고 여기면서 자랑스러워한다. 그들은 마치 자신이 모시는 주인이 중요하다는 사실을 자랑스러워하는 하인들과 같다.

왜곡되거나 나약하지 않은 정신력을 가진 사람이 이 무섭고 모욕적인 상태를 접한 다음, 다음과 같이 중얼거리는 것은 당연하다. "내가 왜 이 모든 것을 해야만 하는 거죠? 나는 아주 훌륭한 삶을 살고 싶고, 일하며, 가족들을 부양하고 싶습니다. 내가 당신들의 러시아, 프랑스, 영국과 평화롭게 지낼 수 있게 내버려 두십시오. 필요한 사람은 영국과 프랑스를 지켜도 좋습니다. 하지만 저에게는 필요 없습니다. 당신의 힘으로 나에게서 당신이 원하는 모든 것을 빼앗아 갈 수 있고 나를 죽일 수도 있습니다. 그러나 나 자신은 이 예속 상태를 원하지도 참여하고 싶지도 않습니다." 이렇게 행동하는 것이 당연하다. 하지만 어떤 누구도 이런 이야기를 하지 않으며 어떤 누구도 이렇게 행동하지 않는다.

어떤 국가에든 소속되는 것이 인간 생활의 필수 조건이라는 신념은 너무나 강하게 뿌리를 내려서, 사람들은 그들의 이성, 그들의 선한 정서, 그들의 직접적인 이익이 시키는 대로 행동할 수가 없는 것이다. 국가에 대한 신념으로 자신의 노예 상태를 유지하고 있는 사람들은, 새장 문이 열려 있음에도 불구하고 일부는 습관대로 일부는 그들이 자유롭다는 것을 이해하지 못하고 계속해서 노예 상태로 남아 있는 새와 매우 유사하다.

이와 같은 오류는 독일, 오스트리아, 인도, 캐나다, 그리고 러시아의 농민처럼 스스로 자신의 요구를 충족시킬 수 있는 사람들에게서 특히 이상하게 나타난다. 그들이 자발적으로 복종하는 노예 제도에는 어떤 필요성도 어떤 이익도 찾을 수 없다.

도시 사람들이 그렇게 행동하지 않는 것은 이해할 수 있다. 왜냐하면 그들의 이익은 대다수 국가의 지배 계급의 이익과 얽혀 있어서 그들이 놓인 예속의 상태가 그들에게 이롭기 때문이다. 록펠러는 나라의 법에 불복종하는 것을 바라지 않을 수 있다. 이 나라의 법은 다수 민중의 이익에 손해를 입히면서, 그에게 수십억을 벌어들이고 지킬 수 있는 기회를 제공하기 때문이다. 록펠러 기업의 회장, 이 회장의 고용인, 그리고 이 고용인의 고용인들은 불복종하는 것을 바라지 않을 수 있다. 도시 주민은 이와 같다. 농민의 입장에서 보면, 도시 주민은 예전의 가신인 것이다. 농민의 예속은 그들에게 유익하다. 그러나 무엇을 위해서 러시아 민중의 대부분인 농민들이 자신들에게 불필요한 권력에 복종해야만 하는가?

툴라 현과 포즈난, 캔자스, 노르망디, 아일랜드, 캐나다에 어떤 가족이 살고 있다. 이 사람들은 페테르부르크, 카프카스, 발트해 연안을 가지고 있으며 만주를 침략하고 외교적 술책을 벌이는 러시아와는 관계가 없다. 포즈난에 살고 있는 가족도 마찬가지다. 그들은 베를린, 아프리카 식민지를 가진 프로이센과 관계없으며, 아일랜드인은 런던을 가지고 있으며 이집트, 남아프리카, 또는 다른 지역과 일을 벌이는 영국과는 관계가 없다. 또 캔자스인은 뉴욕과 필리핀과 관련된 미연방공화국에 볼일이 없다. 하지만 이 가족들은 자신의 노동 일부분을 내놓을 수밖에 없고, 자기가 아닌 누군가에 의해 계획된 전쟁 준비와 전쟁에 참여해야만 하며, 자기가 아닌 누군가에 의해 제정된 법률에 복종해야만 한다. 사실 그들은 인생에서 가장 중요한 모든 일에서 모르는 사람들에게 복종하면서도 다른 사람이 아니라 자기 자신을 따르고 있다고 확신한다. 왜냐하면 그들이 잘 알지 못하는 수천 명의 대표지 가운데 한 사람을 뽑았기 때문이다. 하지만 사실 자신과 다른 사람을 속이고 싶어 하고 속여야만 하는 사람만이 이 사실을 믿을 수 있다.

국가에 속한 인간은 자유로울 수 없다. 국가가 크면 클수록 더 큰 폭력이 필요하고, 진정한 자유는 더 불가능해진다. 영국, 러시아, 오스트리아처럼 가장 다양한 민족과 사람들로 하나의 전체를 구성하고, 이러한 연합에서 그 전체성을 유지하기 위해서는 매우 강력한 폭력이 필요하다. 스웨덴, 포르투갈, 스위스 같은 작은 국가에서 사람들의 통합을 유지하기 위해서는 좀 더 적은 폭력이 필요하지만, 대신 이 작은 국가에서 시민들은 권력의 요구에서 벗어나기 더 힘들다. 그래서 부자유와 폭력의 총량은 큰 국가와 똑같다.

장작더미를 하나로 묶어 쥐기 위해서는 단단한 밧줄이 필요하고 또 그 밧줄을 어느 정도 팽팽하게 당겨야 하듯이, 한 국가에서 사람들의 큰 연합체를 유지시키기 위해서는 어느 정도의 폭력 및 그 보완 수단이 필요하다. 장작의 경우, 차이는 오로지 그 위치에만 있다. 즉 이 장작이 아니면 다른 장작이 직접적으로 밧줄에 죄어지지만, 모든 장작들을 두르고 있는 힘은 장작이 어떤 위치에 있을 지라도 동일하다. 전제 국가, 입헌 군주국, 과두정, 공화국 등 어떤 국가일지라도 강압적인 국가는 마찬가지이다. 만일 폭력으로 사람들의 결합 상태를 유지한다면, 즉 어떤 사람들에 의해 제정된 법률을 다른 사람들이 폭력 때문에 이행한다면, 어떤 사람이 다른 사람에게 가하는 폭력은 그 힘의 정도에 있어서 동일하다. 어떤 곳에서 힘은 거친 폭력으로 나타날 것이고, 다른 곳에서는 돈의 권력으로 나타날 뿐이다. 차이는 어떤 강압적인 국가 조직에서 폭력은 어떤 한 무리의 사람들을 압박할 것이고, 다른 조직에서 폭력은 다른 한 무리의 사람들을 압박한다는 점뿐이다.

국가의 폭력은 구슬이 느슨하게 꿰어진 검은 실에 비유될 수 있다. 구슬은 사람이고, 검은 실은 국가이다. 구슬이 실에 꿰어 있는 동안 구슬은 자유롭게 움직일 가능성을 갖지 못한다. 구슬은 모두 한쪽으로 움직일 수 있으며, 그쪽에서는 구슬 사이에 검은 실은 보이지 않을 것이다. 그러나 대신 다른 쪽에서는 실의 많은 부분이 드러날 것이다(전제 정부). 구슬 사이에 검은 실의 간격을 적당히 두면서, 구슬을 여기저기 고르게 움직일 수 있다(입헌 군주국). 각각의 구슬 사이에 실이 조금씩 보이게 둘 수 있다(공화국). 그러나 실에서 구슬을 빼내지 않고 실을 끊지 않는 한, 검은 실을 숨길 수 있는 가능성은 없다.

어떤 형태이든 정부가 유지되기 위해 폭력을 필요로 하는 한, 모든 사람들이 말 그대로 이해하였고 이해하고 있는 진정한 자유는 존재하지도 않을 것이고 존재할 수도 없다. 보통 사람들은 "국가 없이 사람들이 어떻게 살 수 있을까?"라고 묻는다. 그들은 모든 사람이 부모님의 아들, 할아버지와 조상들의 손자라는 사실 외에도, 그들이 선택한 노동으로 살아가는 인물이라는 사실에 익숙해 있다. 무엇보다 이 사람들은 그들이 인간이란 점 외에도 프랑스인, 영국인, 독일인, 양키, 러시아인이라는 사실에 익숙해 있다. 즉 그들은 알제리, 베트남(안남), 니스 등이 속한 프랑스, 인도, 이집트, 오스트레일리아, 캐나다 등지에 낯선 주민을 거느린 영국, 혹은 내적으로는 어떤 것으로도 통합되지 않는 민족들이 속한 오스트리아, 혹은 미연방과 러시아 연방처럼 다양한 종족으로 된 거대한 국가 등, 이러저러한 강압적 체계에 속한다는 사실에 익숙하다. 사람들은 이에 너무 익숙해져서 아무런 내적 의미도 갖지 않은 이 연합에 소속되지 않고는 살 수 없다고 여긴다. 이것은 마치 수천 년 전 사람들이 신에게 제물을 바치지 않고, 인간들의 행동을 결정해 주는 예언자 없이 살아가는 것이 불가능하다고 여겼던 것과 같다.

어떤 정부에도 속하지 않고서 사람들은 어떻게 살 수 있을까? 그들은 이 무서운 미신을 위해서 지금 하고 있는 멍청하고 추악한 짓만 하지 않으면서, 지금 사는 것과 완전히 똑같이 살 수 있다. 그들의 가족은 알지도 못하는 사람들이 어리석은 짓을 저지르도록 조세와 세금의 형태로 내놓았던 노동의 산물을 뺏기지 않아도 되고, 모르는 사람들이 만든 폭력, 재판, 전쟁에 참여하지 않으면서, 지금처럼 그렇게들 살 것이다.

그렇다. 우리 시대에 아무런 의미도 없는 미신이 수백 명에게 수백만 명을 지배하는 비이성적이고 결코 정당화될 수 없는 권력을 부여하였고, 수백만 명에게서 진정한 자유를 앗아 갔던 것이다. 캐나다, 캔자스, 보헤미아, 우크라이나(소러시아), 노르망디에 사는 사람이 자신을 영국, 북미, 오스트리아, 러시아, 프랑스 시민이라고 여기고 때때로 이것을 자랑스러워하는 한, 자유로워질 수 없다. 러시아, 영국, 독일, 프랑스와 같이 불가능하고 무의미한 연합체의 통일을 지켜내기 위해 승인된 정부는 자신들의 시민들에게 진정한 자유를 줄 수 없다. 그들은 군주국, 공화국, 민주주의의 아주 교묘한 헌법에서 만들어진 가짜 자유를 줄 뿐이다. 자유가 없는 가장 크고 유일한 원인은 국가라는 미신이다. 사람들은 국가가 없어도 자유를 빼앗길 수 있다. 하지만 사람이 국가에 속할 때, 자유는 있을 수 없다.

현재 러시아 혁명에 참여하는 사람들은 이를 이해하지 못한다. 이 사람들은 러시아 시민들에게 여러 가지 자유를 가져다주기 위해 애쓰고 있다. 그들은 벌어지고 있는 혁명의 목적이 여기에 있다고 생각한다. 그러나 일어나고 있는 혁명의 목적과 최종 결과는 혁명가들이 보고 있는 것보다 훨씬 더 멀리 있다. 이 목적은 국가 폭력으로부터의 해방이다. 지금 수많은 러시아 민중의 부패한 표층에서, 그리고 소위 지식인과 공장 노동자인 일부 도시 계층에서 자행된 실수와 악행의 복합적인 과정이 거대한 대변혁을 초래하고 있다. 주로 복수, 악의, 야심이라는 가장 저급한 동기에서 발현된 복합적인 활동은 많은 러시아 민중에게 오직 하나의 의미만을 가진다. 즉 이 활동은 민중에게 민중이 무엇을 하지 말아야 하며 무엇을 할 수 있고 무엇을 해야만 하는지를 제시해 주어야 한다. 또한 이 활동은 국가의 폭력과 악의 형식을 다른 형식으로 교체하는 것이 쓸모없음을 보여주어야만 하고, 민중의 의식 속에 국가라는 미신과 환영을 파괴해야만 한다.

대다수 러시아 민중은 벌어지고 있는 사건을 보면서, 학살, 파괴, 모든 주민의 생계 수단을 빼앗는 동맹 파업, 무엇보다 형제살해와 같이 잔인한 혁명 활동에서 발현되는 새로운 폭력의 모든 형태를 목격했다. 그리하여 민중은 많은 고통을 가져다주었던 예전의 국가 폭력뿐만 아니라, 새로운 거짓과 악행을 드러내는 새로운 정부의 폭력도 옳지 않다는 것을 이해하기 시작한다. 어떤 것이 더하지도 덜하지도 않다. 둘 다 나쁘다. 그러므로 모든 국가의 폭력에서 벗어나야만 한다. 민중은 이것이 매우 쉽고 충분히 가능하다는 것을 깨닫기 시작한다.

민중, 특히 러시아 농민 대다수는 사회적 문제를 공동체 회의를 통해 결정하며 살아왔다. 그들에게 정부는 필요하지 않다. 러시아 농민은 벌어진 사건을 보면서, 그에게는 가장 전제주의적인 정부든 가장 민주적인 정부든 그 어떤 것도 필요하지 않다는 것을 깨달아야 할 것이다. 마치 인간에게 구리로 된 사슬이건 철로 된 사슬이건 긴 사슬이건 짧은 사슬이건 아무것도 필요 없듯이 말이다. 민중은 어떤 부분적인 자유를 필요로 하지 않는다. 진정하고 완전하며 단순한 하나의 자유가 필요할 뿐이다.

언제나 그렇듯이, 어려워 보이는 문제의 답은 가장 단순하다. 지금 이런저런 자유가 아니라 진정하고 완전한 하나의 자유를 얻기 위해서는 정부 권력과의 투쟁도 필요 없고, 사람에게 노예라는 사실을 숨기기만 하는 대표부의 이런저런 방법도 필요 없다. 오지 하나만 필요하다. 그것은 **사람에게 복종하지 않는 것이다.**

만일 민중이 정부에 복종하기를 그만두기만 한다면, 세금도,

토지 수탈도, 권력의 어떤 압박도, 군대도, 전쟁도 없을 것이다. 이것은 너무나 단순하고 너무나 쉬워 보인다. 무엇 때문에 사람들은 지금까지 이렇게 하지 않았고, 지금도 여전히 이렇게 하지 않는 것일까? 왜냐하면 정부에 복종하지 않기 위해서는 주님께 복종해야 하기 때문에, 즉 선하고 도덕적인 삶을 살아야 하기 때문이다.

사람들은 이와 같은 삶을 사는 한에서만, 즉 주님께 복종하는 한에서만, 다른 사람들에게 복종하기를 그만두고 자유로워질 수 있다. "나는 사람들에게 복종하지 않을 겁니다."라고 마음속으로만 생각지 마라. 사람들에게 복종하지 않는 것은 모든 사람들에게 공통된 가장 높은 주님의 법을 따를 때에만 가능하다. 노동자의 노동 특히 농부의 노동으로 살아가는 부자와 도시 계층의 사람들이 평생토록 상호 섬김이라는 가장 높고 공통된 율법을 위반했던 것처럼, 이 율법을 위반하고서는 결코 자유로울 수는 없다. 인간은 최고의 율법을 실천하는 한에서만 자유로울 수 있다. 도시나 공장이라는 사회 구조에서 이 율법을 실천하는 일은 어려울 뿐만 아니라 거의 불가능하다. 이는 농촌 생활에서만 가능하고 쉬울 수 있다.

그렇기 때문에 사람들은 정부에 복종하고 국가와 조국의 인위적인 연합을 인정해야 하는 일에서 해방되어, 자연스럽고 즐거우며 가장 도덕적인 농촌 공동체 생활로 인도되어야 한다. 이 공동체는 모두가 인정하며 폭력이 아닌 상호 화합에 기반을 둔 법령에 따라 운영될 것이다.

여기에 기독교 민중에게 임박한 위대한 대변혁의 본질이 있다. 이 대변혁이 어떻게 일어날 것이고 어떤 단계를 통과할 것인지에 관해 우리는 알 수 없다. 그러나 우리는 대변혁이 불가피하다는 것을 알고 있다. 그 이유는 대변혁은 일어나고 있으며, 부분적으로는 사람들의 의식 속에서 이미 실현되었기 때문이다.

결론

인간의 삶은 다음과 같다. 시간은 훗날 감춰졌던 것을 발견하고 과거에 지나왔던 길이 옳은 것인지 그른 것인지를 알려준다. 삶은 과거의 토대에 있던 잘못을 명확하게 인식해 내는 것이고, 새로운 것을 정립하고 그것에 따르는 것이다. 개별 인간의 삶과 마찬가지로 인류의 삶도 예전의 상태에서 새로운 상태로 성장한다. 이 성장은 불가피하게 자신의 실수를 인정하고 그 실수로부터 벗어나는 작업을 수반하게 된다.

개별 인간의 삶과 마찬가지로 인류 전체의 삶에서도 과거에 저지른 실수가 명확하게 밝혀지고 이 실수를 바로잡는 활동을 해야 하는 시기가 있다. 이것이 혁명기이다. 그리고 현재 기독교 민족들이 그와 같은 상태에 놓여 있다.

인류는 폭력의 법칙에 따라 살아왔고, 다른 어떤 법칙도 알지 못했다. 시간이 흘렀고, 인류의 진보적 인사가 전 인류의 공통된 상호 섬김의 율법을 공표하였다. 사람들은 이 율법을 수용하였지만, 이 율법을 완전한 의미에서 받아들이지는 못했다. 그리고 이 율법에 따르려 노력했지만, 여전히 폭력의 법칙에 따라 살았다. 기독교가 나타났다. 기독교는 모든 이에게 공통되고, 가장 큰 실익을 주는 것은 오직 하나의 율법뿐임을 사람들에게 확신시켰다. 그것은 바로 상호 섬김의 율법이다. 그리고 기독교는 이 율법이 생활에서 왜 실현되지 못했는지도 일러주었다. 이 율법은 사람들이 정당한 목적을 위해서라면 폭력의 사용을 필요하고 유익한 것으로 여기고, 보복의 법칙을 공정한 것으로 생각하기 때문에 실현되지 않았다. 기독교가 알려준 바에 따르면, 폭력이 언제나 파괴적이기 때문에, 인간은 보복을 해서는 안 된다. 그러나 기독교인은 모든 이에게 공통된 상호 섬김의 율법에 관한 이와 같은 설명을 받아들이지 않았다. 그리고 이들은 이 율법에 따라 살고 싶어 하지만, 뜻하지 않게 계속해서 이교도적인 폭력의 법칙에 따라 살았다. 이렇게 모순적인 삶은 점점 더 범죄 행위를 확대시켰다. 또 소수를 위한 외적 편의와 사치스러운 생활은 커져 갔고, 대다수 기독교 국민들의 노예 상태와 불행도 확대되었다.

최근 기독교 세계에서 일부의 범죄 행위, 사치, 그리고 다른 쪽 일부의 불행과 노예 상태는 최고조에 다다랐다. 특히 국민들 가운데 일부는 이미 오래전에 농경이라는 자연스러운 삶을 버리고 허구적인 자율 관리의 기만에 빠져버렸다. 이 국민들은 그들이 처한 상태의 불행과 모순 의식으로 고통스러워하며 도처에서 구원을 찾는다. 그들은 제국주의, 군국주의, 사회주의, 다른 사람의 토지 약탈, 각종 싸움, 세금, 기술 개선, 타락 등에서 구원을 찾고 있지만, 그들을 구원해 줄 단 하나만은 제외시켰다. 그 단 하나는 국가, 조국이라는 미신에서 자신을 해방시키는 것이고, 국가의 폭력적 권력에 대한 복종을 그만두는 것이다. 그 권력이 어떤 것일지라도 말이다.

러시아 민중은 정부에 의해 동원된 잔인하고 불필요하며 불행한 전쟁 후, 그리고 빼앗긴 토지를 되돌려 달라는 요구가 수용되지 않은 후, 다른 민족들보다 먼저 우리 시대 기독교인이 겪은 불행의 주요 원인을 느낄 수 있었다. 이는 러시아 민중이 농경 생활을 하기 때문에, 자율 관리의 기만이 없기 때문에, 다수이기 때문에, 무엇보다 폭력에 대한 기독교적 입장을 고수했기 때문이다. 따라서 전 인류에게 임박한 거대한 변혁이 러시아 민중 사이에서 시작되고 있다. 이 변혁만이 불필요한 고통에서 인류를 구해 줄 수 있다.

지금 러시아에서 시작된 혁명의 의미는 여기에 있다. 이 혁명은 유럽과 미국 국민들 사이에서는 아직 시작되지 않았다. 그러나 러시아에서 혁명을 불러일으킨 원인은 모든 기독교 세계 어디에서나 존재한다. 기독교 민족들에 대한 이교도들의 필연적인 군사적 우위를 전 세계에 보여준 일본 전쟁도 기독교 세계 어디서나 볼 수 있다. 극에 다다랐으나 결코 멈출 수 없는 거대 국가들의 군비 확장도 마찬가지이고, 토지에 대한 자연권을 노동자들에게서 빼앗은 결과로 인한 그들의 불행한 처지와 보편적인 불만도 마찬가지이다.

대다수 러시아인들은 그들이 감내했던 재앙의 원인이 권력에 복종한 것에서 비롯되었다는 사실을 명확하게 알고 있다. 또한 러시아인들은 이성적이고 자유로운 존재이기를 멈추거나 아니면 정부에 복종하는 것을 멈추는 것, 이 둘 중 하나의 선택이 그들에게 임박했다는 것도 알고 있다.

만일 유럽과 미국 국민들이 삶의 공허함과 자기 관리의 기만에서 이와 똑같은 것을 보지 못했다면, 이제 곧 보게 될 것이다. 자유라고 불리는 거대 국가의 폭력에 참여하는 일은 그들을 더 심한 노예 상태로, 그리고 이 노예 상태에 비롯된 불행으로 이끌었고, 지금도 이끌고 있다. 불행이 커지면 그들은 불가피하게 불행을 피할 수 있는 유일한 방법에 이르게 될 것이다. 이 방법은 정부에 복종하는 것을 그치고, 그 결과 국가의 폭력적 연합을 폐지시키는 것이다.

이 위대한 대변혁을 실현하기 위해서는 사람들이 이해해야만 하는 것이 있다. 그것은 국가와 조국은 허구이고 삶과 진정한 자유가 실제라는 것이다. 그러므로 국가라고 불리는 인위적인 연합을 위해 생명과 자유를 희생할 필요는 없다. 진실한 삶과 자유를 위해서는 국가라는 미신에서, 그 소산인 범죄와 같은 인간에 대한 복종에서 해방되는 것이다.

이와 같이 국가와 권력에 대한 사람들의 태도 변화에서 낡은 시대가 끝이 나고 새로운 시대가 시작된다.

러일 전쟁, 그리고 새로운 시작

톨스토이는 젊은 시절에 카잔 대학을 중퇴하고 형 니콜라이를 따라 무작정 캅카스 지역으로 가서 불안정한 신분으로 군 생활을 시작하였다. 5년 동안 이어진 군대 생활에서 그는 처녀작 〈어린 시절〉과 여러 문학 작품을 집필할 수 있었고, 러시아 군대의 실상도 직접 목격할 수 있었다. 또한 군 복무 중 그는 여러 전투에 참여하였고 전쟁의 참상과 패배의 아픔도 겪은 바 있기에 군대와 전쟁을 통해 성장한 작가로 기억되기도 한다.

전쟁과 군대의 경험은 톨스토이의 문학 작품에도 고스란히 반영된다. 1853년에 발표된 〈습격〉을 비롯하여, 〈세바스토폴 이야기〉, 《전쟁과 평화》, 〈하지 무라트〉 등의 작품에는 전쟁의 참상이 묘사되고 있으며, 전쟁의 의미를 규명하고자 하는 노력이 반영되어 있다. 이러한 문학 작품에서 전쟁은 언제나 고통스러운 노동이며, 비난받아야 할 현상이자 인간의 본성에 반하는 비극으로 남아 있다.

전쟁과 군대에 관한 문제는 그의 여러 에세이에서 보다 직접적이고 명확하게 드러난다. 〈다시 생각하십시오!〉, 〈필요한 것은 한 가지뿐이다〉, 〈세기말〉도 이러한 맥락에서 빼놓을 수 없는 결과물이다. 세 편의 에세이는 모두 러일 전쟁과 관련하여 집필되었다. 한반도와도 무관하지 않은 러일 전쟁은 1904년 일본이 아르투르항 즉 뤼순항에 있던 러시아 함대를 공격함으로써 시작되었다. 간략하게 정리된 러시아 역사서를 살펴보자면, 러일 전쟁은 민중의 관심을 러시아 내부의 문제에서 전쟁으로 돌리게 했고, 그 전쟁의 전개 과정은 1905년 2월 선양 전투에서 패배하고 쓰시마섬에서 군대가 파괴된 것으로 기록되어 있다. 러시아의 입장에서 러일 전쟁은 한마디로 패배한 전쟁이고 군대가 파괴된 사건이었다.

크림 전쟁의 패배를 경험했던 톨스토이에게 러일 전쟁은 많은 것을 생각하게 하였음은 자명하다. 이에 톨스토이는 〈다시 생각하십시오!〉, 〈필요한 것은 한 가지뿐이다〉, 〈세기말〉을 통해 때로는 간결하고 단호하게, 때로는 호소력 짙은 수사로 전쟁의 근본 문제와 그 해결 방안을 제시한다. 세 편의 에세이의 구성에서도 이를 쉽게 확인할 수 있다. 톨스토이는 이 에세이에서 전쟁에 관한 자신의 시각을 강력하게 뒷받침해 줄 수 있는 에피그램을 담았다. 특히 〈다시 생각하십시오!〉는 12개의 장으로 나누어져 있는데, 이 가운데 마지막 장을 제외한 나머지 장은 작가와 철학자의 주장, 성경, 민중들의 편지 등으로 이루어진 에피그램을 포함한다. 톨스토이는 각각의 장을 에피그램으로 시작하면서, 전쟁의 부조리와 경고의 메시지를 시각적으로, 의미적으로 두드러지게 드러내었다.

세 편의 에세이에서 톨스토이는 전쟁의 부조리함을 여러 측면에서 분석하였다. 먼저 그는 〈다시 생각하십시오!〉에서 전쟁의 문제점을 지극히 경제적이고 현실적인 관점에서 지적한다. 전쟁은 그 준비 과정에서부터 이미 많은 사람들의 불필요한 희생과 경제적 낭비를 불러온다. 톨스토이는 벨기에 경제학자인 구스타프 드 몰리나리의 말을 인용하며 전쟁에 소비되는 비용 및 육군, 해군의 유지비로 인한 재정 손실을 수치로 보여주었다. 나아가 이러한 전쟁에 관련된 각계각층의 입장을 분석하면서 인간의 이기적인 면을 보여준다. 황제를 비롯한 정부의 지도부는 세계 평화를 호소하면서 침략 전쟁을 선동하고, 학자, 역사가, 철학자들은 나름대로 내린 결론을 통해 침략 전쟁을 정당화하고, 기쁨에 들뜬 기자들은 거짓과 기만으로 자국의 정당성과 적국의 부도덕 및 불합리성을 전면에 내세운다. 이들은 자신들의 다양한 이해관계에 따라 조직적으로 전쟁에 찬동하며 전쟁을 부추긴다. 하지만 전쟁의 피해는 자신의 의지나 이익과는 아무런 관계도 없는 다수의 민중의 몫이다. 민중은 삶의 가장 빛나는 순간에 전쟁터로 끌려가 전사하거나 부상당한다.

톨스토이는 전쟁이 사회 구조적 문제로 발생하며, 황제 혹은 어느 한 사람의 지도력으로 해결되는 것이 아니라고 생각했다. 톨스토이는 〈필요한 것은 한 가지뿐이다〉에서 이러한 사회 구조를 '기계적 구조'라고 칭하였다. 그는 당시 사회 구조를 원뿔에 빗대어 설명하였는데, 원뿔의 몸통은 꼭짓점에 있는 한 사람 혹은 몇 사람들의 완전한 지배에 놓이게 된다. 그래서 전쟁이라는 재앙은 소수의 인간이 자신들의 이익에 따라 조직적으로 선동하고, 다수는 영문도 모른 채 소수에게 자발적으로 복종함으로써 전쟁의 피해를 온몸으로 감당한다.

톨스토이는 이와 같은 구조 체계를 갖춘 오늘날의 국가 및 정부를 통렬하게 비판하고, 원뿔 모양의 꼭짓점에 해당하는 황제를 비롯한 수장들에 많은 회의를 보인다. 톨스토이에 따르면, 꼭짓점을 차지한 사람들은 가장 악한 자, 폭력을 행사하는 자, 도덕적으로 평균에도 미치지 못하는 자들이다. 이러한 구조에서 정부나 국가는 폭력의 온상에 지나지 않는다. 이것은 그 형태가 전제국가이든 입헌국가이든 관계없다. 톨스토이는 모든 정권 형식이 쏟아 내는 여러 가지 개선책을 쓸모없고 그릇된 것으로 판단하고, 국회나 혁명도 국가의 폭력으로부터 민중을 구원할 수 없다고 단정한다. '기계적 구조'에서 원뿔의 꼭짓점만 바뀔 뿐 민중은 여전히 폭력에 노출되어 있고, 가장 큰 재앙인 전쟁에 '어쩔 수 없이' 동원된다. 마치 쓸데없이 무거운 짐을 진 사람이 짐의 모양을 바꾸거나 등에서 어깨로, 어깨에서 허벅지로, 또다시 등으로 옮겨 놓는 것처럼, 사람들은 폭력을 변형시켜 유지하고 있을 뿐이다. 그들은 무거운 짐에서 벗어날 수 있는 유일한 방법인 그 짐을 버릴 생각을 하지 못한다. 즉 사람들은 국가가 반드시 필요하다고 여기고 국가에 복종하는 것을 최고의 미덕으로 생각하며, 폭력과 살인의 집합체인 전쟁에 스스로 동원된다.

톨스토이는 1904년에 발생한 러일 전쟁을 기독교 국가와 비기독교 국가의 충돌로 간주하고 러시아의 패배를 하나의 전환점으로 생각하였다. 러일 전쟁은 기독교 사회의 패배, 서유럽 국가의 모순을 폭로한 것이다. 그간 기독교 인류가 쌓아 올린 외적 문화는 중요하지 않으며 쓸모없음을 이 전쟁이 보여 주었다. 비기독교 국가는 기독교 국가의 전쟁 기술, 종교적 전제주의, 애국심을 자극하는 방식 등을 기민하고 교활하게 활용하여 더 강력한 힘으로 기독교 국가를 전복시켰다. 일본의 승리는 기독교 국가가 그 종교적 정신에 어긋나는 일을 자행해 왔음을 증명하고, 기독교 민족들의 힘이 기독교 정신에 위배되는 군사력에 있지 않다는 사실을 보여 준다. 그래서 톨스토이는 기독교 민족들이 이제는 그들의 노력을 군사력이 아니라 기독교 교리에 충실한 삶의 구조 형성에 기울여야 할 때라고 믿었다.

러일 전쟁의 발발, 러시아의 패배는 모두 종교적 의식이 희미해져 생겨난 결과다. 이에 톨스토이는 '종교적 혁명'을 내세운다. '종교적 혁명'이란 국가의 강압적인 폭력 대신에 형제애를 바탕으로 사랑을 실천하고 다른 사람에게 결코 폭력을 행사하지는 않는 공동체를 실현하는 것이다. 톨스토이에 따르면

'종교적 혁명'은 바로 개인의 종교적 자각에서 시작된다. 그래서 전쟁을 피할 수 있는 궁극적 해결책으로 톨스토이는 일반 시민들이 국가 권력에 복종하지 않고 양심에 따라 폭력을 거부하는 방법을 제시한다.

이상하게 여겨지겠지만, 인간이 초래한 불행으로부터, 그리고 불행 가운데 가장 무서운 전쟁으로부터 인간을 가장 확실하고 의심의 여지 없이 구제하는 것은 어떤 외적이고 보편적인 방법이 아니라, 모든 개별 인간의 자각에 호소하기만 하면 된다. 이 자각은 바로 1900년 전 그리스도가 제안한 것으로 모든 사람이 참회하고 스스로에게 그가 누구이며, 그가 왜 사는지, 그가 해야 할 일은 무엇인지, 하지 말아야 할 일은 무엇인지를 묻는 것이다.

악을 악으로 갚는 것은 무익하고 비이성적이며 그 악을 확대할 뿐이다. 폭력에 폭력으로 맞서지 않고, 각 개인의 도덕적 힘으로 폭력을 견뎌내는 것이 진정한 자유를 성취하는 유일한 방법이다. 톨스토이는 징벌이 무서워 군대에 입대하는 것은 결코 옳은 방법이 아니라고 주장한다. 진정한 영웅은 다른 사람을 죽였지만 자신은 죽지 않고 살아남은 축복받은 사람이 아니라, 그리스도의 법칙에서 물러서지 않기 위해 살인자의 대열에 나아가기를 직접적으로 거부한 자, 그래서 수난을 선택하여 감옥에 수감되어 있는 자이다. 그들은 기독교 정신에 충실하고 자신의 신념을 비폭력으로 관철하려는 사람이라고 할 수 있다.

톨스토이는 러일 전쟁의 패배 이후 새로운 세계관, 새로운 소통, 새로운 믿음을 가진 대변혁의 시대를 꿈꾸었다. 더 이상 기적이나 성상, 권력을 숭배하는 거짓된 교회 대신, 폭력이 아니라 사랑을 실천하는 종교적인 삶의 방식을 따라야 할 시대가 도래한 것이다. 이러한 대변혁을 실현하기 위해, 사람들은 국가라고 불리는 인위적인 조직에 생명과 자유를 희생시킬 필요가 없음을 깨닫고 국가가 자행하는 폭력 행위에 절대로 협조하지 않으며 오로지 기독교 교리에 따라 살아가야만 할 것이다.

전쟁의 재앙, 그 재앙을 초래하는 국가의 본질, 그리고 전쟁과 폭력의 온상인 국가를 극복하는 일련의 방법을 제시한 톨스토이를 슈테판 츠바이크는 '소심하게 개선을 추구하고 경건한 자세로 조심스럽게 일을 처리하는 것이 아니라, 벌목꾼처럼 벨 것은 베어버리는 위험한 실험을 과감하게 단행하는' 인물이라고 보았다. 무정부주의를 강하게 주장하고, 교회의 위선을 폭로하였던 톨스토이는 당시 러시아 사회를 무섭게 뒤흔들어 놓을 수밖에 없었다. 나아가 그가 원했든 원하지 않았든, 그의 말은 큰 울림이 되어 전쟁과 폭력의 근본적 문제를 끊임없이 재고하게 만들고 있다.

본 번역서는 《레프 톨스토이 전집》(모스크바, 1928~1958)

중 36권 중 〈다시 생각하십시오!Одумайтесь!〉(1904), 〈필요한 것은 한 가지뿐이다Единое на потребу〉(1905), 〈세기말Конец века〉(1905)을 번역한 것임을 밝힌다.

1828년(출생)	8월 28일(신력 9월 9일), 야스나야 폴랴나에서 니콜라이 일리치 백작과 마리야 니콜라예브나 사이의 4남 1녀 중 넷째로 태어나다.
1830년(2세)	8월 4일 어머니 마리야 니콜라예브나가 여동생을 낳다 사망하다.
1837년(9세)	1월 모스크바로 이사. 7월 21일 아버지 니콜라이 일리치 백작 사망. 숙모가 다섯 남매의 후견인이 되다.
1844년(16세)	형제들과 함께 카잔으로 이사. 카잔대학교 동양어학과에 입학하다.
1845년(17세)	법학과로 전과하다.
1847년(19세)	카잔대학교를 중퇴하고 야스나야 폴랴나로 귀향하다. 농민들의 가난한 삶을 목격하고 그들을 돕기 위해 노력했으나 좌절하다.
1848~1849년 (20~21세)	모스크바와 페테르부르크를 오가며 법학 공부를 계속하지만 졸업 시험에서 탈락하다. 사교계 생활과 도박, 사냥 등에 빠져 방황하며 경제적 어려움에 직면. 바흐, 쇼팽 등의 음악에 심취하여 피아노 연주에 탐닉하다. 야스나야 폴랴나에 돌아와 농민학교를 열지만 만족할 만한 성공을 거두지 못하다.
1851년(23세)	큰형 니콜라이를 따라 캅카스로 떠남. 지원병으로 참전. 〈어린 시절〉 집필.
1852년(24세)	포병 부사관으로 포병대 입대. 문예지 《동시대인》에 〈어

린 시절〉이 게재되고 극찬을 받다.

1853년(25세)	퇴역한 큰형을 따라 톨스토이도 퇴역하려 했으나 터키와의 전쟁으로 군 복무가 연장되다.
1854년(26세)	1월 장교로 승진. 몇몇 장교들과 함께 〈군사 신문〉 발행 계획을 세웠으나 당국에 의해 금지됨. 11월 세바스토폴에서 크림전쟁에 참전하다. 〈소년 시절〉 발표.
1855년(27세)	6월 《동시대인》에 〈세바스토폴 이야기〉 발표. 크림전쟁 패배 후 군에서 제대하다. 12월 페테르부르크에서 투르게네프 등 작가들과 만나다.
1856년(28세)	〈세바스토폴 이야기〉 연재 계속. 12월 소설 〈지주의 아침〉 발표.
1857년(29세)	《동시대인》에 〈청년 시절〉 발표. 유럽여행을 다녀와 야스나야 폴랴나에 정착. 농사일을 하다.
1858년(31세)	〈세 죽음〉 발표.
1859년(32세)	〈가정의 행복〉 발표. 농민 자녀를 위한 학교 개설.
1860년(32세)	교육 문제에 관심을 두고 〈국민 보통 교육 초안〉을 기초함. 7월 두 번째 유럽 여행을 떠나다. 9월 큰형 니콜라이 사망.
1862년(34세)	교육 잡지 《야스나야 폴랴나》 간행. 소피야 안드레예브나와 결혼하다.
1863년(35세)	〈카자흐 사람들〉 발표. 맏아들 세르게이가 태어나다.
1864년(36세)	작품집 1, 2권 간행. 딸 타티야나가 태어나다.
1865년(37세)	《러시아 통보》에 《1805년》(《전쟁과 평화》 1, 2권) 발표.
1866년(38세)	둘째 아들 일리야가 태어나다.
1867년(39세)	《전쟁과 평화》 3, 4권 집필.
1868년(40세)	《전쟁과 평화》 5권 집필.
1869년(41세)	《전쟁과 평화》 6권 집필. 셋째 아들 레프가 태어나다.
1871년(43세)	둘째 딸 마리야가 태어나다. 《철자법 교과서》 집필.
1873년(45세)	《안나 카레니나》 집필 시작. 러시아 과학 아카데미 언어·문화 분과 준회원으로 선출됨. 사마라 지방에 온 가족과

	함께 가 기근 구제사업을 하다.
1875년(47세)	《러시아 통보》에 《안나 카레니나》 연재를 시작하다.
1877년(49세)	《안나 카레니나》 탈고. 넷째 아들 안드레이가 태어나다.
1878년(50세)	《안나 카레니나》 단행본 출간.
1879년(51세)	다섯째 아들 미하일이 태어나다.
1880년(52세)	《고백》을 탈고했으나 출판이 금지되다. 성서번역에 착수.
1881년(53세)	단편소설 〈사람은 무엇으로 사는가〉 집필. 알렉산드르 2세 황제 암살에 가담한 혁명가들의 사형집행을 반대하는 청원을 황제에게 제출하다. 가족과 함께 모스크바로 이주. 톨스토이 자신은 모스크바와 야스나야 폴랴나를 오가며 생활하다.
1882년(54세)	모스크바 인구 조사에 참가하다. 이 조사를 통해 노동자들의 비참한 현실을 깨닫게 된다. 〈모스크바에서의 민세 조사에 대하여〉, 〈교회와 국가〉 발표.
1883년(55세)	《나의 신앙은 어디에 있는가》 탈고.
1884년(56세)	야스나야 폴랴나에서 첫 번째 가출 시도. 셋째 딸 알렉산드라가 태어나다.
1885년(57세)	〈바보 이반〉, 〈두 노인〉, 〈촛불〉, 〈사랑이 있는 곳에 하나님이 계시다〉, 〈홀스토메르〉 등을 집필하다.
1886년(58세)	단편소설 〈세 수도승〉, 중편소설 〈이반 일리치의 죽음〉, 희곡 〈어둠의 힘〉 등을 집필.
1887년(59세)	《인생에 대하여》, 중편소설 〈크로이체르 소나타〉 집필.
1888년(60세)	모스크바에서 야스나야 폴랴나까지 도보로 여행하다. 여섯째 아들 이반이 태어나다.
1889년(61세)	희곡 〈계몽의 열매〉, 중편소설 〈악마〉 집필.
1890년(62세)	중편소설 〈세르게이 신부〉 집필.
1891년(63세)	저작권을 거부하고 1881년 이전까지 발표한 모든 작품의 저작권 포기 각서에 서명하다. 중앙 러시아, 동남 러시아 등 기근이 발생한 지역의 농민 구제를 위해 활동. 〈기근 보고〉, 〈법원에 관해서〉 등을 집필하다.

1892년(64세)	〈신의 나라는 네 안에 있다〉 탈고.
1895년(67세)	단편 우화 〈주인과 일꾼〉 탈고. 여섯째 아들 이반 사망. 《부활》집필 시작.
1896년(68세)	희곡 〈그리고 빛은 어둠 속에서 빛난다〉 탈고. 《부활》집 필 중단. 중편 〈하지 무라트〉 초판본 완성.
1897년(69세)	〈예술이란 무엇인가〉 집필.
1898년(70세)	두호보르 교도의 캐나다 이주 지원 자금 마련을 위해 《부 활》집필을 다시 시작하다. 지속적으로 기근 구제사업을 전개하다.
1899년(71세)	잡지 《니바》에 《부활》연재 시작. 《부활》탈고.
1900년(72세)	〈우리 시대의 노예제〉, 〈애국심과 정부〉 발표.
1901년(73세)	종무원이 톨스토이의 파문을 결정. 〈종무원 결정에 대한 답변〉 집필, 3월 페테르부르크 학생 시위에서 폭력 진압 이 발생하자, 이에 항의하는 호소문을 작성. 크림반도로 요양을 떠나다.
1902년(74세)	〈신앙이란 무엇이며, 그 본질은 무엇인가〉, 〈노동하는 민 중들에게〉 등을 발표. 폐렴과 장티푸스로 병의 상태가 악 화되다. 6월 야스나야 폴랴나로 돌아옴.
1903년(75세)	회고록과 셰익스피어에 대한 논문 집필.
1904년(76세)	러일 전쟁에 대하여 전쟁 반대론을 펼친 〈재고하라〉 발 표. 〈하지 무라트〉 개작 완료. 8월 형 세르게이 사망.
1905년(77세)	논설 〈세기말〉, 〈러시아의 사회 운동에 대하여〉, 단편소설 〈항아리 알료샤〉, 〈코르네이 바실리예프〉, 중편소설 〈표도 르 쿠지미치 신부의 유서〉 집필.
1906년(78세)	둘째 딸 마리야 사망.
1907년(79세)	농민 자녀 교육을 재개하다. 어린이를 위한 《독서계》 창 간. 톨스토이 비서 구세프가 체포되다.
1908년(80세)	탄생 80주년 축하회가 열리다. 사형 제도에 반대해 〈나는 침묵할 수 없다〉, 〈폭력의 법칙과 사랑의 법칙〉 발표.
1909년(81세)	중편소설 〈누가 살인자들인가〉 집필. 마하트마 간디로부

터 서한을 받고, 무력으로 악에 맞서서는 안 된다는 내용을 담은 답신을 보냄. 유언장을 작성하다.

1910년(82세) 톨스토이의 유언장으로 인해 가족들 사이에 불화가 일어나자 10월 28일 가출하다. 11월 3일 평생을 써 온 일기에 마지막 감상을 쓰고, 11월 7일 아스타포보 역에서 폐렴으로 사망하다. 11월 9일 태어나서 평생을 보낸 야스나야 폴랴나 숲의 세상에서 가장 작고 소박한 한 평 무덤에 안장되다.

옮긴이 박미정

경북대학교 노어노문학과 강사. 경북대학교 노어노문학과를 졸업하고, 동 대학원
에서 러시아 작가 고골 연구로 석·박사학위를 받았다. 박사학위 논문은 〈고골의
중편소설과 서술 주체〉이다.

톨스토이 사상 선집

비폭력에 대하여

초판 1쇄 발행 · 2021년 6월 14일

지은이 · 레프 니콜라예비치 톨스토이
옮긴이 · 박미정
책임편집 · 박하영
디자인 · 주수현

펴낸곳 · (주)바다출판사
발행인 · 김인호
주소 · 서울시 마포구 어울마당로5길 17 5층
전화 · 02-322-3885(편집) 02-322-3575(마케팅)
팩스 · 02-322-3858
이메일 · badabooks@daum.net
홈페이지 · www.badabooks.co.kr

ISBN 979-11-6689-020-8 04800
ISBN 979-11-89932-75-6 04800(세트)

레프 니콜라예비치 톨스토이 ◉ Lev Nikolayevich Tolstoy

1828년 9월 9일 러시아 툴라의 야스나야 폴랴나에서 태어났다. 일찍 부모를 여의고 친척들 손에 자란 톨스토이는 16세에 카잔 대학교에 입학했지만, 형식적인 교육에 실망해 그만두었다. 모스크바와 상트페테르부르크 등을 오가며 방황하던 톨스토이는 1851년 형 니콜라이를 따라 군에 입대한다. 군대에 복무하면서 〈어린 시절〉 등 자전적 삼부작을 발표해 창작 활동을 시작했다. 1850년대 후반에는 농민들의 열악한 상태를 극복할 수 있는 힘이 교육에 있다고 판단, 야스나야 폴랴나 농민의 자녀들을 위한 학교를 열고, 교육에 관한 다양한 연구를 병행한다. 정치, 경제, 사회, 문화, 종교 등 다양한 영역에 대한 평론을 썼으며, 《전쟁과 평화》와 《안나 카레니나》 등의 문학작품을 통해 세계적인 작가로 발돋움했다. 자기완성과 악에 대한 무저항, 사적 소유 부정이라는 철학적 관점에 기초하여 《고백》《인생에 대하여》《예술론》 등을 저술하고 당대 러시아 사회와 종교를 강렬하게 비판했다. 이로 인해 러시아 정교에서 파문을 당하고 정부의 압박을 받았지만, 모든 걸 가졌지만 아무것도 할 수 없는 러시아 황제와 달리 아무것도 가지지 않았지만 모든 걸 할 수 있는 또 하나의 러시아 황제로 불릴 만큼 민중의 강력한 지지를 받았다. 만년에 이르러 술·담배를 끊고 채식주의자가 되었으며 농부처럼 입고 노동하며 생활했다. 생전에 수많은 톨스토이주의자가 야스나야 폴랴나에 몰려와 농민공동체를 형성하기도 했다. 톨스토이는 말년에 조용한 피난처를 찾아 집을 나선 며칠 후, 1910년 11월 7일 아스타포보 역에서 폐렴으로 사망했다. 그의 가출은 현실에 대한 극복이자 다른 삶을 향한 마지막 도전으로 상징된다. 작가이자 폭력을 거부한 평화사상가, 농민교육가이자 삶의 철학자로 오늘에 이르기까지 세계적으로 많은 영향력을 주었다고 평가받고 있다.